D1153313

Rovers

N
W
O
Z
Edinburgh
Kaart van mijn tochten vanuit de Laatste Tien Districten. Ik heb Londen erop gezet, al is het voor het grootste deel ondergelopen, en de roversmoerassen, al zou je wel gek zijn daarheen te gaan.
Lilly Melkun, april 2216
GROOT-SCHOTLAND
York
eilanden en getijdenmoerassen
Norwich
Birmingham
Cambridge
Londen
Cardiff
Swindon
Zwarte Wateren
Angel Isling
LAATSTE TIEN DISTRICTEN VAN ENGELAND
Chichester
MIJN DORP

Rovers

Emily Diamand

the house of books

Voor mam en pap

Eerste druk, september 2009
Tweede druk, februari 2010

Oorspronkelijke titel: Reavers' Ransom
Oorspronkelijke uitgave: The Chicken House

Vertaling: Hans van Cuijlenborg
Vormgeving omslag en illustratie binnenwerk: Studio Jan de Boer
Binnenwerk: ZetSpiegel, Best
Vormgeving plattegrond: Carol Lawson

ISBN 978 90 443 2301 6
NUR 284
D/2009/8899/85

www.thehouseofbooks.com

Met overstromingen en plunderaars als ‘ingrediënten’ heb ik mijn best gedaan een spannend verhaal te maken dat ook nog eens lekker leest. Ik hoop dat jullie ervan genieten.

Emily Diamand

1 De overval

Kater steekt zijn snuit op om het zuchtje wind te ruiken dat het zeil bijna niet bolt en doet zijn roze bekje open om te praten.

'Jiauw, jiauw,' zegt hij en ik weet wat hij denkt: we zijn er bijna.

Hij is in een rare stemming: prikkelbaar en zenuwachtig, alsof er storm op komst is. Misschien komt het gewoon doordat we al de hele dag op zee zijn zonder iets te vangen, wat helemaal niks voor ons is. Ik zal er wel weer van langs krijgen van de kapiteins als ik terugkom: 'Wat heb je dan met die kat gedaan, zijn neus met zand dichtgestopt?' De zoveelste smoes om mij van de grote boten te houden; ik moet het doen met dit schuitje dat amper genoeg ruimte heeft voor netten, manden en ons er ook nog bij.

We varen langs de kust, zo snel als dit beetje wind ons wil voortstuwen. Hier in de buurt is het een en al heuvels, kliffen en smalle kiezelstranden. Geen spoor van die uitgestrekte bruine moerassen of vervallen steden die je meer naar het oosten hebt. Algauw zullen we bij de landtong zijn en als we daaromheen varen zien we de kleine haven tussen de rotsen. En ons dorp, dat in de heuvels daarachter ligt.

Misschien kan Kater vis ruiken? Visafval rolt aan de rand van de haven het water in, schubben versieren de stenen als parels. Afkrabben, fileren, inpakken: dagelijks werk van vissers. En Kater is de favoriet, met zijn mooie grijze vacht en zijn zeegroene ogen. Allemaal, mannen en vrouwen, geven ze hem wat, in de hoop hem van mij te kunnen aftroggelen. Hij maakt er goed misbruik van, eet zijn buik rond als-ie kan, maar wat ze ook doen en hoeveel vis ze hem ook geven, hij bedankt ze ervoor, eet het netjes op en komt dan rechtstreeks weer terug naar mij.

Ik trek wat aan het zeil, in de hoop harde zilte wind te vangen. Maar we sukkelen door het water, we schokken over de golfjes, sprankelend in de zon.

Kater mauwt weer.

'Wat is er aan de hand?' vraag ik hem, maar hij zegt niets. Hij zet alleen zijn voorpoten op de voorplecht en staat daar met zijn staart te zwaaien, alsof hij niet snel genoeg naar huis kan komen.

Thuis zal Grootje wel zitten wachten. Tegenwoordig haalt ze het niet meer naar de haven, met haar reumatiek, maar ze kan ons vanuit het raam zien.

'Ik kijk gewoon naar de zeilen,' zegt ze altijd. De boten zien uitvaren en ze dan tellen als ze weer binnenvaren. Dagelijks telt ze ze als ze binnenvaren. 'Omdat je de zee nooit kunt vertrouwen.' En zij weet waar ze het over heeft, als je nagaat hoe opa aan zijn eind is gekomen.

Grootje viste zelf, toen ze jong was – ze heeft gewerkt voor kapitein Greyhand, op de Annie May. Maar ze wil niet dat ik het doe.

'Het maakt je oud en put je uit,' zegt ze. 'Moet je mij zien – vierenvijftig en stijf van de reumatiek. Wil je dat nou echt, meid? Een hard winderig leven en alles wat je uiteindelijk overhoudt zijn stijve gewrichten?'

Maar wat moet ik anders? Leven in een oud, vervallen dorp, schoonmaken en schrapen en een paar stuivers per week verdienen? Of gedwongen worden met een boer te trouwen en velden gaan ploegen? Dankjewel. Mij niet gezien. Hoe het ook zij, Kater heeft mij toch uitgekozen? Dat moet iets te betekenen hebben.

Het zuchtje wind blaast ons voorbij de hoek van de centrale, die op een zompig stuk groen land staat dat door de zee wordt aangevreten. In vroeger tijden, voor de Ineenstorting, was het een groot gebouw met enorme torens die de hele dag stoom uitbraakten. Het maakte licht en warmte voor alle huizen in het land. Maar misschien is dat ook gewoon zo'n verhaal van Grootje, want de oude elektriciteitscentrale is nu alleen nog maar een schimmelig stuk oud beton en elke winter valt er stuk van in zee.

Kater draait zijn kop om en kijkt me aan.

'Jiauw, jiauw, pur jiauw,' zegt hij. Maar ik weet nog steeds niet wat hij me probeert wijs te maken. Hij laat zich van zijn post vallen en springt lenig op mij af.

'Miauw!' zegt hij en hij kijkt me recht in mijn gezicht. Dan steekt hij zijn kop naar voren en plant zijn tanden in mijn hand aan het roer.

'Au!' roep ik. 'Waarom doe je dat?' Maar alles wat ik kan bedenken is dat hij ergens opgewonden over is. Dat kan van alles zijn: een storm, walvissen, een mooie school vissen die voorbijzwemt, dat hij denkt dat ik niet snel genoeg ga.

'Vertel me nou toch wat er aan de hand is,' zeg ik. Maar hij is té opgewonden en loopt nu grommend rondjes.

Zo langzamerhand zou ik moeten snappen wat Kater probeert te vertellen. Daar gaat het nou juist om, want een viskat moet je kunnen helpen met zeilen en vissen, je kunnen vertellen wat er gebeurt op zee en een goeie vangst onder de golven kunnen ruiken. Maar ik snap het nog steeds niet. Lun Hindle zegt dat dat reden temeer is waarom ik hem niet zou mogen houden. Is tegen zowat iedereen in het dorp gaan vertellen dat ze Kater van me af moeten pakken. Maar gelukkig heeft Grootje ons verdedigd en geen van de kapiteins durft haar tegen te spreken.

'Hij heeft Lilly zelf uitgekozen. En jullie weten dat het niet kan worden teruggedraaid, als de kat kiest.' Dat zei ze: ze is helemaal naar de Oude Maan gesukkeld, waar iedereen zat te drinken en te roken en erover sprak. Ik mocht natuurlijk niet naar binnen, want ik was 'maar een meisje', maar ik heb door het raam staan kijken en ik zag alle kapiteins instemmend knikken, net als de wijze mannen met Kerstmis. Maar Lun bleef zitten mopperen en zeuren. Hij is zelfs naar de pastoor gegaan – waarschijnlijk hoopte hij dat ik er als heks of zoiets uit zou worden gesmeten, Andy stond de rand van het grasveld op het kerkhof bij te werken en heeft het me verteld.

Lun komt aanrennen en roept: 'Pastoor Reynolds! Lilly Melkun heeft een viskat voor zichzelf geritseld – heeft hem uit het nest gelokt met vis!' Alsof ik zoiets zou doen! 'En ik zit nu al twee jaar te wachten, ik heb me opgegeven en alles!'

Heb je je ooit afgevraagd waarom je zo lang hebt moeten wachten, Lun? Waarschijnlijk wilde geen kat jou hebben, daarom.

Hoe het ook zij, Andy vertelde me dat de pastoor gewoon heeft gezegd dat het Gods wil was, als je het zo wilt noemen, en is toen snuivend weggelopen. Ik weet niet wat Lun verwachtte; ik denk dat de pastoor viskatten zou aanzien voor duivelshelpers als hij niet aan de kust maar meer in het binnenland een kerk had gehad. Maar zoiets kan hij natuurlijk in een vissersdorp niet verkondigen, toch? Niet als iedereen voor zijn veiligheid afhankelijk van ze is.

Als we bij het puntje van de landtong zijn zie ik het. Een engelenkop die voorbijdrijft op het water. Hij is uit hout gesneden, niet erg goed, het haar is een beetje raar rood gekleurd, zoals je dat op een levend iemand nooit zou zien. Ik weet alleen dat het een engelenkop is, want normaal gesproken zit die voor op de boot van Andy, die hij Engel heeft gedoopt. Maar Andy zou die nooit van zijn boot hebben gehaald! Hij heeft die kop zelf gesneden, zittend in zijn open deur, kervend met zijn mes. Zelfs toen de ouwe jongens die bij de haven zitten begonnen te lachen en zeiden dat het meer op een varken leek dan op een engel, bleef hij eraan werken.

Zo langzamerhand zit Kater te grommen en te janken en springt als een gek rond. Ik heb de grootste moeite hem ervan te weerhouden boven op mijn hoofd te gaan zitten. En terwijl ik hem van mijn lijf probeer te houden en met open mond naar die kop zit te staren, die naar het zuiden drijft, richting Spanje, hoor ik een geluid als 'boem'. Op de landtong. En de oude centrale staat in brand.

Natuurlijk staat de centrale niet echt in brand. Het is het baken. Een grote hoop takken, die worden drooggehouden op een verhoging. Want een vuur bij de centrale kan in Wytham worden gezien en dan steken zij hun baken aan. En dan worden de vuren langs de hele kust aangestoken totdat ze het garnizoen in Chichester bereiken.

Er kan maar één reden zijn om het baken aan te steken en die is: rovers.

Nou begrijp ik waarom Kater zo zenuwachtig was en het koude zweet breekt me uit. Als we rond de punt van de landtong zijn kan ik de kapotte boten in de haven zien en de rook die uit het dorp opstijgt. Veel te veel rook, rook alsof er huizen in brand staan.

Ik kijk van de rook naar de kapotte boten die in het water drijven, naar het baken dat in lichterlaaie op de landtong staat en ik kan het amper geloven. Ik ben maar één dag weg geweest. Hoe kan dit in niet meer dan één dag zijn gebeurd?

Er drijven steeds meer stukken en brokken hout voorbij, dan een vismand, dan een gladde bult van iets wat in het water drijft. Mijn adem stokt me in de keel tot de golven weer beginnen te bewegen en ik zie dat het slechts kleren zijn, geen lijk. Maar dat had het wel kunnen zijn. En waarschijnlijk zijn er momenteel lijken in het dorp, als de rovers zonder waarschuwing hebben toegeslagen. O, laat het niet Grootje zijn, of Andy, of Hetty of...

Laat het niemand zijn, zelfs Lun niet.

Ik wend het roer en vaar er zo snel als ik kan op af, zo snel als dit stomme briesje mij wil voortstuwen, op huis aan.

Om de haven binnen te varen, moet ik mijn boot door een hele barrière van wrakhout duwen. Aan de kade staat een hele troep vissers – ze staan daar maar, ze zijn geen netten aan het uitleggen of boeten. Ze dragen de bruine truien en de versleten broeken die iedere visser onder zijn oliepak draagt. Alsof ze zo uit bed komen en naar de kade zijn gerend. En ze staan daar allemaal over het water uit te kijken, alsof ze dat nog nooit gezien hebben. Ik sta ook te kijken, want er is geen één boot heel gebleven. De hele vloot steekt half uit het water of hangt schuin met gebroken mast. Het is net alsof een reus een hand naar het dorp heeft uitgestoken en alle boten als lucifers heeft versplinterd.

'Lilly! Lilly!'

Daar heb je Andy. Hij zwaait en roept mijn naam, met zijn zwarte krulhaar steekt als een paddenstoel boven de andere hoofden uit. Eerst ben ik dolgelukkig dat ik hem in leven zie, maar dan krimpt mijn maag samen. Waarom staat hij naar mij te zwaaien en te roepen?

Als we binnenvaren bij de kademuur hoor ik alleen maar het kraken en krassen van golven vol hout. Ik kan niet dichterbij komen met al dat hout, dus ga ik recht overeind staan en gooi een lijn uit. Ik word binnengetrokken door een stuk of zes vissers, zelfs kapitein Ainsty, die al in geen twintig jaar een vinger heeft uitgestoken. Ik stap uit mijn boot en klim de treden op naar de kade, terwijl Kater achter mij aan hobbelt. Iedereen staat mij met afgetrokken gezicht aan te kijken. Een paar schudden het hoofd.

'Rovers?' vraag ik. Hier en daar knikt iemand.

'Het was een allerverschrikkelijkste dag,' zegt kapitein Ainsty en bij wijze van uitzondering is hij eens niet met zichzelf ingenomen.

'Ze kwamen vanochtend, zonder waarschuwing, uit de vroege mist,' zegt John Greenstick. Iedereen knikt en kreunt.

Kapitein Ainsty legt zijn hand op mijn schouder.

'Lilly, dit is een vreselijke dag geweest. Je moet dapper zijn.'

Dapper?

Ik kijk in paniek rond naar de door de zee getekende gezichten, maar ze wenden hun ogen af, alleen Andy blijft mij aankijken en ik weet wat hij me gaat vertellen.

'Wat is er?' fluister ik en de tranen beginnen al uit zijn pikzwarte ogen te lopen.

'Ach Lilly,' zegt hij, 'het is Grootje.'

En meer hoeft hij niet te vertellen, want ik baan me al een weg door de menigte heen.

'Laat me door!' gil ik en dan ren ik, mijn voeten stampen over de gladde grijze kasseien, twee treden tegelijk het trapje op. Voorbij de zwartgeblakerde gevel van de timmermanswerkplaats, voorbij gebroken meubels, over een opengesneden matras, waarvan de pluizige vulling op de platte stenen ligt verspreid. Achter mij roept Andy mijn naam, maar ik denk er niet aan te stoppen.

En dan ben ik thuis. Mijn borst brandt, mijn longen zwoegen. De voordeur staat open, een gat zo groot als een bijl in het midden. Als ik naar binnen ren, ligt Grootje daar op tafel: haar armen over elkaar, haar ogen dicht, haar lippen blauw. Hetty zit naast haar op een stoel, haar gezicht gezwollen van het huilen. Ze springt op als ik naar binnen storm en heel even zegt ze niks, houdt alleen haar mond open. En dan begint ze te janken.

'Ach Lilly! Ze hebben van Kater gehoord! Zes hebben zich losgemaakt van de troep en zijn rechtstreeks hiernaartoe gekomen! Je had Grootje moeten zien – ze was net een helleveeg! Maar er was er een, een jongere, dat was een gemenerik. Hij wilde niet geloven dat Kater op zee was. Hij bleef maar zeggen dat ze loog en sloeg haar met zijn zwaard... ze is gevallen en nooit meer opgestaan... Ach Lilly, ik heb geprobeerd haar nog te redden, echt waar, maar het bloed bleef maar komen...'

Ze huilt en ik huil en Andy komt binnen en hij huilt ook. Kater glipt naar binnen en hij mauwt en mauwt.

Ik sla mijn armen rond het arme koude lichaam van Grootje, houd haar vast zoals ik zo vaak heb gedaan. Maar ze knuffelt me niet, streelt mijn haar niet, zegt me niet dat het allemaal in orde is. En toch houd ik haar vast, houd haar stijf vast in dat donkere kamertje, want hoe zou ik haar ooit los kunnen laten?

2

De dochter van de Premier

De volgende uren is het niets dan tranen en ellende. Meer wil ik er niet over zeggen. Maar na een poosje moet ik mezelf natuurlijk toch vermannen, want Hetty zegt: 'We moeten haar een goeie begrafenis geven.' En ze heeft gelijk, mensen steken hun hoofd al naar binnen, willen afscheid nemen.

De pastoor komt als het bijna donker is.

'Je grootmoeder was een goede vrouw,' zei hij. 'Ze was eerlijk, ze werkte hard en ze liet zich nooit verleiden tot de slechte oude gewoonten. Zij krijgt haar loon voor haar goede leven.' En dat is iets waaraan ik me maar vastklamp, in de hoop dat hij gelijk heeft.

Andy zegt met onzekere, rare stem: 'Meneer pastoor, moet ik helpen met het graf?' Pastoor Reynolds knikt, heel plechtig. Dan neemt hij Andy mee om te helpen graven op het kerkhof. Eén kuil maar. Alleen voor Grootje.

'Het is gewoon een wonder dat er niet meer doden zijn gevallen,' zegt hij voordat hij weggaat, 'maar het lijkt erop dat de rovers andere dingen aan hun hoofd hadden. Zelfs de twee soldaten bij mevrouw Denton zullen wel herstellen van hun wonden.'

Op dat moment haat ik hem, omdat hij gezegd heeft dat Grootjes dood een wonder is. Dus vraag ik hem ook niet wat hij bedoelt.

Het eind van de middag gaat over in avond en mensen komen binnen, eerst één, dan twee, om bij ons te gaan zitten en afscheid te nemen van Grootje. Dan valt de nacht en die duurt een eeuwigheid en een oogwenk, allebei tegelijk. En als het eerste licht roze door het woonkamerraam naar binnen valt, begint de mist in mijn hoofd op te trekken en laat een leeg, vreselijk gat achter.

We kleden Grootje in haar beste kleren en hullen haar in een lijkwade. Kerkklokken beginnen te luiden en Andy komt terug, met James de timmerman achter zich aan. Ze leggen Grootje op een brede plank en dragen haar voor de laatste keer het huis uit, met mij en Hetty erachteraan. Als we naar de kerk wandelen, komt de een na de ander uit zijn of haar verwoeste huis en sluit zich aan. Ik kijk over mijn schouder en zie vissers en kapiteins, die allemaal plechtig achter ons aan lopen. Ze hebben hun visserspet in de hand, kijken naar de grond, dragen hun beste kleren. Zelfs schoenen, als ze die hebben.

Als we bij de kerk komen, leidt de pastoor de dienst. Ik zit op de voorste rij, voel ieders blik op mijn achterhoofd.

'De rovers rotten weg in hun moerassen,' buldert hij, 'zij keren zich af van fatsoen en van gerechtigheid, net als hun voorouders toen die Londen ontvluchtten. Hun voorzaten waren het schuim van die afschuwelijke stad en de rovers zijn nog verder in de zonde gezakt!' Ik blijf hopen dat hij iets liefs over Grootje zal zeggen, maar hij blijft maar doorgaan over die rovers die zo'n slecht leven leiden en over iedereen in Groot-Schotland die niet veel beter is, want ze willen geen afstand doen van technologie, en hoe goed het voor ons is dat wij arm zijn en honger lijden.

'Slechts in de Laatste Tien Districten heeft de deugd de overstromingen, de stormen en de verwoestingen die over deze landen zijn gekomen overleefd!'

Als hij eindelijk een woord aan Grootje wijdt, zegt hij gewoon wat hij al eerder gezegd heeft. Hoe vriendelijk zij was in haar hart en hoe eerlijk. Alsof hij op niks anders kan komen om over haar te vertellen, al ging ze al naar zijn kerk nog voordat hij was geboren.

Als hij klaar is, gaan we naar buiten en leggen Grootje in een diepe kuil in de grond. Naast de kleine steen voor mijn ma en pa, die op zee vermist zijn. Het is veel te gauw voorbij en dan sta ik daar in mijn eentje naar een hoop zwijgende grond te staren. En terwijl ik daar sta en me afvraag of ik ooit nog een voet zal kunnen verzetten, hoor ik de kapiteins achter mij praten.

'Volgens mij moeten ze hebben geweten dat zij in het dorp op bezoek was, al mag God weten hoe.'

'Zal een aardige som waard zijn, denk ik.'

'Maar de dochter van de Premier ontvoeren? De rovers worden elk jaar gekker. Ze kunnen eerder een compagnie verwachten dan losgeld. Randall laat het hier niet bij, dat is zo zeker als wat. Ze krijgen een ouderwets pak op hun donder als Swindon dit hoort, wacht maar af.'

'Gek hoe ze wisten waar het meisje zat. Zelfs hun plundering stelde niet veel voor – ze kwamen en ze gingen.'

'Ik denk dat ik liever zou hebben geplunderd dan alle boten stukslaan.'

'Misschien waren ze bang dat we achter ze aan zouden komen?'

'Ik niet!'

'Maar Randall wel! Hij haalt het niet bij zijn vader, en dat was een goeie Premier.'

'En zijn grootvader voor hem.'

'Maar deze denkt alleen maar aan zichzelf!'

'Hou je mond. Ze kunnen ons aangeven omdat we zulke dingen zeggen. We hebben zo al ellende genoeg.'

'Ik denk dat we er nog wel van langs zullen krijgen.'

'Het is wel heel erg voor de oude vrouw Melkun.'

'Ze was een goeie vrouw en vroeger ook een goeie visserssvrouw.'

'Hoe wisten ze dat er een viskat in huis was?'

'Net zoals ze wisten dat de kleine Alexandra Randall hier zat, neem ik aan.'

'Waaruit maar weer blijkt dat het niet goed is dat een jonge meid zo'n beest heeft. Als hij van een kapitein op een behoorlijke boot was geweest, dan had hij geen huis aan land nodig gehad en dan waren de rovers nooit op het idee gekomen hier op zoek te gaan naar een viskat.'

'Maar de kat zát op zee.'

'Daar gaat het toch niet om? De hare is de enige viskat die aan land blijft. En de rovers hebben dat gehoord en dachten dat ze een kans hadden.'

'Dat klinkt logisch – ze weten hoeveel ze waard zijn, net als wij.'

'Nou en of, viskatten zijn zeldzaam. Die zouden op een fatsoenlijke boot moeten zitten, met een echte kattenmaat. Niet een of ander wrak ding dat door een meisje gevaren wordt.'

'Helaas, ik denk dat Lun misschien wel gelijk had met die kat. Had aan iemand moeten worden gegeven die hem waard was. Vrouw Melkun zou vandaag nog leven als dat was gebeurd.'

Hun stemmen rollen over de menigte. Tegen de tijd dat de kapiteins klaar zijn, is elk ander gesprek verstomd en staat iedereen ze aan te staren – en mij ook.

'Kater heeft mij gekozen!' is alles waar ik op kan komen, en de woorden vallen in de stilte uit mijn mond. Mensen beginnen te kuchen en kijken beschaamd, maar de vrouw van kapitein Ainsty richt zich op als een schip met volle zeilen en kijkt haar man boos aan. Die plotseling heel bedeesd wordt en dekking zoekt bij de andere kapiteins.

'Dit is geen moment voor die discussie,' zegt zij, met haar stem van ik-zal-alles-wel-even-regelen. 'Mevrouw Melkun was een goed mens en zij verdient ons respect. En het feit dat die rovers de enige dochter van de Premier gevangen hebben genomen – een kind van zeven nog maar – is een vreselijke ramp. Ik denk dat jullie het allemaal met me eens zijn dat roddelen ons geen steek verder helpt.'

De kapiteins buigen schaapachtig hun hoofd en lopen achter elkaar weg. Maar ze gaan rechtstreeks naar de Oude Maan, en ik weet dat ze hier nog een maand lang over zullen doorzagen.

Als de kapiteins weg zijn, verdwijnen de anderen ook langzamerhand, geven mij een hand en zeggen hoezeer het ze spijt. Ten slotte sta ik alleen, naast het graf van Grootje. Ik kijk om me heen en de enigen die er nog zijn, zijn Andy en zijn ma en pa, die een eindje verderop staan. Andy komt naar me toe.

'Je moet niet naar ze luisteren, Lilly,' zegt hij, zijn donkere ogen tot een spleetje vertrokken. 'Die kapiteins zijn ouwe gekken, die kunnen nooit verder denken dan boter en vis.'

Ik schud mijn hoofd.

'Het was mijn schuld, ik ben naar zee gegaan en heb Grootje helemaal alleen gelaten.'

'Jij moest gaan vissen, net als iedereen in dit ellendige dorp!' En ik weet dat Andy gelijk heeft, behalve dan... viskatten móéten eigenlijk hun hele leven op boten doorbrengen. Op die manier leren ze alle uithoekjes van de zee kennen. Op die manier kunnen ze vertellen als er iets aan de hand is, en de kapitein of de kattenmaat waarschuwen. Maar ik kan toch Kater niet in de haven laten, in mijn bootje, en trouwens, hij liep meteen al vanaf het begin achter me aan. Tien jaar was ik – helemaal in de wolken omdat ik was uitverkozen door een viskat die dacht dat ik iets heel bijzonders was.

Nou ja, dat was drie jaar geleden, en nu, hoe bijzonder ben ik eigenlijk? Bijzonder genoeg om Grootje te verliezen aan rovers? Bijzonder genoeg om wees te kunnen worden?

Andy schraapt zijn keel en zegt dan: 'Wil je een poosje bij mij en bij pa en ma komen wonen? Je snapt wel dat je zo niet alleen kan blijven?'

Ik glimlach een beetje en hij pakt mijn hand. Onze vingers verstrengelen zich, waardoor een patroon van bruine kleuren ontstaat. Donker en lichter, net zoals de sterke scharnieren van een houten kist.

's Avonds maakt Andy's moeder schelpenstoof. Ze moet een

hele middag aan het zoeken zijn geweest om al die mossels, kokkels, alikruiken en wulken te vinden. Andy's gezicht straalt als hij zulk lekker eten ziet. En dan zet ze ook nog een dampende schaal aardappels op tafel.

'Hier Lilly,' zegt Andy's pa, 'eet wat. Ik heb ze speciaal van Will gekregen, die op de Burnt Tree Boerderij werkt.'

Schelpenstoof en aardappels! Zulk lekker eten krijgen we nog niet eens één keer per maand, de meeste dagen is het haverpap en gedroogde vis. En al hebben we dan vanochtend Grootje in de grond gestopt, mijn maag rommelt nog steeds bij zo'n festijn en ik begin gretig te eten. Terwijl ik zit te eten blijft Andy proberen mij op te vrolijken.

'Je zult zien, het gaat allemaal beter, ik zeg het je. Daar zorg ik wel voor.'

En ik word er inderdaad een beetje vrolijker van als ik denk aan mij en Andy, omdat we samen sparen voor onze eigen boot.

'We zullen de beste vissersboot van het dorp worden,' fluister ik, want dat zeg ik altijd. Alleen nu lijken die woorden hol en droog, zonder Grootje. Want zij was degene die er trots op zou zijn als Andy en ik met grote vangsten thuis zouden komen. Zij was degene die gelijk zou krijgen dat ze was opgekomen voor mij en Kater.

Ik heb tenminste Andy nog. Misschien is niet alles weg, want ik en Andy hebben nog steeds onze plannen waarmee we door kunnen gaan.

Maar een paar dagen later, als ik mezelf eindelijk zover kan krijgen dat ik naar huis terugga, voel ik me weer heel rot. Ik duw de nog steeds kapotte deur van ons huis open en ga naar binnen. Het vuur is uit, en dat zorgt voor een rare sfeer in het hele huis, want Grootje hield het altijd brandend. En er zijn moddersporen op de vloer en dat zou Grootje nooit hebben toegestaan.

Op de muur bij de haard zit een grote rode vlek op de grijze tegels. Ik herinner me wat Hetty zei en ik krijg een gevoel vanbinnen alsof ik ben rondgeslingerd op een stormachtige zee. Ik ren die donkere kamer uit, de straat op, en kijk naar de schuimkoppen in de verte, sprankelend in de zon en in mijn tranen. Ik kan niet geloven dat Grootje niet hier is. Ik blijf maar denken dat ze zo naar buiten komt om de stoep te schrobben, zoals ze dat elke ochtend doet. Maar ze komt niet en de stoep is helemaal vies.

Ik sta nog steeds te staren als mevrouw Ainsty naar me toe komt, een en al kouwe drukte.

'Lilly Melkun! Jou zocht ik nou net.'

En voordat ik de kans krijg weg te rennen, heeft ze mijn hand al te pakken, met een greep als een krab, en zet ze haar allerliefste gezichtje op.

'Wel liefje,' zegt ze, 'ik moet jou iets heel belangrijks vertellen. Ik heb het eens besproken met een paar van de andere vrouwen, wat we nou met jou aan moeten.'

Met mij aan moeten?

'Ik kan voor mezelf zorgen,' zeg ik. Ik probeer haar af te schudden, maar haar greep is van ijzer.

'O guttegut,' zegt mevrouw Ainsty, 'je denkt toch zeker niet dat we de kleindochter van kapitein Melkun als een wild beest laten rondrennen.'

'Ik heb mijn boot. En Kater.'

Mevrouw Ainsty sust mijn woorden.

'Je denkt toch zeker niet dat jij door kunt gaan met vissen, hè? We leven niet meer in de dagen van je grootmoeder. Als jij je leven lang in een oliepak blijft rondlopen en omgaat met vissers, dan is jouw reputatie geen fluit meer waard.'

'Ik heb geen reputatie nodig.'

'En daaruit blijkt nu juist hoezeer jij een leidende hand nodig hebt. Iemand die voor je zorgt, die jou op het goede pad zet. Ik weet dat jouw grootmoeder jouw grillen verdroeg – dat ze je liet gaan vissen, maar je bent toch nauwelijks nog een kind. Dus heb ik Susan Wheeler een bezoekje gebracht.'

'Nee toch!' roep ik.

Mevrouw Ainsty kijkt mij aan, niets dan vriendelijkheid en opgetrokken wenkbrauwen.

'Je hoeft me niet te bedanken, schatje. Tuurlijk ben ik onze koppelaarster voor je gaan opzoeken. En ze was maar al te bereid. Hoe oud ben je nu... twaalf?'

'Dertien.'

'Zie je! Oud genoeg om te trouwen! En ik weet zeker dat Susan Wheeler, ikzelf en de andere vrouwen jou in een ommezien kunnen uithuwelijken. Uiteindelijk heb jij natuurlijk je viskat. Dat is een mooie bruidsschat. Ik denk niet dat we enige moeite zouden hebben de Hindles zover te krijgen dat ze jou accepteren voor hun zoon.'

'Lun Hindle! Maar die heeft de afgelopen twee jaar steeds geprobeerd Kater van me af te pakken!'

'Waaruit maar blijkt dat hij dat dier graag als bruidsschat zal aanvaarden.'

'Maar hij is lui. En stom ook nog! Hij heeft alleen maar een boot omdat zijn pa hem er een gegeven heeft.'

'Zo is het genoeg!' snauwt mevrouw Ainsty en ze kijkt boos. 'Denk je dat we het maar voor het kiezen hebben wat mannen hier in het dorp betreft? Jij zou het beter doen dan velen als je in zo'n goeie familie als de Hindles zou kunnen trouwen. Je kunt maar beter anders gaan denken over Lun en er is niemand die naar zulk smerig commentaar zal luisteren als jij zijn vrouw bent!'

'Ik verander niet van gedachten, want het gaat nooit gebeuren!' roep ik en eindelijk kan ik mijn hand uit die van haar te bevrijden. En dan ren ik weer. Maar deze keer ren ik weg. Weg van ons huis zonder Grootje. Weg van mevrouw Ainsty die mij wil uithuwelijken. Weg, naar de haven toe, waar mijn boot op me ligt te wachten.

En zo komt het dat ik daar ben precies op het moment dat er geklepper van hoeven klinkt en er een soldaat komt aanrijden.

Natuurlijk ben ik niet de enige die dat ziet. Er staat al een hele troep mensen bij de haven, vissers die hard aan het werk zijn om nog iets te redden van hun zeilen en hun netten, die resten van boten uit het water trekken. En de kapiteins, in het met bier bevlekte interieur van de Oude Maan, die nog een slokje nemen voordat ze naar buiten gaan om iedereen de les te lezen. Zodra de soldaat aan komt galopperen, steekt iemand zijn bebaarde hoofd uit een van de ramen van de kroeg; zijn mond valt open als hij het blauwe uniform ziet, rinkelend van zilver en tressen, op dat glimmend bruine paard. Dan verdwijnt het hoofd weer en meteen daarna komen alle kapiteins de kroeg uit, met hoge borst en dikdoenerig gemompel. De vissers houden op met werken en ik hoor alleen nog het geluid van de zee en de meeuwen die boven ons rondvliegen.

'Wie is hier de baas?' roept de soldaat.

Het groepje kapiteins staat een beetje met de voeten te schuifelen, dan dringt kapitein Ainsty zichzelf naar voren.

'Je kunt met mij praten,' zegt hij.

'Ik ben hier op bevel van de commandant van het garnizoen van Chichester,' zegt de soldaat, 'om uit te zoeken waarom jullie baken nodeloos was ontstoken. Het heeft veel paniek veroorzaakt aan de kust, dat kan ik jullie verzekeren.'

Iedereen kijkt iedereen verrast aan. Kapitein Ainsty zet een hoge borst en wijst naar de verwoeste resten van onze vissersvloot.

'Nodeloos!' roept hij buiten zichzelf. 'Wil jij de verwoesting van onze vissersvloot nodeloos noemen?'

De soldaat kijkt eens om zich heen, alsof hij voor het eerst die hele ravage ziet. Hij glimlacht, maar het is geen vriendelijke glimlach.

'Wil jij beweren dat die rovers hier zijn gekomen om jullie bóten kapot te maken? En alle andere dorpen aan de kust met rust hebben gelaten? Dat vind ik toch raar.'

'Die rovers hebben ons drie dagen geleden overvallen. Natuurlijk hebben zij deze vreselijke schade aangericht. Wie moet het anders geweest zijn?'

Iedereen knikt en mompelt, maar de soldaat laat alleen zijn gemene glimlach zien.

'Ik zou zeggen dat ik hier de meest waarschijnlijke daders

voor mij zie. Tenslotte vallen rovers niet slechts één dorp aan om dan te vluchten. Ze zouden de hele kust hebben verwoest en jullie allemaal hebben afgeslacht. En toch beweren jullie dat alleen jullie dorp is aangevallen en dat jullie allemaal in leven zijn gelaten.'

Als ik dat hoor begin ik inwendig te koken. 'En Grootje dan! Ze hebben mijn Grootje vermoord!' schreeuw ik. De soldaat kijkt om zich heen naar mij, maar zijn glimlach blijft, verdwijnt geen ogenblik.

'Denken jullie dat ik het woord van een peuter ga geloven? Het zou me niet verbazen als jullie dit allemaal zelf hebben gedaan, in de hoop op vergoeding.'

'Nee!' 'Welnee!' 'Nooit van zijn leven!' klinkt het links en rechts.

'Ik zal rapport uitbrengen,' zegt de soldaat koeltjes, 'dan zullen we zien wat er gebeurt.'

John Greenstick, een van de vissers, stapt naar voren en neemt zijn pet af.

'Neemt u mij niet kwalijk, edelachtbare,' zegt hij. 'Maar u moet ons geloven. Wij zijn eerlijke mensen hier en wij zijn trouw aan de Premier. En we hebben hulp nodig. We komen van honger om als we onze boten niet weer in de vaart kunnen krijgen.'

'Ja, wat gaat de Premier doen om ons te helpen?' roept iemand uit de menigte.

De glimlach van de soldaat wordt nu een grijns.

'Is dat niet typisch iets voor boeren? Sluw en hebberig, stuk voor stuk. Alles wat jullie willen is vergoeding, maar jullie krijgen niks als blijkt dat jullie je eigen boten de grond in hebben geboord.'

En dan komt iedereen in opstand.

'De rovers hebben onze vloot verwoest!'

'Wij zijn geen bedriegers!'

'Wat moeten mijn kinderen eten als we niks van Zijne Majesteit krijgen?'

'Schaam je! Schaam je voor zulke harteloze taal.'

Het paard van de soldaat wordt een beetje zenuwachtig van al dat geroep en de soldaat begint te bulderen: 'Genoeg! Hebben jullie de nieuwe verklaring van Zijne Majesteit over overvallen niet gelezen? Hebben jullie er dan niks van begrepen? Ga het papier op jullie kerk lezen, dan weten jullie wat jullie te wachten staat.'

Maar niemand hoeft naar de kerk te gaan. We kennen die verklaring allemaal uit ons hoofd, we hebben haar allemaal al tientallen keren gelezen sinds ze de vorige maand is opgespijkerd.

In verband met de toegenomen aanvallen door overvallers uit Oost-Anglië – in de volksmond rovers genoemd – is Zijne Luisterrijke Majesteit de Premier van de Laatste Tien Districten van Engeland ervan overtuigd dat er compensatiebetalingen zijn gebruikt als aanzet tot collaboratie en fraude.

Daarom beveelt Zijne Majesteit dat er in de toekomst straf, geen compensatie, zal worden toegekend voor zulke aanvallen, tenzij er doorslaggevend bewijs van algemeen verzet is geleverd.

Door de hem gegeven macht neemt Zijne Luisterrijke Majesteit deze beslissing tot heil van allen.

Onderaan staat een wat beverige handtekening.

De soldaat kijkt de menigte boos aan en stopt zijn aantekenboek terug in zijn zadeltas. Iedereen staat nog te mompelen en boos te sputteren en het geschreeuw sterft weg, niemand wil dat de Premier ons zal straffen, niet nu we ook al overvallen zijn.

'Wel,' zegt de soldaat, 'nu dat duidelijk is, ga ik door met mijn voornaamste opdracht hier.' Hij kijkt om zich heen. 'Waar is het huis van mevrouw Clare Denton?' Er valt een diepe stilte, alsof we allemaal plotseling ophouden adem te halen. 'Kom op! Ik heb de hele dag niet. Mijn opdracht is juffrouw Alexandra Randall en haar escorte mee terug te nemen van het huis van haar tante naar het paleis van de Premier in Swindon. En we moeten op tijd weg.'

Niemand zegt iets. Kapitein Ainsty en John Greenstick glippen terug in de menigte. De soldaat kijkt de menigte rond en je kunt aan zijn gezicht zien dat er iets bij hem daagt.

'Is er een probleem?' blaft hij.

Na een poosje durft kapitein Ainsty iets te zeggen.

'Mevrouw Denton kunt u niet spreken,' zegt hij zenuwachtig. 'Ik heb gehoord dat de arme vrouw met hysterie in bed ligt... en jullie kunnen de kleine Alexandra Randall ook niet mee terugnemen naar haar vader, want de rovers hebben haar.'

3

Angel Isling

Mijn vader! Hij is terug!

Alles is in rep en roer, bedienden en slaven rennen alle kanten op. In de keukens sloven ze zich uit om het eten klaar te krijgen.

Want vader is thuis, dus we gaan feestvieren!

De grote deuren van de hal, die uitkijken op het oosten, op zee, worden opengeduwd. Ik ren naar buiten, ik wil vader zien binnenvaren. Maar het lijkt alsof iedereen die is achtergebleven – vrouwen, oude en ook jonge mannen – al buiten op de grote veranda staat. Vijf, zes, zeven rijen tegen de reling. Ik probeer te duwen, probeer op te springen. Maar de enige die op mij let is Ananda, dat lelijke wijf van Enrique.

Ze snauwt: 'Hou op met duwen, Zeph, een beetje eerbied!'

'Eerbied voor jou, varkenskop?' zeg ik en ik ga er dan vandoor voordat ze me kan slaan.

Dat zou ze nooit tegen me gezegd hebben als moeder nog in leven was geweest.

Ik probeer het op andere plekken, maar niemand laat me door. En ik móét vader zien!

Ik krijg een idee. Een verkeerd idee, dat wel, maar het laat me niet meer los.

'Wat zou het als het verboden is?' zegt die gedachte. 'Ben jij niet de zoon van de hoogste Baas van alle Families?'

Ik kijk of niemand op me let, dan trek ik de noordpoort van de windgalerij open. Een kiertje maar. Genoeg om me erdoorheen te wurmen.

Ik sluit de poort achter me en sta in het halfduister van de windgalerij. De geesten zullen me vast straffen – kwade dromen, tegenspoed, huiduitslag. En ik krijg vast op mijn sodemieter als Ims me betrapt. Maar wat kan mij dat schelen?

Alle vier de windpoorten zitten dicht, de rode geestesvlaggen hangen slap, maar de spleten in de wilgentenen muren laten genoeg licht door. Naar het noorden kan ik alleen de menigte op de veranda zien staan. Naar het zuiden liggen de moerassen, die overgaan in groen. In het westen staan de gegraveerde houten muren en het hoge rietdak van vaders hal, maar in het oosten, naar zee, zijn het allemaal vlekken blauw – donkere zee eronder, lichte hemel erboven. En er is een beetje rood.

Rode zeilen. Vaders drakenboot!

Ik loop gauw naar de noordoosthoek en houdt mijn ogen voor de spleten. En nu, door het vervaagde patroon van de geweven wilgentenen heen, kan ik vader zien thuiskomen.

Het is stil in de windgalerij, zelfs met de hele Familie vlak bij me op de veranda. Alleen het geluid van water onder de hal, dat tegen de hoge palen klotst en de windgeesten die tegen de muren van de windgalerij strijken en ademen. Maar met mij is niets aan de hand, ze kunnen niet binnen als de poorten dichtzitten.

Dit is een goeie plek. Door die spleten kan ik alles zien: de zeven eilanden die tussen de hal en de open zee liggen, de zeestraat – breed en glanzend in het licht nu het hoogwater is, het riet dat golven groen door de moerassen zendt.

Maar het allerbelangrijkste is dat ik vaders drakenboot kan zien. Het rode zeil staat bol, de rode vlaggen wapperen, schilden hangen aan de boeg. De voorplecht is een woud van zwaarden, zelfs vanhier kan ik het gejuich van de krijgers horen.

En dat betekent succes!
Iedereen op de veranda staat nu ook te juichen. Maar ik moet mijn mond houden – ik wil niet dat Ims me vindt. Of erger nog, de Windspreker. Hij zou me vast spietsen!
Vaders schip glijdt gemakkelijk door het water, de drakenkop op de boeg gromt en laat zijn tanden zien.
'Medwin! Medwin! Medwin!' roept de menigte op de veranda.
'Angel Isling! Angel Isling!' roepen de krijgers op vaders oorlogsschip.
De Baas en de Familie.
Dat is alles waar het om gaat.

Het rode zeil van de drakenboot wordt ingehaald, maar ze glijdt nog steeds door het water. Dertig lange riemen gaan omhoog en worden met een krakend, plassend geluid bewogen – als insectenpoten die de boot voortstuwen. De gaten in de wilgentenen muur laten nu geen blauw of groen meer zien, alleen het bruin en rood van vaders boot. En het glimmende staal van de zwaarden van de krijgers en het rood van hun leer en de doffe gloed van helmen en wapens. Ik hoor geroep en geschreeuw als de riemen omhooggaan, en de krijgers aan dek stoppen hun zwaarden weg en maken zich klaar om vaders drakenboot aan te meren. Een van hen werpt een lijn op de veranda. Dat is de roodharige Eadan, die vooroverhangt op de boeg. Hij ziet er apetrots uit.
En meteen komt zijn moeder naar voren. 'O mijn zoon! Mijn fantastische zoon!'
Eadan is vier jaar ouder dan ik en dit was zijn eerste reis als krijger.
Ik wou dat het de mijne was geweest.
Er worden meer lijnen uit de boot geworpen en opgevangen door de slaven die klaarstaan. Maar Eadans moeder grijpt een lijn en begint eraan te trekken, wat vrolijk gejuich aan de krijgers aan boord ontlokt. En algauw trekt iedereen mijn vaders oorlogsschip binnen en houdt pas op als het dicht tegen de kade

ligt. Dan is het alsof de menigte een afwachtende houding aanneemt. Iedereen zwijgt. De krijgers aan boord gaan aan de kant, maken plaats.

Ze maken plaats voor vader.

Hij glimlacht, roept als mensen naar voren komen in een poging hem aan te raken. Hij stapt van de drakenboot af op de kade maar hij gaat niet de hal in; nu houdt hij op te lachen en kijkt om zich heen. Hij slaat zijn armen over elkaar: hij fronst, hij zoekt. Hij ziet dat ik er niet ben. Hij vraagt zich af waar ik ben!

'Waar is Aileen?' roept hij.

Niet ik! Waarom niet ik? Alles waarover hij zich zorgen maakt is zijn lelijke bijzit en die stomme merrie is er niet eens. Zoals gewoonlijk.

Er klinken voetstappen vanuit de hal en als ik mijn ogen voor een ander gat houd, kan ik Aileen zien, die op hem afloopt.

Ze heeft een glimlach op haar smerige smoel, waarschijnlijk omdat iedereen naar haar kijkt. Het is niet eerlijk: ze is alleen maar zijn bijslaap! Een slavin, gekocht van een of andere Schotse smokkelaar. Maar ze heeft zich een plaats verworven, dat staat vast. Als mijn moeder er nog was zou ze haar binnen een seconde op haar plaats meppen. Maar die is er niet. En Saera ook niet. Mijn moeder en mijn zusje, allebei drie jaar geleden weggedreven, de moerassen in. Soms vraag ik me af of vader ze zich nog herinnert.

'Hier ben ik, mijn heer,' zegt Aileen met haar stomme Schotse accent.

Mijn vader opent zijn armen en pakt haar vast. Knijpt haar fijn.

'Als een man jou ziet wordt-ie gelukkig. En ik heb ook iets moois voor jou. Jij hebt geen idee hoeveel geluk we hebben gehad.'

De lach op de smerige smoel van Aileen wordt breder.

'Heb je het?' vraagt ze.

'We hebben een fantastische reis gehad!' roept vader. 'Die dorpen zijn als oesters die erop wachten te worden opengemaakt. En wat een parel hebben we erin gevonden!'

'Dus heb je het? Mag ik het zien?' hijgt Aileen.

'Dit is het begin!' roept vader. 'Alles begint vanaf hier!'

De krijgers op het schip beginnen te lachen en te roepen. Ik houd mijn hoofd voor een ander gat en kan zien dat ze iets over de boot naar de kade toe slepen. Het verzet zich. Het gaat tekeer. Het is een vreselijk ellendig, mager meisje met blote, blauwe benen die uit een witte nachtpon steken, met touwen die haar armen tegen haar zij binden. Ze is ongeveer van dezelfde leeftijd die Saera had toen ze ziek werd. En ze ziet er zelf ook aardig ziek uit.

Aileen maakt zich los uit vaders armen.

'Wat is dat?' snauwt ze. 'Waar is het juweel?'

'Laat dat juweel toch zitten!' zegt vader. 'Dit meisje is veel kostbaarder.'

'Ik wil naar huis. Alstublieft!' kermt het meisje.

Aileen balt haar vuisten. 'Waarom heb je niet gedaan wat je moest doen?'

Mijn vader lacht haar uit.

'Maak je geen zorgen, liefje. Je krijgt alle juwelen die je wilt, maar later. Laat me je eerst voorstellen aan mejuffrouw Alexandra Randall, dochter van Zijne *Glorieuze* Majesteit Archibald Randall – Premier van Engeland, verdediger van hun waardeloze districten!'

Aileens mond zakt open.

'Wat heb je gedaan?' fluistert ze.

'Ik ben die idioot een streepje voor geweest! Nu zullen we eens zien of dat jankende Engelse hondenjong uit zijn paleis durft te komen om zich te meten met échte krijgers!'

'Maar je hoefde alleen maar het juweel te halen,' schreeuwt Aileen. 'Op deze manier komt er een heel leger op ons af!'

'Dat mag ik hopen!' roept vader. 'En dan zullen we die Engelsen een pak op hun lazer geven! Die lafaards willen al jarenlang oorlog, nu zullen ze er een krijgen ook!'

Een oorlog met de Engelsen! Mijn vader is de Baas van alle Families!

De menigte op de kade begint te juichen, de krijgers op de boot staan te juichen en zelfs ik begin te juichen, hier in mijn schuilplaats.

De enigen die niet blij zijn, zijn Aileen, die teleurgesteld staat te fronsen, en het Engelse meisje, dat begint te huilen.

4

Luistervink

Als hij hoort dat Alexandra Randall ontvoerd is haast de soldaat zich weg. Zonder nog iets te vragen keert hij zijn paard en galoppeert weg. Hij gaat terug naar de kustweg en zweept zijn prachtige paard op alsof het een houten tol is.

Opeens besef ik waaraan iedereen de laatste paar dagen heeft lopen denken. De rovers hebben de dochter van de Premier ontvoerd! Wat betekent dat niet alleen de kapiteins in de Oude Maan over de overval zullen kletsen. Als die soldaat eenmaal het nieuws naar Swindon brengt, zullen de Premier en het Parlement en de generaals en de hemel weet welke hoge piet nog meer over ons dorp gaan praten.

En dat maakt iedereen nog zenuwachtiger.

'Dit betekent voor ons beslist niks goeds,' zegt Andy's pa als we die avond bij elkaar zitten te kijken hoe het vuur in de haard dooft.

'Het komt wel in orde, je zult het zien,' zegt Andy's ma, die zit te breien. 'De Premier weet dat wij eerlijke mensen zijn. Hij zorgt voor ons.' Ze kijkt mijn kant uit, alsof de Premier speciaal voor mij zal gaan zorgen.

'Dat was misschien zo met zijn vader, maar van hem ben ik niet zo zeker,' zegt Andy's pa. 'En de soldaat had gelijk, er is iets raars aan dit alles. Het is niks voor de rovers om maar één dorp te overvallen.' Hij schudt zijn hoofd. 'Ik denk niet dat de Premier en zijn gevolg erg ver zullen zoeken om iemand de schuld te geven. Niet als ze ons bij de hand hebben.'

'Stil nu,' zegt Andy's ma en ze kijkt mij bezorgd aan. 'Hebben die kinderen nog niet genoeg slechte dingen gezien?'

Er wordt op de deur geklopt, we schrikken allemaal bij het geluid. Maar het is alleen Hetty's zoon, Charlie. Hij grijnst zijn tanden bloot.

'Weet je wat?' zegt hij. Andy's pa glimlacht terug.

'Ik weet het niet. Vertel het me maar.'

'Ik heb een stuiver,' zegt Charlie.

'Da's mooi,' zegt Andy's ma. 'Misschien zou je die aan je moeder moeten geven.'

'Dat kan ik niet, nog niet,' zegt Charlie. 'Want ik moet het Lilly vertellen.'

'Wat moet je haar vertellen?' zegt Andy.

'Van mevrouw Denton. Martha gaf me de stuiver. Ze zei me dat ik je moest zeggen dat je bij mevrouw Denton moet komen. Morgen.' Hij straalt van trots. 'En dat heb ik nou gedaan.' Dan trekt hij de deur met een klap dicht en weg is-ie.

'Mevrouw Denton?' zeg ik, terwijl ik me afvraag wat er aan de hand is. 'Waarom wil die mij zien?'

'Ze is een aardige, vriendelijke vrouw,' zegt Andy's ma. 'Ze wil je waarschijnlijk op de een of andere manier helpen. Dus je kunt maar beter gaan en je netjes gedragen.'

Het lijkt wel alsof alle chique dames van het dorp mij willen helpen nu ik wees ben geworden.

De volgende ochtend gaat Andy met zijn pa naar de haven om daar de boten verder op te lappen. Ik en Kater zouden eigenlijk mee moeten helpen, maar in plaats daarvan ga ik naar mevrouw Denton.

Ik loop naar de achterdeur, zoals Andy's ma me heeft verteld en die wordt opengedaan door Martha, de huishoudster van mevrouw Denton.

'O, ben jij het,' zegt ze en ze lijkt niet al te gelukkig met mijn komst. 'Ik denk dat je maar beter binnen kunt komen.'

De deur is net gemaakt, er zijn planken over het midden gespijkerd. De rovers hadden hem waarschijnlijk in getrapt want rond de reparatie zijn nog blutsen en deuken van een bijl te zien. Net zoals onze deur thuis. Ik huiver en ik wil er eigenlijk niet door. Maar ik moet wel en terwijl ik naar binnen stap komt er plotseling een herinnering van jaren terug boven.

Het was op een nacht, toen de bakens langs de kust werden ontstoken en Grootje me wakker maakte.

'De bakens branden, we moeten weg.'

Misschien was het het ontwaken in het donker of Grootjes gezicht dat door een kaars werd verlicht of alle verhalen die ik had gehoord over de wilde rovers, maar ik stond meteen te gillen en te schreeuwen: 'Laat ze ons niet vermoorden! Laat ze ons niet vermoorden!' Ik kan me nog herinneren hoe bang ik was, als een koud zwaard tegen mijn rug.

Maar Grootje knuffelde me alleen en zei: 'Maak jij je nou maar geen zorgen, Lilly kindje. Wij zijn al weg voordat ze hier komen. En trouwens, rovers zijn niet geïnteresseerd in kinderen, ze willen goud en lading, alles wat ze kunnen stelen. Als ze zo'n klein ding als jou zien lopen ze gewoon door.'

En dat hield ik mijzelf altijd maar als troost voor.

Maar hoe zit dat dan met Alexandra Randall? Zij is vast ook wakker geworden en niet met troostende woorden die een veilige uitweg beloofden, maar met het geluid van de deur die werd in getrapt, van zware laarzen die stampten en van rovers die in haar eigen huis liepen te schreeuwen.

Ik heb haar één keer in het dorp gezien met haar ma: een opgetut meisje met wie werd gepronkt door een chique dame met zijden linten. Ik dacht toen dat ze het gelukkigste meisje moest zijn dat ik ooit had gezien, omdat ze zo rijk was. Zelfs toen Grootje me een jaar geleden vertelde dat haar moeder ziek was geworden en was gestorven, had ik nauwelijks medelijden met haar. Maar nu vraag ik me af of ze zich onder haar bed heeft verborgen toen de rovers het huis binnen kwamen? Ik vraag me af of het meisje om hulp heeft geroepen die nooit is gekomen? Ik vraag me af of de rovers haar warme kleren hebben aangetrokken of dat ze haar gewoon hebben meegenomen in haar nachtpon, met blote voeten trappelend in de koude ochtendlucht?

Martha neemt me mee naar een grote betegelde keuken met een prachtige eikenhouten tafel, zwaar kookgerei en een groot fornuis dat gloeit van het vuur. Dan draait ze zich om, kijkt mij aan en trekt een scheef gezicht.

'Laten we maar meteen met de deur in huis vallen. Mevrouw Denton heeft naar jou gevraagd, maar daardoor ben je nog niet meer dan een vissersmeid en zij niet minder dan een chique dame. Dus weet je plaats, want één misstap en je staat buiten.'

Ik knik gedwee, want Martha moet je niet tegen je hebben. Toen we nog klein waren en in het dorp kattenkwaad uithaalden, wisten ik en Andy precies wie om onze mollige smoeltjes zou lachen en wie ons een mep zou geven omdat we zo brutaal waren. En Martha zat altijd meer aan de meppende kant.

'En nog wat,' zegt Martha, met een boze blik op Kater, 'dat beest van je mag geen haar op het meubilair achterlaten.'

Dan duwt ze me door een deur naar een brede, donkere hal. Aan de ene kant is de bruine houten voordeur, aan de andere een brede, donkere trap. Tegenover ons zie ik een paar hoge dubbele deuren. Martha klopt rustig op een ervan en draait zich dan naar mij om. Ze knijpt in mijn arm en fluistert hardop.

'Mevrouw Denton zit in haar zitkamer, dus ga maar naar binnen. Maar denk erom dat je rustig en zo onderdanig als een muis bent. Ze wil je zien vanwege je Grootje, maar dat wil alleen maar zeggen hoe goed ze is, dat ze aan het verdriet van anderen denkt terwijl ze zelf moet lijden.'

Dan maakt Martha een van de deuren open en Kater trippelt naar binnen alsof hij hier woont.

Mevrouw Dentons zitkamer is de mooiste kamer die ik ooit heb gezien. Hij is heel groot, met lichtgele muren en boven de haard een schilderij van een jongeman en een vrouw die elkaars hand vasthouden. En er zijn sofa's en zachte stoelen om op te zitten en er ligt een tapijt op de vloer. Maar de gordijnen zitten dicht en de kamer is vol schaduwen en muffe lucht. Het ruikt een beetje naar lavendel en ook een beetje naar bedorven adem.

Mevrouw Denton zit op een van de sofa's, met haar hoofd opzijgezakt. Ze heeft een zakdoek over haar gezicht en ze zit rustig te snurken. Als ze mij en Martha hoort binnenkomen, schrikt ze en begint te krijsen.

'Wat is dat? Wat doe jij daar? Help! Help!'

'Rustig maar, mevrouw,' zegt Martha. 'Ik ben het maar. En ik heb de kleine Lilly Melkun bij me, zoals u wilde.'

'O ja! Lilly Melkun!' Mevrouw Denton lacht. 'Wat dom van me! Het was gewoon de schrik wakker te worden met iemand in de kamer, het deed me denken aan...' Ze schudt haar hoofd en duwt zich op van de sofa.

'En je hebt je poes meegenomen. Wat aardig van je dat je me wilt opvrolijken. Kom hier poesje!' Martha slaat haar ogen ten hemel en loopt stampend weg. Kater blijft rondsnuffelen en kijkt niet eens naar mevrouw Denton. Ik houd hem in de gaten, denk aan zijn nagels in al die tapijten en kussens.

'Ga die mevrouw eens gedag zeggen,' zeg ik. Maar Kater luistert bijna nooit naar me en nu gaat hij op haar tapijt zitten en begint zijn achterwerk te wassen.

Mevrouw Denton kucht eens, kijkt snel de andere kant op en zegt: 'Wees zo goed wat licht binnen te laten.'

Ik loop naar het raam en trek de gordijnen open. Het ochtendlicht stroomt de kamer binnen, waardoor de donkere kringen onder mevrouw Dentons ogen, de diepe lijnen over haar voorhoofd en haar haar dat een grote warboel is, zichtbaar worden.

Ze steekt een hand uit.

'Kom eens bij me zitten, Lilly.' Er staan tranen in haar ogen. 'Wij hebben allebei de afgelopen week iets vreselijks meegemaakt.'

Ze pakt mijn hand in de hare en trekt me naar beneden, op de sofa pal naast zich. Haar hoofd komt een eindje naar voren, als een reiger die op vis loert.

'Weet je, volgens mij ben jij de enige in het dorp die ik momenteel kan zien... De enige die kan begrijpen wat mij is overkomen.'

En nu zit ze waarachtig te huilen en ze droogt haar gezicht met haar zakdoek. Dit is niet wat ik wil! Ik heb de afgelopen dagen zelf genoeg gehuild.

Misschien zou ik kunnen zeggen dat Kater ziek is en dat we weg moeten? Maar hij ziet er aardig gezond uit, zit zich flink te likken, één poot recht omhoog.

'O Lilly,' snikt mevrouw Denton, 'ik kan niet slapen van de zorg om Alexandra en wat zij moet doorstaan. En als ik slaap, word ik geplaagd door nachtmerries. Ik blijf maar denken aan wat ze allemaal met haar kunnen uithalen.'

En dan weet ik opeens niet wie er nou erger aan toe is, ik of mevrouw Denton. Ik zie Grootje nooit meer, maar ik weet tenminste dat ze niet verder lijdt. Want iedereen weet hoe rovers hun gevangenen langzaam in mootjes hakken en koken voor hun stoofpot, of ze in kooien hangen en gebruiken als doel om op te schieten.

'Het spijt me van Alexandra,' zeg ik en mevrouw Denton werpt mij een natte glimlach toe.

'Je bent een goed meisje, Lilly.' Ze zucht eens en dept haar ogen weer. 'Ik wilde je graag zien om te kijken of er iets is wat ik kan doen om jou te helpen.' Dat geeft me een beetje hoop. Maar dan zegt mevrouw Denton: 'Maar je moet wel begrijpen, ik ben niet rijk.' En dat klinkt uiteindelijk weer niet zo hoopvol. 'Ik ben getrouwd uit liefde, niet om het geld, en tegen de wens van mijn broer. De lieve Eustace, mijn man, was een fantastische man met alles behalve geld en hij heeft me vrijwel niets nagelaten. Omdat mijn broer mij geld geeft kan ik hier wonen. Dus ik hoop dat je begrijpt dat ik je maar heel weinig kan geven...' Ze legt haar handen op de mijne en kijkt me aan. 'Maar als er een andere manier is waarop ik je kan helpen, hoef je het maar te vragen.'

Ik probeer aan iets te denken wat ze kan doen behalve me geld geven, maar kan niets bedenken. Dus zit ik daar, met mijn mond open als een vis, als de klopper op de voordeur met veel lawaai wordt gehanteerd. Bonk, bonk, bonk!

Mevrouw Denton staat meteen weer te bibberen.

'O! Dat zijn zij! Ze zijn terug!'

Bijna raak ik ook in paniek, maar dan komt mijn gezonde verstand weer terug.

'Dat kunnen de rovers niet zijn. Die gebruiken de deurklopper niet, die gebruiken bijlen.'

Mevrouw Denton gaat zitten en wuift zich met haar zakdoek koelte toe.

'Ach, natuurlijk liefje, wat ben jij toch praktisch.'

Ik kan Martha's voeten horen stampen als ze naar de voordeur gaat en zodra die open is, spreekt een luide stem: 'Laat me binnen! Ik kom mijn zuster opzoeken!'

De broer van mevrouw Denton? De Premier!

'O hemel!' zegt mevrouw Denton en ze wordt bleek. 'Dat is Archie!' Ze wendt zich tot mij! 'Wat moet ik doen? Wat kan ik tegen hem zeggen?' En nu zit ze nog harder te wuiven en te blozen dan daarvoor. 'Hij is altijd zo driftig, dat was al zo toen we nog kinderen waren!' Ze begint aan me te plukken. 'Snel! Verberg je. Ga daar naar binnen, dan ziet hij je niet!'

En voordat ik iets kan zeggen pakt ze Kater, die begint te piepen als ze hem in mijn armen duwt. Dan schuift ze ons door een deur, niet de deur die naar de hal leidt, maar een andere, en slaat die achter ons dicht.

Dus nu zitten we vast in een andere kamer. En die ziet er heel anders uit. Hier geen sofa's en mooie stoelen, alleen maar een groot oud bureau bij het raam. En er hangen ook geen schilderijen of spiegels aan de muur. Maar wel planken vol boeken, die een hele muur bedekken. De boeken doen me denken aan wat Grootje zei over de overleden man van mevrouw Denton.

'Ze is getrouwd met een of andere geleerde, geloof ik. Dat heeft destijds een groot schandaal veroorzaakt, want ze had met een prins of zoiets moeten trouwen. En hij was heel erg geïnteresseerd in vroeger. En daarom is ze uiteindelijk in zo'n arm plaatsje als dit dorp terechtgekomen, want geen van de heren en ministers en zo wilde daarna nog iets met haar te maken hebben. En toen ging meneer Denton een reis maken naar alle verzonken plaatsen om te zoeken naar overblijfselen en toen hij terugkwam was hij al aan het doodgaan aan de tering. Ik had hem wel kunnen vertellen dat er niks goeds zou komen van vissen in die dode steden.' Ik huiver eens.

In de zitkamer hoor ik mevrouw Denton snikken en huilen: 'O Archie, het spijt me! Het spijt me zo!' En ik weet meteen dat ik haar niet wil horen. Want ze doet me denken aan Hetty, die naast Grootjes lichaam zat te huilen. Dus loop ik de kamer door en probeer mijn aandacht op iets anders te richten.

Tegen de andere muur staan twee hoge kasten, met kleine etiketten op alle laden, en ook een kast met een glazen deur, waarin allerlei potten en vazen en opgezette dieren staan, en een heleboel andere dingen waarvan ik niet weet wat het is.

Kater worstelt in mijn armen en zegt: 'Mrrau!' wat betekent 'laat me los', en hij worstelt zich uit mijn greep los, op de vloer. Meteen begint hij rond te snuffelen bij de kasten. En omdat er verder niks te doen is terwijl we wachten, doe ik uiteindelijk hetzelfde.

Het duurt een poosje voordat ik de woorden op de etiketten ontcijferen kan. Op de eerste kast staan allemaal dingen als 'militaire centra ondergelopen bij zeespiegelstijging' en 'ruïnes van de stoffige vlakte'. Ik weet soms wat dat betekent, want de pastoor preekt altijd over hoe de zee omhoogkwam en hele steden verslond en hoe de zon heter werd en het land verschroeide en alle gewassen doodgingen, en dat is de reden waarom wij honger lijden. Hij zegt dat het een straf is voor de hebberigheid van vroeger en daarom moeten we nederig zijn. Hij zegt dat de mensen vroeger gemeen waren en hun machines nog gemener.

Ik vraag me af of meneer Denton ooit geluisterd heeft naar de preken van de pastoor?

'Computerontwikkeling' staat op een etiket op een la. Ik pak het handvat en trek de la open, maar er liggen alleen maar vellen volgeschreven papier in, dus schuif ik de la weer dicht. Grootje heeft me wel verhalen verteld over computers, hoe mensen die vroeger gebruikten om ze in plaats van hen te laten denken. Ze zei dat dat waarschijnlijk verkeerd was geweest, maar dat ik me niet te veel zorgen moest maken over wat de pastoor zei, want die zat altijd overal op te mopperen.

'Moet je nagaan,' zei ze dan, 'de Schotten gebruiken allerlei soorten technologie, zij hebben zonnekracht opgevangen en wat al niet. Zijn zij soms vervloekt en getroffen door een epidemie? Wij hebben het veel erger dan zij.' En dan ging ze fluisteren, zodat niemand haar kon horen: 'We zouden veel beter af zijn als we in Groot-Schotland zouden wonen.' Maar we wisten allebei dat daar niet veel kans op was, want er zijn een heleboel soldaten bij de grens die iedereen tegenhouden die weg wil.

In plaats daarvan keer ik me naar de glazen kast toe. De vreemde verzamelingen van meneer Denton staren me aan. Er zijn platte doosjes van uiteenlopende kleuren, waar twee draden uit komen, met knopjes aan het eind ervan. Daar ligt een stapeltje dunne zilveren schijven met een gat in het midden. Er zijn kromme doosjes met knoppen en uitsteeksels erop, net groot genoeg om in je hand te houden.

Sommige van die dingen zijn echt raar. Zoals die beeldjes van piepkleine vrouwtjes, met blond haar en lange magere armen, die met grote dode ogen staan te staren. En er is nog een ander beeld, van een dikke ouwe vent met een witte baard, in het rood gekleed. Hij ziet eruit als een rover, want alleen rovers dragen één enkele kleur, maar op het etiket op zijn voetstuk staat: 'Zingende Kerstman'. Misschien was hij echt een gemene roversbaas, die zong terwijl hij mensen in mootjes hakte?

Maar voor het grootste deel is het stoffig oud spul. Ruim de helft van de kast is gewoon gevuld met dozen: op de onderste planken zijn ze groot en grijs, op de middelste kleiner en merendeels zwart, en op de bovenste staan doosjes niet groter dan je hand, plat en glinsterend, met verschillende kleuren roze en rood en groen. Het lijken wel zeeschelpen. Daarnaast zit een papieren etiket, en als ik de woorden heb ontcijferd dan staat er: 'Laat-21e-eeuwse computers'. Het is allemaal een beetje eng en ik huiver nog eens. Kun je de tering oplopen van dingen van vroeger?

Ik sta nog steeds naar die plank met computers te kijken als ik de Premier hoor roepen: 'Doe niet zo gek, Clare! Ik kan niet zomaar losgeld betalen!'

Daarop wordt hun gesprek zo luid dat ik elk woord kan verstaan. Althans, dat kan ik als ik naar de deur toe kruip en mijn oor ertegen druk.

'En waarom niet? Wil je je dochter dan niet terug?'

'Ja natuurlijk!'

'Het lijkt er anders niet op! Net zoals je tot nog toe amper geïnteresseerd leek in het arme kleine ding.'

'Doe niet zo gek. Ik heb net zoveel belangstelling voor haar als een vader voor een dochter moet hebben. Vorige week nog heb ik een onderhoud gehad met Lord Brown, om de opties voor haar uithuwelijking te bespreken. En nu heb ik alles laten vallen – staatszaken waar jij geen snars van snapt – om naar dit verdomde dorp te komen om te kijken wat er met haar is gebeurd.'

'Is dat alles wat ze voor je is? Huwelijksvoer? De zoveelste bouwsteen voor je plannen?'

'Spaar me je sentimentele nonsens. Ze is geen jongen en zal dat ook nooit worden, dus is uithuwelijken in mijn voordeel het nuttigste en belangrijkste dat dat kind ooit zal doen. Of zou hebben gedaan, als jij haar niet door die rovers had laten meenemen.'

Mevrouw Denton slaakt een snik.

'Dat was nooit mijn bedoeling...' Ze haalt eens diep adem. 'Archie, alsjeblieft, jij hebt geld. De rovers moeten haar voor het geld hebben meegenomen. Waarom betaal je het niet, dan kan ze terug naar huis komen.'

'Doe niet zo belachelijk! Wat denk je dat ze dan gaan doen?'

'Dan komt ze tenminste terug!'

'En daaruit blijkt nu precies hoe weinig jij van de echte wereld weet. Hoe kan uitgerekend ik ooit een deal sluiten met boeven die handelen in terreur? Ik ga er maar van uit dat dit het zoveelste voorbeeld is van jouw koppige stomheid. Net als dat verrekte huwelijk van je.'

'Alsjeblieft! Als je geen losgeld voor Alexandra wilt betalen, wat gaan ze dan met haar doen?'

'Dat had je je misschien zelf moeten afvragen voordat je bij mij kwam smeken haar bij jou te laten verblijven. Ik weet niet waarom ik heb toegegeven, ze zou het aan het hof veel beter hebben gehad.'

'En denk jij dat ik niet wilde dat ik het nooit had gevraagd? Ik heb er elke seconde spijt van gehad sinds ze werd ontvoerd. Ik zie in gedachten steeds weer hoe ze wordt meegenomen, opnieuw en opnieuw. Maar ik wilde gewoon dat ze bij familie zou zijn, ze werd zo stil sinds Anne Marie is gestorven. Ik had nooit gedacht dat dit zou gebeuren! Trouwens, als jij zo bezorgd was, waarom heb je dan niet meer dan twee soldaten gestuurd om haar te bewaken?'

'Omdat ik zo stom was te denken dat Engelsen wel zouden vechten om een familielid van de Premier te verdedigen. Maar in plaats daarvan liepen die lafbekken gewoon weg!'

'Niemand in dit dorp kan het opnemen tegen de rovers.'

'Omdat het zielige onderkruipers zijn!'

'In hemelsnaam, Archie, het zijn gewoon vissers, die kunnen niet tegen rovers vechten. Ze hebben garnizoenen nodig en bescherming, geen straf en vervolging.'

'Zo is het genoeg! Hoe ter wereld kom jij op het idee dat jij mij in deze zaak de les kunt lezen? Wanneer heb jij ooit de taak gehad de Laatste Tien Districten te verdedigen?'

'Ik geloof alleen maar...'

'Nee, ik wil het niet horen! Je hebt je zin gehad en het gevolg was dat mijn dochter door die rovers werd ontvoerd. Nu is het mijn beurt en ga ik het anders aanpakken, ik zal mijn dochter met geweld en wapens terugkrijgen, niet met geld.'

'Maar Alexandra...'

'Is de dochter van de Premier! Ze moet vastberaden en doortastend zijn. Ze zal zich zelfbeheersing eigen maken.'

'Ze is zeven!'

'Jij was ook zeven toen vader ons meenam op zijn veldtocht door de moerassen.'

'Ik kan me niet herinneren dat ik daar vastberadenheid van heb geleerd. Wat ik heb geleerd is hoe een soldaat eruitziet als de bovenkant van zijn hoofd is weggehakt en zijn hersens eruit druipen in de modder. Is dat wat je je dochter wilt leren?'

'Doe niet zo zielig! Ik rekruteer een burgerleger uit deze snotterende vissers voor zover ze nog wat waard zijn en dan ga ik op veldtocht, net zoals vader; jij hebt vanaf nu niet meer met deze zaak te maken. En laat nu die bediende van je wat te drinken voor me halen. De aartsbisschop heeft me verteld dat ik je moet vergeven Alexandra te hebben verspeeld. Dus nu moet ik hier even gaan zitten om mezelf zover te krijgen. En volgens mij gaat dat minstens een paar flessen wijn vergen.'

5

De man in het zwart

Ik hoor een zware dreun aan de andere kant van de deur en neem aan dat het de Premier is die gaat zitten. Dan rinkelt een bel, klinken meer voetstappen en bestelt mevrouw Denton rode wijn voor hem. Dan niets meer. Zelfs als ik mijn oor pal voor het sleutelgat houd.

Dus houd ik mijn oog er maar voor en ik kan ze net allebei zien, mevrouw Denton en de Premier. Ze zitten elkaar een poos aan te kijken.

Dit is dus dat korte bezoek aan mevrouw Denton. Ik kan hier de hele dag zitten wachten – de Premier staat niet bepaald bekend om zijn vergevensgezindheid. Nou ja, er is nog een andere deur uit deze kamer. Ik hoef er alleen maar doorheen te glippen, door de hal naar de voordeur te rennen en weg ben ik. Want ik moet Andy waarschuwen. De Premier zei dat hij de dorpelingen zou dwingen dienst te nemen in een burgerleger om ze dan op de rovers af te sturen. En als hij Andy neemt? De rovers zullen hem vermoorden.

'Kater,' roep ik. Maar hij is nergens te bekennen. Niet op tafel en niet eronder. Hij klimt niet ergens over de boekenplanken, ligt niet op de kast te slapen en het raam staat niet open, dus weg kan hij niet zijn.

'Waar ben je?' vraag ik boos en dan hoor ik een gesmoord miauwen. Het komt uit de kast met de glazen deur. Ik loop ernaartoe en kijk erin, maar hij zit niet naast een van die doosjes.

'Kater?' roep ik weer en weer klinkt een mauw. Het klinkt alsof iets hem heel erg spijt.

Aan het ene eind van de kast is een ruimte tussen de kast en de muur met de boekenplanken. Net groot genoeg voor iemand die een boek van het eind van de plank wil pakken. Groot genoeg voor Kater.

Ik doe een stap in de kleine donkere ruimte, die naar hout en oud papier ruikt, en meteen weet ik waar Kater zit. Want de kast staat niet strak tegen de muur. Er is een taps toelopend gat, niet breder dan mijn hand, en op de een of andere manier heeft Kater zich daarin klem gewerkt. Ik zie zijn staart en zijn behaarde achterpoten. Hij staat te wriggelen in een poging zich te bevrijden, maar hij komt alleen maar nog meer klem te zitten.

Ik hurk zo goed als ik kan neer in de kleine ruimte en steek mijn arm achter de kast. Maar de puntjes van mijn vingers raken net zijn staart. Ik probeer tegen de kast te duwen om te zien of ik die een beetje kan verplaatsen. Maar de kast is zo zwaar dat hij wel van steen had kunnen zijn.

Ik zit gehurkt in het hoekje, vrijwel achter de kast, en vraag me af wat ik moet doen als de deur opengaat. Niet de deur naar de zitkamer, maar die naar de hal.

'Als u zo goed zou willen zijn om hier te wachten, meneer,' zegt Martha, 'mevrouw Denton zei dat ze niet mocht worden gestoord...'

'Nee, nee. Het is in orde. Ik heb er niets tegen om even te wachten.' Het is een mannenstem, maar ik herken hem niet.

'Wel, ik zal mevrouw Denton en Zijne Majesteit waarschuwen zodra ze klaar zijn.'

Dan sluit Martha de deur en laat de man hier met mij achter.

Ik kan niet precies zeggen waarom ik hem niet gewoon vertel dat ik ook in die kamer zit. Misschien omdat het lijkt alsof ik me verstop. Of misschien wil ik niet toegeven dat mijn viskat, die zo slim en zo speciaal geacht wordt te zijn, zichzelf heeft klemgezet achter een kast. Hoe het ook zij en wat de reden ook is, ik blijf muisstil zitten, gehurkt tussen de kast en de boekenplank.

De man loopt naar de deur die naar de zitkamer leidt en ik kan hem nu dus zien. Het eerste wat ik opmerk is zijn haar – hoe kort het is. De meeste mannen in ons dorp hebben onverzorgd haar, minstens tot over hun oren. Maar dit is zo kort dat het wel lijkt alsof hij niet alleen zijn kin maar ook zijn hoofd scheert. Het volgende zijn zijn kleren. Want die lijken op niets wat ik hier heb gezien, niet bij armen en niet bij rijken. Vissers en boeren dragen ruige en praktische dingen. Truien en broeken, talloze malen versteld en gestopt. En de rijken hebben hun bontgekleurde rokken en jassen, met overal tierelantijnen. Maar de kleren van deze man zijn gemaakt van iets glads, schoon en vrijwel helemaal zwart, op streepjes kleur die langs de zomen lopen na. Het lijkt alsof hij geld genoeg heeft om zich goed te laten kleden, maar geen moeite doet dat ook te tonen. En als ik naar zijn gezicht kijk, dan is het niet jong en niet oud, zijn ogen kijken alsof hij aan iets staat te denken.

Aanvankelijk doet hij helemaal niet vreemd. Hij doet gewoon wat iedereen zou doen, hij houdt zijn oor tegen de deur naar de zitkamer, rommelt een beetje in de kasten en trekt laden open. Het is alsof hij op zoek is naar iets. Als dat zo is, dan vindt hij het niet en dan moet ik nog verder wegkruipen in mijn hoekje zodat hij me niet kan zien.

En dan doet hij iets waardoor ik mijn hoofd omhoogsteek in een poging beter te kunnen zien. Hij steekt zijn hand in het duister van zijn vreemde kleren en haalt er iets uit wat op een plat doosje lijkt. Als hij het opent lijkt één helft ervan wel gemaakt van donker zilver en op het andere zitten knopjes in een vierkant patroon. Hij legt het open doosje op tafel bij het raam, in een straaltje zon, en het maakt een klingelend geluid, alsof het blij is dat het in de zon ligt. Als dat gebeurt, kijkt hij om, alsof hij zich ervan wil overtuigen dat niemand het heeft gehoord, maar gelukkig ziet hij mij niet in de hoek zitten. Het doosje klingelt nog drie keer en de man drukt op de knopjes. Dan houdt hij het tegen zijn hoofd. Vervolgens staat hij te praten. Tegen zichzelf!

'Hallo, ben je alleen?'

Nou wacht hij.

'Nee, maar je kunt niet voorzichtig genoeg zijn.'

Weer een pauze.

'Weet ik! Waarom heeft die idiote Medwin in godsnaam dat meisje meegenomen... Nee, wacht even. Dit is geen kritiek. Ik weet zeker dat je doet wat je kunt, maar dit kan in een handomdraai een ramp worden.'

Pauze.

'Ik had geen idee dat de dochter van Randall hier zou zitten! Hij ziet haar amper en praat nauwelijks over haar, dus hoe had ik kunnen weten dat ze was weggestuurd?'

Pauze.

'Hoe het ook zij, dit loopt beslist niet volgens plan.'

Pauze.

'Geen paniek. Ik ben in het huis van Eustace Denton en we zullen zien wat ik daar kan doen. Ik heb al een kans gekregen er even snel naar te zoeken.'

Pauze.

'Natuurlijk doe ik dat niet! Maar misschien is het niet eens in huis. Misschien heeft hij het ergens anders in het dorp verborgen. Was hij nou maar niet gestorven voordat hij het ons kon geven.'

Pauze.

'Ik ben bang dat Medwin jóúw probleem is. Zie maar wat je kunt doen om hem tot rede te brengen.'

Lange pauze.

'Ik weet dat je er graag van af wilt, maar je moet niet vergeten hoe belangrijk het is. We moeten het vinden. Denton zei dat hij zeker was dat het militair was, daarom hebben we hem asiel verleend, daarom hebben we ons zoveel moeite getroost. Denk eens aan wat er zou kunnen gebeuren als het in verkeerde handen valt. Gewoon een beetje langer, gewoon wat meer tijd, dat is alles wat we vragen.'

Ik zit me net af te vragen of die vent gek of dronken is als Kater zich schudt, huivert en met veel lawaai en gejank uit het gat achter de kast schiet, mij omverwerpt en ons allebei uit de schuilplaats op de vloer doet belanden.

De man draait zich om, stopt het doosje zo snel weg dat je zou denken dat het er nooit was geweest en zegt: 'Zo, zo. Wat hebben we hier?'

'Ik probeerde alleen maar mijn kat te pakken. Ik bedoel, hij zat vast achter de kast en ik kon hem er niet uit krijgen.'

Kater zit nu zijn buik te likken alsof er niets aan de hand is. De man fronst en doet een stap in mijn richting.

'Zat jij mij te bespioneren?'

'Nee! Ik probeerde mijn kat te pakken. Ik heb niks gehoord. Ik bedoel...'

De man glimlacht.

'Ik had gedacht dat een meisje als jij wel zou weten wanneer ze verstandig moet zijn. Wanneer ze dingen moet vergeten. Laat eens zien, hoe kan ik jou helpen te vergeten?'

Ik voel me helemaal niet lekker bij die glimlach.

De man loopt naar me toe en nu kan ik nergens meer naartoe behalve achter die kast. Maar die ruimte was amper breed genoeg voor Kater, laat staan voor mij. Ik sta op het punt mijn mond open te doen en te gaan gillen als de deur naar de zitkamer openvliegt en mevrouw Denton daar staat, met haar broer, die hoogrood en boos lijkt.

'Wat gebeurt hier? Ik heb een klap gehoord!' zegt mevrouw Denton, houdt dan haar mond en kijkt verrast omdat ze de vreemde man in haar studeerkamer ziet.

'Ambassadeur. Wat doet u hier?' vraagt de Premier.

De man in het zwart draait zich om en buigt.

'Premier. Ik stond te wachten om u te spreken. De huishoudster van mevrouw Denton heeft me hier naar binnen gelaten om te wachten, waar ik dit wezeltje vond. Een soort dievegge, zou ik zeggen.'

'Doe niet zo gek!' zegt mevrouw Denton. 'Dit is Lilly Melkun, een tragische wees. Ik heb haar gevraagd hier op mij te wachten.'

Het lukt me op te staan, met Kater in mijn armen. Ik weet dat er allemaal stof en pluis in mijn haar zit.

'Kater was vast komen te zitten achter de kast,' zeg ik.

'Dat is nou weer typisch iets voor jou, Clare!' snauwt de Premier. 'Jouw liefdadigheid loslaten op een of ander wurm, terwijl je je eigen nicht in God weet wat voor gevaar terecht laat komen.'

'Dat is niet eerlijk...' begint mevrouw Denton, maar haar broer knipt met zijn vingers voor haar neus.

'Jasper, ik ben blij dat je hier bent. Ik hoop dat de vertegenwoordiger van Groot-Schotland een idee heeft hoe wij dit verradersnest van een dorp moeten aanpakken. Ik stel mij voor dat de soldaten ze zo langzamerhand wel bijeen hebben gedreven. Ik was van plan te gaan kijken hoeveel ik er moet laten ophangen!'

'Archie, nee!' roept mevrouw Denton, maar ze had er net zo goed niet kunnen zijn, want niemand besteedt aandacht aan haar. En ik wil hier ook helemaal niet zijn! Ik moet Andy en zijn pa vinden. Ik moet ze waarschuwen!

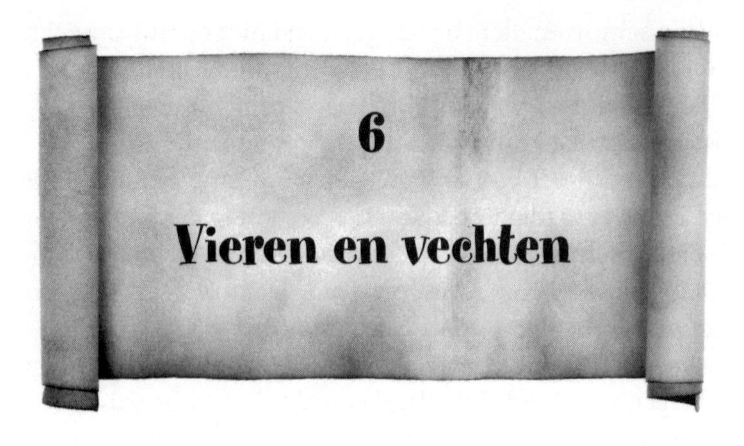

6

Vieren en vechten

Mijn vader zet zijn kom neer, de wijn klotst onderin. Hij kijkt boos.

'Ik moet erover nadenken, Zeph.'

Ik krijg een droge mond. Iedereen houdt op te praten, ik hoor alleen het sissen van de rieten toortsen, die de feestzaal met hun flikkerlicht en hun rook vullen. Vader is helemaal in zijn sas sinds hij terug is van de overval en hij heeft feest na feest laten organiseren. Ik had gedacht dat dit een goed moment was om het te vragen, maar hij zegt niks, hij kijkt alleen maar naar me. En dat doet iedereen aan de hoge tafel.

Faz – vaders Windspreker – staat te fronzen, maar dat doet hij altijd. Naast hem verraadt Ims bezorgdheid, met zijn gezicht vol kruisvormige littekens. Hij wil dat vader ja zegt, dat weet ik! Voor zover ik me kan herinneren, heeft hij altijd aan mijn kant gestaan.

Tegenover Ims zit Roba, mijn broer. Mijn halfbroer. Mijn stinkende broer, van lagere geboorte, zeven jaar ouder. Hij ziet er niet al te gelukkig uit – maar dat is hij nooit als ik in de buurt van vader ben. En dan is er Aileen, die me met haar groene heksenogen zit aan te staren. Ik weet niet wat zij denkt, maar het is vast niet veel goeds.

Ik houd mijn adem in en wacht tot vader zal antwoorden. Dan grijnst hij.

'Ik heb erover nagedacht en jij kunt mee! Je bent nu al bijna een krijger. Het is tijd om tochten te gaan maken.'

Londen! Ik ga naar Londen! Ik ben zo in de wolken dat mijn gezicht een en al grijns is. Faz glimlacht bijna. Ims zegt: 'Goed zo!'

Dan bemoeit Aileen zich ermee.

'Vind je echt dat hij moet gaan?' vraagt ze. 'Tenslotte is hij nog maar een jongen. En Londen is gevaarlijk.'

Mijn maag keert zich om. Sinds vader haar heeft gekocht heeft ze niets anders gedaan dan hem tegen mij opzetten.

'Ik ben geen jongen meer! Ik ben dertien!' zeg ik.

'O, dus je bent bijna een man,' zegt ze.

Roba moet daar om lachen en ik zet me schrap voor een mep van vader. Maar dan verandert alles opeens. Vader slaat me niet. Hij trekt zelfs geen partij voor Aileen. Hij schudt alleen zijn hoofd. Tegen haar!

'Zeph heeft gelijk,' zegt hij. 'Hij is geen kind meer. Jij zit vast te denken aan die slappe Schotse jongens – Zeph is oud genoeg om naar Londen te gaan.'

Ik kan het niet geloven! Zo te zien kan ook Aileen het niet geloven, en Roba lijkt totaal overdonderd. Vader geeft me een stomp op mijn arm, maar meer bij wijze van grap.

'Jongens van de Familie zijn buiten aan het vechten als Schotse jochies nog steeds hun hersens zitten te verweken op school.' Hardop richt hij zich tot de hele hal: 'Is dat niet zo? Wij maken mannen van onze jongens, de Schotten maken vrouwen van de hunne!'

Iedereen zit te juichen en te lachen. Misschien krijgt vader eindelijk weer zijn gezonde verstand terug, ondanks die Schotse koe? Aileen zegt niks, maar in haar ogen is te zien wat ze echt denkt – hoeveel beter ze is dan ons, omdat zij Schotse is. Wel, ondanks al die technologie en al dat leren is ze uiteindelijk toch slaaf geworden, of niet soms?

Maar wie kan haar wat schelen? Vandaag lijkt het alsof de dingen voor mij veranderen: vader is terug, we gaan oorlog voeren met de Engelsen, ik zit hier op een feest, ik ga naar Londen en Aileen is op haar plaats gezet.

'Dat is dan geregeld,' zegt vader en hij wendt zich tot de Windspreker. 'Hé Faz, wat zou je ervan zeggen om onze kleine eregast eens te halen, zodat ze ons kan zien?'

Faz glimlacht als hij dat hoort en ontbloot tanden die dezelfde kleur hebben als zijn gebleekte haar, staat dan op van tafel en verdwijnt. Naar de slavenhal.

Na een poosje is Faz weer terug, met het Engelse meisje achter zich aan. Ze draagt nog steeds haar nachtpon, maar de touwen zitten niet meer om haar heen en Faz sleept haar mee aan een van haar magere armpjes. Als ze haar zien, beginnen de krijgers aan tafel te roepen, te lachen, hun borden en hun messen tegen elkaar te slaan – klang, klang, klang! Ze spert haar ogen open, bang.

Saera had zulke ogen. Helemaal op het eind, toen ze zo zwak was van de rillingen dat ze nauwelijks meer kon praten. 'Laat me niet doodgaan,' fluisterde ze met een gebroken stemmetje.

En ik zei: 'Dat gaat ook niet gebeuren, daar zorg ik wel voor.' Maar ik kon mijn belofte niet waarmaken.

Faz blijft voor onze tafel staan en vader roept: 'Drie hoeraatjes voor Alexandra Randall! De mooiste deern die ooit uit Engeland is gekomen en de beste reden om een oorlog om te beginnen!'

Er klinkt een enorm gebrul, veel lawaai van borden. Het Engelse meisje kijkt nog banger en begint weer te huilen. Het gejuich gaat maar door en door, en daardoor is het moeilijk iets anders te horen. Maar ik zie dat Aileen tegen mijn vader zeurt en als het lawaai begint te verstommen, zegt hij: 'Oké vrouw! Als je je mond maar houdt!'

Hij maakt een teken naar Faz. 'Breng dat dingetje hier eens heen.'

Faz trekt het Engelse meisje rond de tafel, naar vader toe. Ze jankt zo hard dat ze nergens naar kijkt, haar blote voeten struikelen en glijden uit. Vader pakt haar en zet haar op zijn schoot. En dan houdt ze op met huilen! Ze zit als versteend, met haar ogen wijd opengesperd.

'Nou dan, madammeke,' zegt vader, 'mijn vrouw hier vindt dat jij wat vriendelijker moet worden behandeld, omdat je nog maar een kind bent. Maar ik weet hoe je hebt gevochten en geschopt toen we je pakten, dus volgens mij moeten we je goed opsluiten, als een beest. Wat vind je zelf?'

Het meisje draait haar gezichtje om mijn vader aan te kijken en staart alsof ze verwacht dat hij haar keel zal doorsnijden.

'Zit haar niet te pesten, Medwin,' zegt Aileen. 'Zie je niet dat ze doodsbenauwd is?'

'En wat wil je dan dat ik doe? Haar in lamswol pakken en wiegeliedjes voor haar zingen? Dat heb ik misschien gedaan voor mijn eigen dochter, maar ik ben niet van plan dat voor die van Randall te gaan doen.'

'Ze is nog maar een klein meisje! Is het niet genoeg dat je alle plannen hebt gedwarsboomd? Ben je ook nog van plan je haat jegens Randall af te reageren op zo'n dreumes?'

Vader sist en kijkt Aileen boos aan.

'Die toon sla je niet tegen mij aan, mens! Ik doe wat ik wil wanneer ik dat wil.'

Ims stapt naar voren, kijkt vader aan met zijn donkere ogen. Dat is alles wat hij ooit hoeft te doen.

'Misschien zit Aileen er niet zo ver naast. Tenslotte wilde die Schot dat wij het huis van Denton zouden overvallen vanwege een of ander juweel dat ze daar hebben, niet vanwege de dochter van de Premier.'

'Pak je mij met handschoenen aan, Ims?'

'Nooit!' zegt Ims lachend. 'Ik verheug me op een oorlog met de Engelsen net als iedereen hier. Ik vraag me alleen af hoe we de volgende keer met de Schotten moeten onderhandelen?'

'Laat hen en hun plannen maar aan mij over. Toen het ouwe mens van Denton begon te gillen om die meid,' grinnikte hij, 'dat we haar niet mochten meenemen omdat zij een kind van

Randall was... Denk je nou echt dat ik zo'n kans zou laten glippen alleen omdat ik de hand heb geschud van een of andere Schotse spion! Ik heb het tegen Aileen gezegd en ik zal het ook tegen hen zeggen: ik doe wat ik wil wanneer ik dat wil. De rest is slavernij.'

'Waarom hebben ze dat juweel trouwens nodig?' vraagt Roba. 'Ze hebben vast al volop buit met al hun technologie en democratie en al die andere rotzooi waar ze altijd zo over opscheppen.'

Ims doet alsof hij Roba niet gehoord heeft.

'De Schotten hebben ons een idiote prijs geboden om dat dorp te overvallen. Je hebt de traditionele familieregels overtreden door een overeenkomst te sluiten met die noorderlingen, en dat was een goede zaak, want wapensmokkelaars zijn alleen maar geïnteresseerd in Schots geld. Maar als wij die overeenkomst verbreken, dan zouden ze de familieraad kunnen inlichten...'

Vader begint gemeen te glimlachen. 'Ims, maak je geen zorgen over de Baas met zijn ouwe heksen in Norwich. Ik kan die ouwe gek met gemak aan. Hij zou de Schotten trouwens toch nooit geloven, hij haat ze nog meer dan de Engelsen!'

'Waarom kopen we niet gewoon een paar goedkope juwelen in Londen en geven die aan de Schotten?' vraagt Roba. 'Wie ziet het verschil?'

Nu hoort Ims hem.

'En kunnen we ook een viskat kopen, als we toch bezig zijn?' vraagt hij.

'Het was niet mijn schuld dat dat stomme beest er niet was!' zegt Roba, die nu hoogrood en boos wordt. 'Die Londense koopman zwoer dat er een viskat in dat dorp aan wal zat.'

'En jij hebt die kroegpraat geloofd,' zegt Ims. 'Maar je hebt tenminste wat lol gehad, of niet?'

'Dat was alleen maar een oud wijf. Ik wist niet dat ze zo makkelijk dood zou gaan.'

Ims schudt zijn hoofd tegen Roba, alsof die er niet toe doet, en wendt zich dan weer tot vader.

'Die viskat stelt niks voor. Ook zonder zo'n beest zijn wij de beste zeelui in het Kanaal. Maar ik heb een slecht gevoel over de rest.'

Mijn vaders glimlach verandert als hij Ims aankijkt.

'Ims, jij bent vast de beste rechterhand die een baas ooit gehad heeft. Maar ik denk weleens dat jouw gevoel van eer ons de das om zal doen.' Hij slaat Ims op zijn schouder. 'Als dit een overeenkomst was met een andere Familie zou het anders zijn. Maar we hebben het hier over Schotten! Waar zaten zij toen Londen viel? Hebben zij de eerste Families helpen ontsnappen toen iedereen elkaar zat te vermoorden om maar weg te komen? Nee! Wij zijn zelf van het oude Isling weggekomen, net als de Brixten en de Kensings zich hebben teruggetrokken uit hun delen van Londen. Toen de eerste Families uiteindelijk in de oostelijke moerassen belandden, hebben de Schotten ze toen geholpen om eten of een woonplaats te vinden? Kon het hun wat schelen hoe de kinderen van de Families stierven voordat we het allemaal op orde hadden? Welnee! Ze waren te druk bezig elk stuk land van Carlisle tot Birmingham te bezetten, om van het oude Engeland Groot-Schotland te maken. Ze hebben alleen de Laatste Tien Districten met rust gelaten omdat ze vol stinkende Engelse boeren en bloedzuigers als Randall zaten. Onze Families zijn de enige vrije die over zijn, dus alles wat ons helpt vrij te blijven, zoals betere wapens, heeft mijn goedkeuring.'

Ims doet zijn mond open, sluit hem dan weer en haalt zijn schouders op.

'Jij zegt het, Medwin. Jij bent de baas, ik niet.'

Dat lijkt vader te bevallen. Hij wendt zich tot Aileen en knijpt haar in haar wang. Waar ze niet erg blij mee lijkt.

'Mevrouw, Ims vindt dat jij iets zinnigs hebt gezegd? Als dat zo is, dan wil ik jouw gedachten over ons wurmpje hier wel horen.'

Hij knijpt ook het Engelse meisje op zijn knie maar eens. Haar gezicht gaat van roze over in wit.

'Misschien moet ik de haak waaraan ze hangt wat minder scherp maken! Misschien doe ik dat ook nog wel, als ze haar best doet.'

Hij zet het meisje op tafel, duwt haar, zodat ze met haar voeten tegen de schalen stoot. Uiteindelijk staat ze in het midden, als een bout die moet worden opgesneden.

'Niet veel vlees,' zegt Roba.

Vader begint te lachen. 'Het gaat er niet om hoe groot het wurmpje is, maar hoe je het ophangt! Kom kleine meelwurm, ik heb je de afgelopen dagen al gevoerd, nu is het tijd dat je iets doet voor de kost. Wat zou je zeggen van een liedje voor ome Medwin?'

Het meisje staart vader met nietszeggende ogen aan. Weer doet ze me aan Saera denken. Niet hoe ze op het laatst was, maar hoe ze eruitzag wanneer Roba een van zijn spelletjes met ons speelde. Spelletjes die altijd uitliepen op een pak slaag – in het geniep, waar niemand het kon zien. Het Engelse meisje slikt eens en begint dan te zingen, met een stemmetje zo zacht dat het bijna fluisteren is.

'Lavendel is blauw, dilly dilly, lavendel is groen, als jij de koning bent, dilly dilly, ben ik de koningin.'

Roba barst in lachen uit.

'Er is nog hoop, kleine dame. Wie weet wat voor huwelijk je vader voor je in zijn hoofd had? Maar daar hoef je niet meer op te rekenen!'

Het Engelse meisje ziet eruit alsof ze er niets van snapt en de tranen komen op. Ik steek mijn hand uit en pak een van haar benen vast. Ze piept en draait zich vliegensvlug om, om mij aan te kijken.

'Kom maar naar beneden,' zeg ik, 'je kunt naast me zitten.' Het Engelse meisje zegt niks, maar er staat dank in haar ogen te lezen. Vader is hier niet zo blij mee en ziet eruit alsof hij mij een dreun wil verkopen. Aileen legt haar hand op zijn arm.

'Laat haar van die tafel af. Ze is bang. En Zeph is een goeie jongen, hij kan voor haar zorgen.'

Op dat moment wilde ik dat ik het niet had gedaan, want ik wil geen lof van Aileen, dat is zo zeker als wat.

'Moet jij een deerntje?' vraagt Roba.

'Hou je bek, slavenzoon,' zeg ik. Maar zo zacht dat vader het niet kan horen.

Het Engelse meisje klautert van tafel af en gaat naast me op de bank zitten. Ik voel hoe ze beeft.

'Baas, wat ben je van plan met de dochter van Randall?' vraagt Faz.

Ze verstijft naast mij.

'Haar hier houden. Misschien vraag ik wel losgeld,' zegt vader glimlachend.

'Zou je haar laten gaan voor geld?' vraagt Aileen.

Vaders glimlach verdraait een beetje.

'Als Randall me genoeg zou geven, zou ik erover nadenken. Laten we zeggen tien miljoen Schotse ponden.'

Aileen schrikt, Ims grinnikt.

'Maar de Engelsen zullen nooit in staat zijn zoveel geld bij elkaar te rapen,' zegt Aileen.

Nu zitten Ims en Faz te grijnzen.

'Ik begrijp het niet,' zegt Roba. 'Waarom vraag jij een losgeld dat de Premier nooit zal kunnen betalen?'

'Zodat hij mij niet zal laten gaan,' zegt een stemmetje naast me.

'Precies!' roept mijn vader. 'Nu laat je zien wat je waard bent, meelwurm! Waarom zou ik je ooit laten gaan, want als ik je hier houd komt je vader gegarandeerd hierheen om een partijtje te knokken.'

'Maar de Engelse marine...' begint Aileen.

'Bestaat uit een twaalftal oude schepen die met papier zijn vastgeplakt en die worden bemand door gedwongen boeren die het in hun broek doen zo gauw ze een echte krijger zien!' zegt vader.

'Dus je wilt het geld niet?' vraagt Roba.

'Natuurlijk niet jongen, ik wil vechten!' grijnst vader. 'Ik kan nog steeds niet geloven dat we zoveel geluk hebben gehad.'

'De bazen van de andere Families zullen niet blij zijn als ze horen wat jij hebt gedaan,' zegt Ims.

'Maar ze draaien wel bij, zelfs de oude Bijter van de Familie van de Dogs. Ze snappen heus wel dat het goed is om de Engelsen een pak slaag te geven.'

Ik voel dat er iets aan mijn arm trekt. Ik kijk naar beneden en zie dat het Engelse meisje mij zit aan te staren.

'Ga je mij doden?' vraagt ze.

'Nee, dat doen we niet,' zeg ik, in de hoop dat het geen leugen is. Maar Roba werpt een schuinse blik op haar, slaat zijn ogen ten hemel, draait zijn nek en steekt zijn tong uit, alsof hij aan de galg hangt.

Het Engelse meisje begint nog meer te beven.

'Kom maar mee. Ik zal je terugbrengen,' zeg ik gauw, met een blik op mijn vader. Hij fronst en knikt dan.

Het meisje kijkt naar mij op, nog steeds bang, maar misschien denkt ze dat ik het beste ben wat ze hier heeft, want ze legt haar koude handje in de mijne. Tijdens het lopen tussen de tafels vol lawaaierige lachende schilddragers ontduiken we de slaven en de bedienden die schalen met eten en kruiken wijn brengen en lopen de noorddeur van de hal uit, de sterrennacht in. Buiten spreken de moerassen in hun nachtelijk gefluister, de andere hutten en hallen zijn slechts vormen die uit het riet steken. Ik leid het meisje over een van de smalle houten vlonders, de enige manier om door het moeras te kunnen lopen, en de grote slavenhal doemt op uit het duister.

Het meisje loopt langzaam en voorzichtig, houdt mijn hand stijf vast. Ik denk dat ze hier niet aan gewend is. En dan stappen we uit de ruisende, waterige nacht de rokerige, stinkende slavenhal in. Ik loop door de vervallen deur en stap naar binnen en de hele hal wordt stil. Niet dat er hier vanavond veel slaven zijn, de meesten zijn aan het werk op het feest. Maar die slaven die er wel zijn draaien zich om en staren me aan. Dan kijken ze gauw naar de grond, zoals ze ook behoren te doen.

Een slonzige oude slavin komt gauw op ons afgestapt.

'O heer, dank u, dank u. U had geen moeite hoeven te doen om de slaaf persoonlijk terug te brengen. Een van ons had het kunnen doen, heer.'

'Ik heb het zelf gedaan,' zeg ik.

'Laat mij haar dan nu overnemen,' zegt de oude slavin. 'Ik moet haar in de boeien slaan.' Ze leidt het meisje naar een donkere hoek, waar een grote steen ligt met een metalen ring erin. Er hangen kettingen aan een haak en aan elke ketting zit een handboei. De vrouw pakt er een en slaat de zware metalen kraag rond de enkel van het meisje.

'Ze hoeft niet vastgeketend, ze is maar een meisje,' zeg ik en de slavin kijkt me vreemd aan.

'Maar dat zijn de bevelen van de Baas.'

Dan begint de oude vrouw een hoop stro te verplaatsen. Als ze klaar is gaat het meisje erop zitten en de slavin geeft haar een verschimmelde deken. Het meisje kruipt in elkaar – knieën opgetrokken, armen rond haar benen, schouders naar voren.

Ik weet dat ik dat niet moet doen, maar ik heb medelijden met haar.

'Je gaat niet dood, daar zorg ik wel voor,' zeg ik snel als de oude slavin weg is. En ik krijg een kil gevoel als ik die woorden opnieuw uit mijn mond hoor komen.

'Maar die man Medwin wil me niet teruggeven,' zegt het meisje en ze trekt haar schouders nog meer op. 'En wat kan hij dan anders doen dan mij doden?'

'Hij zou je kunnen houden als slavin, of je verkopen,' zeg ik, in een poging haar op te vrolijken. Maar dat schijnt haar ook niet echt gelukkig te maken.

'Ik heet Zephaniah,' zeg ik, in een poging het over iets anders te hebben. 'Maar iedereen noemt me Zeph. Medwin is mijn vader. Hij is de hoogste Baas van alle Families.'

Ze knippert met haar ogen. Dan zegt ze: 'Mijn naam is vrouwe Alexandra Persephone Olivia Randall. Maar mama noemde me altijd Lexie.'

Dan trekt ze de deken over zich heen en gaat als een rond balletje op het stro liggen. Ze kijkt mij aan met haar lichtblauwe ogen.

'Mijn vader heeft het nooit over iets anders dan oorlog en vechten. Ik was daar altijd bang voor, maar mama zei dat hij gewoon zo was en dat een hoop angstige dingen die hij zei alleen maar nodig zijn om ervoor te zorgen dat mensen hem eerbiedigen. Is jouw vader ook zo?'

Ik antwoord niet, mijn vader lijkt in de verste verte niet op dat stuk vuil van een Randall.

Dus in plaats daarvan zeg ik: 'Maak je geen zorgen, het komt allemaal in orde.'

Maar als Lexie mij aankijkt met in haar ogen diezelfde blik als Saera destijds, weet ik dat ze me niet gelooft.

'Ik ben bang hier in m'n eentje,' zegt ze snel. 'Wil je niet bij me blijven tot ik in slaap val?'

7

Vergelding

Andy. Ik moet Andy waarschuwen. Dat is alles waaraan ik kan denken als ik de weg af ren, terwijl Kater achter me aan hobbelt. Plats, plats over de kasseien – mijn voeten dragen mij zo snel als ze kunnen naar de haven, ik klauter over muren, spring door de achtertuin van de Hendry's. Want ik moet er als eerste zijn. Ik moet er zijn voordat Randall er is. Ik moet het iedereen laten weten! De Premier is hier! In ons dorp! En hij wil mensen. Om ze op te hangen of onder druk te zetten. Hoe het ook zij, ze gaan eraan.

Ik spring over een hek, schiet rond de hoek van de Visnetstraat de haven in. En meteen weet ik dat ik te laat ben, want het eerste wat ik zie is een rij mannen in blauwe uniformen, pal voor mij. Ze staan met de rug naar me toe, hun geweren opgeheven en schietklaar.

Soldaten. Een hele compagnie.

En het volgende wat ik zie is het schip. Zo groot dat mijn mond ervan openzakt. Drie grote masten, hoog als bomen. Kilometers want, overal zeelui. De romp is vlekkerig grijs, alsof hij van steen is en het ding ligt net buiten de haven voor anker, waardoor de vluchtweg naar zee is afgesneden. De geschutpoorten staan open, op het dorp gericht.

Het heeft geen zin door te lopen. Kater springt op achter me, zijn staart in een vraagteken en ik grijp hem voordat hij tussen de voeten van de soldaten door rent. Wie weet wat ze met hem zouden doen?

Alle mannen van het dorp zijn bij de Oude Maan bijeengedreven. Ze zijn omringd door een kring soldaten, als schapen in een omheining. Ik zie Andy's hoofd erboven uitsteken. Zijn pa staat pal naast hem. Ze zien er tegelijk bang en boos uit. Dan klinkt gestamp van laarzen op de Brede Laan. Iedereen draait zich om en ziet de Premier met een stuk of twaalf soldaten naar de haven paraderen, met die vreemde Schotse ambassadeur in zijn donkere pak.

De grote dikke buik van de Premier gaat schuil achter een geelzijden vest met een hemelsblauwe jas eroverheen, en zijn dikke benen steken in witte kousen en lichte hoge schoenen. Hij is rood, loopt te zweten, dept zijn aardappelsmoel met een zakdoek. Hij blijft staan voor de bijeengedreven vissers.

'Zo! Hier zijn dan die dappere dorpelingen die stonden toe te kijken en niets deden terwijl mijn dochter door rovers werd meegenomen.'

Een paar mensen kijken doodsbenauwd, velen van hen kijken naar de grond.

Kapitein Ainsty stapt naar voren en zegt met zijn pet in de hand: 'Met het welnemen van Uwe Majesteit, wij hebben nooit gewild dat vrouwe Alexandra iets zou overkomen. Wij zijn trouw tot op het bot. Maar de rovers sloegen overal in het dorp toe.'

Een paar mensen roepen: 'Zo is het, hij heeft gelijk.'

'Jullie trouw is geen rooie cent waard!' buldert de Premier. 'Wat had mijn kind aan jullie? Jullie lieten haar gewoon meenemen!'

'We hebben het geprobeerd! Maar het waren rovers en ze hadden zwaarden en zo!'

'Ze sloegen onze boten stuk. Wat konden we doen?'

'Jullie hadden je leven kunnen geven om de eer van je land te redden!' schreeuwt Randall. Hij blijft staan en dept zijn gezicht. 'En volgens mij is niet één van jullie ook maar gewond. Waardoor ik mij afvraag: zijn jullie lafaards of verraders? Wel, laat me jullie dit zeggen: als jullie onder één hoedje spelen met die rovers, dan ga ik door tot ieder van jullie aan een strop bungelt!'

Natuurlijk wordt iedereen daardoor pas echt bang en ze roepen allemaal tegelijk: 'Nee! Nee! Wij zouden nooit samenwerken met die rovers! Wij zijn Uwe Majesteit trouw!'

Wat niet veel indruk op hem schijnt te maken.

'Dan krijgen jullie nu de kans dat te bewijzen door een tijdje te dienen in het burgerleger dat de rovers gaat bevechten.'

Op dat moment houdt iedereen op met praten en kijkt bang. Want de keuze tussen strop en burgerleger is eigenlijk gewoon de keuze tussen snel of langzaam doodgaan.

Maar kapitein Whitedove schudt zijn harige hoofd en durft te spreken.

'Alstublieft Majesteit, wij kunnen niet in het burgerleger, niet nu de rovers hier zijn geweest! De helft van onze vloot is gezonken of verwoest. Wij hebben iedere man nodig om te helpen met het herstel. Als wij in het leger moeten, wie voedt dan onze families?'

Premier Randall wordt nu zo rood als een biet. 'Daar had je dan aan moeten denken voordat jullie de rovers mijn dochter lieten meenemen!'

Naast de soldaten staat een officier, met goud over zijn hele uniform. Hij zegt: 'Majesteit, maakt u geen zorgen over dit gespuis. Het zal mij een eer zijn uit te zoeken wie schuld heeft in de zaak van de roofoverval. Als een van hen iets te maken had met de verdwijning van uw dochter, dan bouwen we een schavot en dan hangt er een stelletje op een rij voordat de avond valt.'

Dat lijkt Randall te bevallen.

'Goed plan, kolonel. Als er verraders onder hen zijn,' snauwt hij, 'zal ik van elke seconde van hun dans aan het eind van een touw genieten!' De kolonel buigt voor de Premier en werpt dan een lange blik op de menigte. Hij wendt zich tot een andere soldaat. 'Ik wil een verklaring van iedere man hier over wat er gebeurd is toen de rovers kwamen. Degenen die je te slim af proberen te zijn of die lijken te liegen, zet je apart om ze verder te ondervragen. Degenen die eerlijk zijn en goed in conditie kunnen hun handtekening zetten onder een contract met het burgerleger.'

Dan zegt de Schotse ambassadeur iets.

'Premier, mag ik voorstellen dat u het dorp laat doorzoeken op tekenen van verraad? Zoals, laten we zeggen, ongebruikelijke welstand of buit? Zo'n onderzoek voorkomt veel problemen want het laatste wat u natuurlijk wilt is verraders in dienst nemen.'

'Dat is verstandig gesproken, Jasper,' zegt Randall knikkend. 'Zorg daarvoor, wilt u, kolonel?'

Zodra de Schotse ambassadeur weg is, op zoek naar bewijs dat wij met de rovers samenspannen, verdwijnt de kolonel in de Oude Maan terwijl de ondervraging wordt gedaan door drie verveelde soldaten, die de vissers in rijen zetten en om beurten vragen tegen ze gaan staan blaffen.

Ik breng de rest van de dag in de buurt van de haven door, kijk toe en luister, mijn maag in een knoop. Ik ben niet de enige. Want algauw word ik vergezeld van vrouwen die naar buiten zijn gekomen, bezorgd om soldaten die hun huis ondersteboven halen, of die op zoek zijn naar hun mannen, vaders en broers die niet voor het eten thuiskomen. Het duurt niet lang of er staan al ruim dertig vrouwen, krampachtig handenwringend uit angst, terwijl de mannen worden ondervraagd. En met mij gaat het net zo, want als de soldaten aan Andy toe zijn, weet ik dat hij gaat liegen en zeggen dat hij niet in staat is om te vechten.

Maar hij liegt niet, hij zegt alleen: 'Toen de rovers kwamen was ik boven aan de weg en ik heb geprobeerd te verhinderen dat zij grootmoeder Melkun iets zouden doen, maar twee van hen hielden me vast en stonden te lachen toen ze stierf.' En hij laat ze de sporen van de kneuzingen op zijn armen zien van toen de rovers hem vasthielden. En dan zegt hij: 'In mei word ik zestien, ik ben niet ziek geweest sinds ik een kleine jongen was, en hoewel ik nog nooit een geweer heb vastgehouden, kan ik beter stenen gooien dan wie ook in het dorp.'

De soldaat grinnikt en schrijft iets in zijn boek.

Nadat het grootste deel van de dag verstreken is met het selecteren van de mannen, terwijl de soldaten zaten te mompelen en aantekeningen maakten, marcheert de kolonel stijf het dorp in. Iedereen wacht af, wordt steeds zenuwachtiger, dan klinkt er weer gestamp van laarzen in de richting van de haven en is de Premier weer terug.

Hij paradeert voor de menigte, zet een hoge borst op en balkt: 'Dit dorp gaat nu leren wat genade is. Mijn genade. Die ervoor gaat zorgen dat geen van jullie vandaag wordt opgehangen.' Ik hoor iemand die begint te huilen, dat moet van opluchting zijn, en er wordt gelachen en gegrijnsd. 'Maar denk maar niet dat dat betekent dat jullie niet hoeven te betalen voor jullie walgelijk laffe gedrag!' Het lachen vergaat de mannen meteen. 'Om te beginnen worden alle mannen die daartoe in staat zijn opgeroepen voor het burgerleger. Dus jongens, jullie kunnen maar beter afscheid nemen, want jullie zullen je families pas weer terugzien als jullie de rovers hebben bevochten zoals jullie dat eerder hadden moeten doen.'

De Premier knikt naar de kolonel, die namen begint af te lezen – zevenentwintig in totaal. Iedereen om mij heen schrikt, begint te huilen als alle jongemannen van het dorp worden gedwongen de rovers te gaan bestrijden. En ik huil net als iedereen, want de veertiende naam op de lijst is die van Andy. Die het rustig opneemt en die zijn vader zegt dat hij zich geen zorgen moet maken.

En degene van wie ik het helemaal niet erg zou vinden als zijn naam zou worden afgeroepen, Lun Hindle, nou, die gaat nergens heen. Het blijkt dat hij zelfs voor het burgerleger te lui en te stom is. Zelfs als hij tegen de soldaten roept: 'Mijn vader zal het jullie vergoeden!' willen ze hem nog niet.

Als de zevenentwintig mannen en jongens in een aparte groep

gezet zijn, geweren op hen gericht, begint de Premier weer rond te wandelen.

'En mochten jullie denken dat dat alles is wat jullie hoeven te betalen, nou, dan vergissen jullie!' Iedereen houdt zijn mond en wacht op de volgende slag. 'Ik zei dat ik genadig was, maar ik ben niet gek! Er wordt vandaag niemand opgehangen, maar dat wil niet zeggen dat er helemaal niks wordt opgehangen. Iedereen die hier wat te zeggen heeft en die mogelijk heeft samengespannen met de rovers, zal in hechtenis worden genomen. Als we mijn dochter vinden en haar veilig terugbrengen en als zij getuigt dat jullie onschuldig zijn, dan gaan jullie vrijuit. Maar komt ze niet veilig terug of vind ik enig bewijs van verraad, dan zal mijn straf snel en vreselijk zijn.'

Daarop roept de kolonel: 'Grijp ze!' en de soldaten lopen de menigte in en trekken er kapitein Ainsty, kapitein Whitedove, kapitein Beaufort en alle andere mannen die boten bevaren uit. Ook Andy's vader.

Er stijgen geschreeuw en geroep uit de menigte op, vrouwen proberen door de rij van soldaten heen te breken. Maar er is niets wat iemand kan doen tegen geweerkolven en zwaardhouwen. Andy en de andere jongens worden de kadetrappen af gemarcheerd naar de wachtende sloepen en dan meegenomen naar het schip. En de kapiteins worden hardhandig naar een van de stenen opslagplaatsen geduwd die aan de haven staan.

De soldaten sluiten ze erin op en plaatsen een gewapende wacht bij de zware houten deur.

De volgende ochtend vaart Randalls schip uit en neemt Andy en de anderen mee. Het lijkt alsof iedereen die nog van het dorp over is op de kade staat en de meesten van ons hebben er ook de nacht doorgebracht. Starend naar het schip, telkens als er een figuur op het dek bewoog hopend dat het een van onze jongens was, die gedag mocht zwaaien.

In het oosten verbleekt de hemel van zwart naar blauw en het eerste roze ochtendlicht strekt zijn vingers uit als er een geluid opklinkt dat ik inmiddels ben gaan haten: het stampen van laarzen over de Brede Laan. Iedereen wacht stilletjes af terwijl de Premier en de Schotse ambassadeur met hun gevolg van soldaten naar de haven komen. Wij zien dat er een sloep van Randalls schip naar de haven komt varen. We zien hoe Randall en de Schot de kadetrappen afdalen en erin gaan zitten alsof ze een zondags uitstapje gaan maken. Wij zien hoe ze worden weggeroeid zonder dat ze ons nog een blik gunnen.

En als ze eenmaal aan boord van het schip zijn, volgt er een hoop geroep en geschreeuw en met veel lawaai worden de ankers opgehaald. Dan worden de marszeilen gehesen, klapperend en wapperend tot ze opbollen in de wind. Het schip kreunt, de zee wordt onder zijn boeg gekliefd en het vaart weg van onze haven.

'En wat doen we nu?' vraag ik Andy's ma.

'Naar huis gaan, Lilly, en wat rusten.'

Maar als ik daar kom, voelt het leeg en vreemd aan. Want Andy is niet in de tuin hout aan het hakken en zijn pa zit niet aan tafel over vissen te praten en zijn moeder scharrelt niet rond het fornuis. Het is dezelfde soort leegte als bij mij thuis, zonder Grootje. Dezelfde soort leegte als in het hele dorp, nu er zoveel mensen gemist worden.

De volgende dagen wordt het er allemaal niet veel beter op. Iedereen wacht bang af, brengt eten naar de opslagplaats, probeert Andy's ma zover te krijgen dat ze wat eet en wat slaapt. Maar het grootste deel van de tijd doet ze geen van beide, zit de hele tijd in de haven, waar de kapiteins gedwongen worden voor zichzelf een gevangenis te bouwen. En daardoor ben ik alleen thuis als er op de deur geklopt wordt. En nog voordat ik hem kan opendoen, steekt mevrouw Denton haar hoofd al om de hoek. Normaal gesproken zou Andy's ma uit haar vel zijn gesprongen als het huis niet tiptop in orde was geweest. Maar Andy's ma geeft op dit moment geen snars om schoonmaken en mevrouw Denton merkt de rommel niet eens op. Ze heeft een mandje bij zich met een doek eroverheen.

'Ik heb wat eten voor jullie meegenomen,' zegt ze en ze klinkt alsof ze er niet helemaal zeker van is of ze welkom is. 'Ik heb mijn kelder leeggemaakt en neem zoveel mogelijk mee voor de kinderen van het dorp.'

Ze kijkt mij aan.

'Dat is heel aardig van u,' zeg ik, hoewel ik eigenlijk helemaal geen kind ben, toch?

'Het is het minste wat ik kan doen, want tenslotte...' Ze slaakt een diepe zucht en laat zich in de stoel zakken waarin Andy's pa altijd zat.

'Dit is allemaal zo verschrikkelijk,' zegt ze en haar stem klinkt heel onzeker. 'Martha beweert dat de mannen morgen de galg moeten oprichten.' Waardoor ik weer dat pijnlijk strakke gevoel vanbinnen krijg.

Mevrouw Denton vervolgt: 'O Lilly, ik heb het idee dat ik met jou kan praten. Dat jij het begrijpt... Weet je, toen Archie en ik nog kinderen waren leek alles zo duidelijk. Onze leraar vertelde ons dat de rovers slecht waren, dat de Schotten gedoemd waren omdat zij hun machines niet wilden opgeven. En wij geloofden het allemaal.' Ze glimlacht voorzichtig. 'Eustace leerde mij dat het anders zat. Leerde mij dat de dingen niet altijd zijn wat ze lijken.' Dan verstrakt haar gezicht weer. 'Maar mijn broer is net zo eigenwijs en arrogant als destijds. En daarom maak ik me zorgen om Alexandra. Ik maak mij zorgen om ons allemaal.' Ze lacht, maar dat klinkt triest, niet vrolijk. 'Weet je, toen ze werd meegenomen kreeg ik een idee over hoe ik mijn nichtje terug kon krijgen. Ik hoopte dat ik mijn broer ervan kon weerhouden ons mee te slepen in een oorlog. Het heeft nu allemaal geen zin meer, maar ik wilde zelf het losgeld voor Alexandra opbrengen.'

Ze zwijgt weer en ik weet niet zeker of ik verondersteld word te antwoorden. Ik doe het toch maar en zeg: 'En hoe was u van plan dat te doen?'

'Ik heb iets. Een ding. Eustace heeft het mij voor mijn verjaardag gegeven, het jaar voordat hij stierf. Ik weet niet eens wat het is; alles wat ik weet is dat hij het gevonden heeft op een van zijn expedities en dat het heel veel waard moet zijn, want hij heeft er een speciale kist voor laten maken, met een gouden slot. Hij vertelde me dat het het belangrijkste was wat hij ooit had gevonden en dat het ons leven kon veranderen.' Ze wacht even. 'Dus ik dacht dat de rovers het misschien zouden aannemen als losgeld. Ik was van plan een of andere dappere kapitein van het dorp te vragen het mee te nemen naar Londen en daar contact op te nemen met de rovers. Eustace had contacten met andere antiekhandelaren in Londen en vertelde me dat een van hen regelmatig antiquiteiten van de rovers kocht. Ik hoopte dat deze man zou kunnen helpen de bende te vinden die Alexandra heeft meegenomen. Ik heb zelfs een brief geschreven waarin ik om zijn hulp vraag.' Ze lacht haar trieste lach weer. 'Natuurlijk heeft dat nou allemaal geen zin meer. Mijn broer heeft alle weerbare mannen uit dit dorp meegenomen en er is niemand over aan wie ik het kan vragen.'

Ze schudt haar hoofd, alsof ze er spinnenwebben uit verjaagt. 'Maar genoeg gekletst. Ik kwam hier niet om je op te zadelen met zorgen die je toch niet kunt verhelpen. Ik heb veel beter nieuws!'

Ze pakt mijn hand. 'Mevrouw Ainsty is gisteren bij me langs geweest. Zo'n zorgzame vrouw, denkt altijd aan anderen, zelfs in deze barre tijden. Zij heeft voorgesteld, en ik heb ermee ingestemd, dat ik de plaats van jouw grootmoeder voor jou inneem.'

Ze kijkt me vol verwachting aan, alsof ik nu zou moeten gaan springen en dansen of zoiets.

'Waarom?'

'Nou, met het oog op de onderhandelingen over jouw huwelijk. Ik ben zo blij iets voor jou te kunnen doen, wat vrolijkheid in deze donkere dagen te kunnen brengen. Ik zie geen reden waarom dat niet vlot zou kunnen worden geregeld, zelfs nu. Jij hebt een viskat als bruidsschat en ik sta persoonlijk borg.' Ze glimlacht me breed toe, alsof ze wilde dat ik hetzelfde deed. 'Mevrouw Ainsty en ik zijn het erover eens dat het een vrij eenvoudige zaak moet zijn om de Hindles te overreden jou te accepteren als vrouw voor hun zoon. En omdat hij een van de weinige mannen is die gespaard zijn gebleven, kun je over een paar weken al zijn vrouw worden.'

'Over een paar weken!'

'Ja, is dat niet prachtig?'

Als mevrouw Denton weg is, heb ik het gevoel dat ik zal ontploffen als ik niemand vertel wat zij en mevrouw Ainsty voor plannetjes hebben. Ik kom uiteindelijk in de haven terecht, want daar zit iedereen. En ik loop Andy's ma zowat van de sokken, zo graag wil ik haar vinden.

'Mevrouw Denton wil me uithuwelijken aan Lun Hindle!' schreeuw ik, zodra ik haar in de gaten krijg.

Ik verwachtte dat ze zal gaan lachen, maar eerst lijkt het alsof ze niets heeft gehoord, dan kijkt ze me aan met haar vermoeide ogen en zegt: 'Nou, misschien is dat niet eens zo'n slecht idee.'

De andere vrouwen in de menigte knikkend instemmend.

'Jij boft maar, meid!' zegt er een.

'En ze is nog wees ook,' zegt een ander.

'Maar ik trouw niet met Lun! Ik krijg een boot samen met Andy. Wij worden samen kapitein.'

Mevrouw Whitedove mompelt 'Nou, nou!' en tuit haar lippen.

'Lilly Melkun, er zijn de afgelopen dagen vreselijke dingen gebeurd, dus hou op met in je eigen dromenland te leven!' snauwt ze.

'Lilly, we kunnen niet eens eten kopen, laat staan een boot,' zegt Andy's ma rustig. 'Alles is kapot, pa zit in de gevangenis en Andy...' Haar stem breekt. 'Hij komt misschien niet eens terug.'

Mevrouw Greenstick doet ook een duit in het zakje. 'Dus als mevrouw Denton je wil helpen, dan zou je daar blij mee moeten wezen!'

Alle vrouwen staan afkeurend tegen me te snuiven.

'Ondankbaar kreng.'

'Die meid is helemaal wild geworden, ik zeg het je.'

'In haar eentje in die boot, het lag voor de hand...'

Maar ik blijf niet staan luisteren – ik moet iemand vinden die me begrijpt, om me geeft. En ik weet waar die is. Daar wil ik trouwens toch heen. Terug naar huis.

En als ik daar aankom, zit Kater in de vensterbank, met zijn staart netjes rond zijn poten.

'Miauw,' zegt hij als hij me ziet. Wat betekent: doe open, ik kan niet zelf naar binnen. Ik doe de voordeur open, Kater springt naar beneden en trippelt naar binnen. Hij loopt naar het vuur en kijkt ernaar, alsof hij verwacht dat het warm zal zijn.

'Grootje is er niet,' zeg ik tegen hem en ik ga aan onze tafel zitten en krijg een rilling van de koude, lege haard.

'Iedereen wil mij laten trouwen,' zeg ik tegen Kater, die mij aankijkt, met zijn oren naar achteren. 'Ze vinden dat jij een goeie bruidsschat zou zijn en Lun Hindle neemt jou als viskat.' Hij trekt zijn oren nog een beetje verder naar achteren. 'Lun zal me waarschijnlijk niet eens laten varen. En hij stinkt. En hoe moet dat dan met Andy? Wat zal hij zeggen als hij terugkomt?' Een koude steen nestelt zich in mijn buik. 'Áls hij terugkomt.'

'Mriauw,' zegt Kater en hij begint een van zijn poten te likken. Iets in het geluid van zijn rasptong herinnert me eraan dat hij op dat mooie tapijt bij mevrouw Denton zat en dan krijg ik opeens een idee! Ik ben zo opgewonden dat ik amper adem kan halen, want het is zo logisch als wat.

'Wat geeft het als alle weerbare mannen uit het dorp weg zijn?' roep ik. 'Ik kan net zo goed varen als ieder van hen en ik heb jou. Wij brengen het losgeld naar de rovers!' Kater likt zijn andere poot. 'Als ik Alexandra zou redden, dan zou de Premier mij zeker belonen, niet dan? Dan zou ik genoeg geld hebben om een boot voor mezelf en Andy te kopen en dan hoef ik niet met Lun te trouwen! En Andy hoeft dan niet te vechten, hij kan gewoon met de rest naar huis komen. En Alexandra kan dan vertellen dat we geen verraders zijn en dan worden de kapiteins vrijgelaten en is alles weer in orde!'

Kater draait zich om en begint zijn rug te likken.

'Met jou kan ik gemakkelijk naar Londen toe.'

Lik, lik, luidt het antwoord van Kater.

'Alles wat ik nodig heb is de schat van mevrouw Denton en de brief. Ik ga het mevrouw Denton nu meteen vertellen.' Maar dan zakt de moed me in mijn schoenen. Want ik weet dat geen haar op haar hoofd eraan denkt mij het losgeld te geven. De meeste mensen in het dorp vinden dat ik niet op een boot thuishoor, alles waar ik goed voor ben, denken zij, is trouwen met Lun Hindle.

Kater maakt een grappig kuchgeluidje en spuugt een haar uit.

'Behalve... Ik kán het juweel en de brief gewoon pakken. Dat zou toch geen stelen zijn, hè?' Ik vraag het hem. 'Niet als ik het naar de rovers breng en zo iedereen red. Dan is het toch geen stelen?'

Kater antwoordt niet, tilt alleen een poot op en begint zijn buik te wassen.

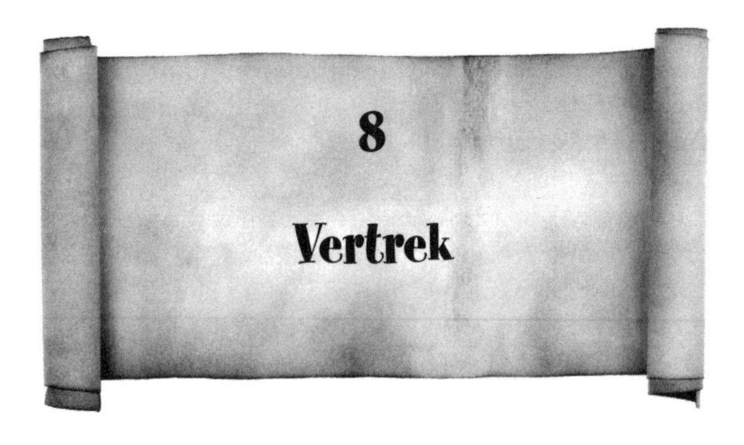

8

Vertrek

Tegen donker ga ik terug naar het huis van mevrouw Denton, met Kater achter me aan. Deze keer doet Martha, als ze de deur openmaakt, niet de minste moeite om haar ergernis te verbergen.

'Mevrouw Denton is er niet. Dat is te zeggen, ze ligt te rusten in haar kamer en ik ga haar niet storen voor volk als jij.'

'Ik... eh... ik heb iets laten liggen toen ik hier gisteren was. En dat heb ik laten liggen in de zitkamer van mevrouw Denton. Dat wilde ik alleen even ophalen.'

Martha's wenkbrauwen worden opgetrokken. 'Ik heb die kamer van top tot teen schoongemaakt sinds jij er bent geweest en er lag niks voddigs of vies in. Dus wat je ook kwijt bent, dat heb je niet hier verloren.' En ze begint de deur voor mijn gezicht dicht te duwen.

'Nee. Het was een medaillon. Dat had ik van mijn Grootje. Ik denk dat de ketting is gebroken en dat het op de vloer is gevallen. Alstublieft, het is maar klein, misschien heeft u het over het hoofd gezien? Ik heb overal gezocht.'

Ik voel dat ik begin te blozen, want dat medaillon hangt verborgen onder mijn hemd. En de blos wordt nog dieper als ik denk aan wat Grootje zou zeggen als ze mij op zo'n leugen zou betrappen.

Ik verwacht dat Martha me eruit zal smijten, maar ze fronst alleen haar wenkbrauwen. Dan zegt ze: 'Vooruit dan maar, ik zal je erheen brengen en dan kun je naar je medaillon zoeken. Maar ik hou je in de gaten, dus blijf met je vieze vingers van alles af wat niet van jou is.'

'Dank u,' zeg ik, maar inwendig vervloek ik mezelf, want mijn plannetje loopt helemaal mis! Natuurlijk zou Martha mij nooit alleen in die kamer laten en hoe kan ik het juweel nou pakken terwijl zij erbij is? Maar dan lost Kater het probleem op door een poging te doen de keuken binnen te glippen.

'Hé! Haal die schurftige zwerfkat weg!' Martha haalt met haar voet uit naar Kater en begint met haar armen te zwaaien.

'Ik kan hem niet buiten laten staan!' zeg ik, blij dat hij zich nooit afvraagt of hij wel uitgenodigd is. 'Het is een viskat.' Martha kijkt naar mij, dan naar Kater. Haar gezicht staat nog een beetje zuurder.

'Nou goed dan,' zegt ze. 'Omwille van je Grootje kan hij binnenkomen. Maar zorg dat-ie zijn vlooien niet op het tapijt laat vallen! Ik zal hem hier in de keuken in de gaten houden. Ga jij maar naar de zitkamer, zoek je medaillon en kom dan meteen terug. Als je langer dan twee minuten binnenblijft, kom ik kijken wat er aan de hand is.'

Ik doe de deur van de zitkamer van mevrouw Denton open en mijn hand beeft een beetje. Het enige licht in de kamer komt van het flakkerende vuur, dat bijna uit is. Als mevrouw Denton haar schat nu eens heeft opgeborgen? Ik kan Martha niet vragen hem even voor me te pakken. Maar ik heb geluk, want daar op de schoorsteenmantel staat een donker houten kistje met een gouden slot en daarnaast ligt een brief. Ik hoef ze alleen maar te pakken.

'Dit is geen diefstal,' fluister ik. 'Ik voer gewoon de missie van mevrouw Denton uit.'

Ik pak het kistje, doe het slot open. Als ik het deksel optil, schrik ik. Want op een bedje van witte zijde ligt een enorm juweel! Het is wat groter dan een ei en er zitten een heleboel kleine richeltjes op die zacht glanzen in de rode gloed van de haard. Mijn handen beginnen nog meer te beven als ik het juweel oppak, en dan schrik ik weer. Want ik weet zeker dat ik een tinteling voel terwijl het ding in mijn hand ligt en er schiet een lichtflits door de kamer, als bliksem in de verte. Dan is die weer weg en ligt het juweel stil.

Ik kijk om me heen en kan niet geloven dat Martha niets heeft gezien, maar er klinkt geen geluid uit de richting van de keuken. Mijn hart klopt zo hard dat ik het bloed in mijn hoofd voel stromen, maar ik heb geen tijd om me zorgen te maken, dus stop ik het juweel in mijn zak en trek mijn jas erover om de bult te verbergen. Ik doe het kistje dicht, zet het terug op de schoorsteenmantel en pak de brief, die ik bij het juweel stop. Dan trek ik Grootjes medaillon over mijn hoofd en houd het in mijn hand.

'Hier is het!' roep ik als ik terugkom in de keuken, terwijl ik het medaillon omhooghoud, zodat Martha het kan zien. En ik schiet de deur uit als een aal vanonder een steen, terwijl Kater achter me aan rent, voordat ze vragen kan gaan stellen.

Zodra ik buiten ben, wil ik gaan rennen. Maar ik dwing mezelf rustig te lopen, want ik wil er niet schuldig uitzien. Zoals een dief zou doen.

'We hebben het geflikt!' fluister ik tegen Kater.

'Prup,' zegt hij. En dan slaat de koude schrik me om het hart. Wat ben ik toch een idioot! Mevrouw Denton zal morgenochtend meteen merken dat de envelop niet op haar schoorsteenmantel ligt. En als ze dat merkt, kijkt ze natuurlijk ook in het kistje. En als ze dat heeft gedaan, dan duurt het geen minuut voordat Martha mij de schuld geeft. Dus ik moet nu weg, vanavond nog, anders beland ik rechtstreeks in de nieuwe gevangenis!

Nu begin ik te rennen.

Als ik thuiskom, verzamel ik in allerijl kleren, oliejas, mes, extra touw, mijn touwpluizer en al het eten dat ik kan vinden. Dat blijkt een zak haver en wat harde scheepsbeschuit te zijn. Tja, de rest moet ik dan maar vangen.

'Ik ga op missie voor mevrouw Denton,' zeg ik tegen het lege donkere huis. In de hoop dat Grootje ergens is, in de hoop dat ze me kan horen. 'Dus ik moet het geld uit de pot nemen.'

Ik steek mijn hand onder Grootjes bed en haal een kleine rammelende pot tevoorschijn. Dat is Grootjes spaarpot, waarin ze elke extra stuiver voor de winterstormen heeft bewaard, als het te ruig weer wordt om te gaan vissen. De munten ratelen uit de pot en ik doe ze in Grootjes beurs, die aan een leren koordje hangt. Die hang ik om mijn nek, naast het medaillon van Grootje; de beurs is niet zwaar, want er zitten niet veel munten in. Maar voor mij moet het genoeg zijn. Tenslotte kunnen dingen in Londen niet veel kosten, toch?

Ik klop op mijn hemd, waar de bult van de beurs te zien is. Toch denk ik dat de beurs daar veilig is tegen dieven en overvallers, want alles wat je echt kunt zien is een stukje leer om mijn nek. Maar hoe zit dat met het juweel? Ze hoeven alleen maar even te kijken en de eerste de beste dief zou me kunnen pakken. Na even nagedacht te hebben pak ik mijn vissersgordel. Dit zit vol zakken om extra touw en haken in te stoppen en al het andere spul dat je bij de hand wilt hebben als je op zee zit. Ik verpak het juweel in een vies stuk stof, dan stop ik het in een van de grootste zakken van mijn gordel. Het ziet er nogal bobbelig uit, maar volgens mij zit het er veilig. Tenslotte, wie zou ooit kunnen denken dat er een groot juweel in een vissersgordel zit?

Ik hang mijn zak op mijn rug en loop naar de deur als ik heel even mijn eigen weerspiegeling in het donkere raam zie: een rond bruin gezicht, donkerbruine ogen boven een bevlekte oliejas, lang haar in een paardenstaart. Meisjeshaar. Maar mevrouw Denton zei dat ze op zoek was naar een kapitein of een jongen voor haar missie. Ik pak de brief uit mijn zak, maak hem voorzichtig open, in een poging de envelop niet al te zeer te beschadigen. Ik lees het wankele schrift, met al die mooie volzinnen.

Het duurt een hele poos, maar halverwege staan de woorden waar het om gaat.

'Ik beveel deze man aan. Geef hem alstublieft alle hulp die u kunt.'

Deze man! Maar ik ben geen man! Hoe kan ik dat verklaren aan die Londense handelaar van mevrouw Denton? Wat als hij raadt dat ik die brief en het juweel gestolen heb? Dan zal hij me nooit helpen.

En dat is de reden waarom ik de keukenschaar van Grootje pak, de ruit als spiegel gebruik en mijn haar begin af te knippen. Als ik klaar ben, kijk ik in de ruit en daar staat mij een jongen aan te staren. Ik hef mijn hand op naar mijn korte haar, hij doet hetzelfde. Ik doe mijn mond open om wat ik heb gedaan en hij doet de zijne ook open. Ik ben nu een jongen. Een jongen die mevrouw Denton kan hebben gevraagd een opdracht uit te voeren. Een jongen die zij de brief en ook het juweel zou kunnen hebben gegeven. De jongen in de ruit grijnst me toe en hij ziet er niet uit als het soort dat graag wil trouwen.

Kater heeft niet veel zin om te gaan varen voordat het licht is. Waarschijnlijk zal hij ook niet al te blij zijn met zijn vermomming; maar met die vermomming wacht ik tot we op de boot zitten en Kater nergens anders meer heen kan. Het punt is dat hij grijs is, want hij is een viskat. In een nest met kittens kun je juist door die kleur een viskat er zo uitpikken. Maar als de rovers helemaal hierheen zijn gekomen om een viskat te vangen, wat kan er dan wel niet gebeuren als ik met een grijze kat door Londen probeer te wandelen? Ik kan hem dat risico niet laten lopen. Dus het laatste wat ik pak is een pot met smeer van Grootje, die ze maakt van reuzel en as en kruiden en God mag weten wat nog meer. Dat smeer is vreselijk vlekkerig, Kater kan wassen wat hij wil, hij heeft een week nodig om het van zich af te krijgen.

Tegen de tijd dat ik het grootzeil heb gehesen en de schoot heb vastgezet, verbleekt de oostelijke hemel van diepzwart tot donkerblauw en houden de eerste sterren op te fonkelen. Kater en ik glijden de haven uit en langs de kust naar het oosten, met een harde behulpzame wind in de rug. En tegen de tijd dat de zon opkomt, zijn de heuvels al geweken voor moerassen vol vliegen. Een platte lappendeken van groen en bruin met vogels die er in kringen boven rondvliegen.

Aan het eind van de ochtend is het blauw van de hemel helemaal opgevreten door een hoge grijze wolk en brengt de bries wat regen. Maar de wolken blijven hoog en licht, ze zeilen door de hemel en maken ons af en toe een beetje nat met wat motregen. De wind blijft gestaag uit het westen komen en we hebben goeie vaart, glijden strak door de donkere spiegelende golven.

Kater wordt een beetje humeurig, want hij houdt niet van regen en hij is ook niet zo dol op koude wind. Maar hij begint niet te janken of te mauwen, dus is er niet echt zwaar weer op komst of een gevaarlijke zee om je zorgen over te maken. Halverwege de middag mauwt Kater tegen een vlucht vogels die op het water dobbert en duikt. Ik houd in om vislijnen uit te zetten. Dan zeil ik door de plek waar de vogels en de school vis zich bevinden, want daar azen de vogels op. De lijnen schieten strak en beginnen te zingen en binnen een paar minuten heb ik een stuk of zes mooie makrelen. Kater krijgt de eerste en begint hard als een trommel te spinnen. Daarna vindt hij de regendruppels niet zo erg meer.

Bij de avondschemering van de eerste dag varen we tussen de groene heuvels van het eiland Wight, op open zee en in de wateren van Southampton, die zich uitstrekken naar het binnenland, waar alle ruïnes staan. Dit is het verste oostelijke puntje tot waar ik ooit ben geweest en ik word een beetje zenuwachtig bij de gedachte dat ik nu wateren binnen zeil waarin ik mijn weg niet ken. Maar ik ken alle loodsliederen, langs de hele route tot Clacton, Grootje heeft ze me allemaal geleerd toen ik met Kater begon te vissen.

'Waar heb ik ze voor nodig? Zover ga ik nooit,' zei ik altijd tegen haar.

'In een storm kun je overal terechtkomen, dus moet je weten hoe je in zo'n storm je weg en een veilige havenplaats kunt vinden. Of wil je net zo eindigen als je grootvader en je ouders?'

'Nee, Grootje.'

'Dan zing je nu voor mij over alle klippen tussen Bognor en Beachy's Head.'

Nu ben ik blij dat ze daar zo streng op toezag.

Tegen de tijd dat we bij een veilig uitziende ankerplaats komen, wordt het al donker. Aan wal staan wat huizen die afsteken tegen de lage landtong. Maar ook als het tijd wordt om kaarsen aan te steken, zie ik in geen ervan licht. Het zijn dus vast ruïnes, die staan er hier volop.

Nadat ik ons veilig heb aangemeerd en Kater gelukzalig ligt opgekruld, heb ik niet veel zin in slapen. Mijn hoofd blijft maar malen over wat ik nu moet doen. Ik denk erover de brief nog eens te lezen, maar dat kan niet want het is nu donker. In plaats daarvan pak ik het juweel, haal het uit zijn vieze lap en houd het in mijn hand. Het glimt niet meer zoals het deed in de kamer van mevrouw Denton, het voelt koud en glad aan en ik voel ook geen tinteling meer. Ik draai het rond en het voelt perfect zoals het in mijn handen ligt. Alsof het vastgehouden wil worden. En terwijl ik het vasthoud, begint het op te warmen, maar niet alsof het de hitte uit mijn handen overneemt, maar meer alsof het van binnenuit warm wordt. Dat bezorgt me een wat naar gevoel, want de pastoor zit altijd door te zagen over hoe de mensen uit vroeger tijden verantwoordelijk waren voor alle problemen in de wereld en wie weet waarom dit ding zo gloeit en flitst? Het is waarschijnlijk het beste als ik het weer in zijn lap stop en met rust laat.

En dat wil ik ook doen, echt waar, maar het juweel begint te gloeien. Niet helemaal, maar op tien kleine plekjes, volmaakt geplaatst om je vingers op te houden als je het zou willen vastpakken. Nog voordat mijn hoofd kan bedenken wat ik doe, hebben mijn vingers zich in die gloeiende kringetjes geplant. Dan is er een heldere flits, een klikgeluidje en opeens komt er een kop uit het juweel! Die hangt op gelijke hoogte met de mijne, in de donkere lucht, en gloeit als een spook. Hij heeft een gezicht dat van een man kan zijn, maar ook wel van een vrouw. Hij opent zijn mond en zegt: 'DNA vastgelegd en erkend. Interface afgestemd op eerste gebruiker.'

9

PSAI

Je hebt nog nooit iemand zo horen gillen als ik dat doe op dat moment! Ik laat het juweel vallen alsof het een hete kool was en al dat gekletter en geschreeuw maakt Kater wakker, die opspringt uit zijn slaap en begint te blazen en te grommen. De kop blijft waar hij is, in de lucht, kijkt me aan, en Kater en het juweel rollen over de bodem van de boot. Na een minuut stop ik met gillen en wordt Kater rustig.

Allebei staren we dodelijk verschrikt naar dat drijvende hoofd, dat een wenkbrauw optrekt en zegt: 'Sunoon Technologies garandeert deze eenheid alleen als zij wordt gebruikt volgens aanwijzingen van de fabrikant – zie sectie 3.2.4 van de gebruiksaanwijzing. Gebruik dat tegen deze instructies indruist, kan leiden tot instabiliteit van de artificiële intelligentie.' Het draait om in de lucht alsof het aan een galg hangt en zegt dan: 'En mag ik toevoegen dat gebruik in een *boot*, op open *zee*, vrijwel zeker *niet* onder de garantie valt.'

'Wat ben jij?' piep ik. 'Ben jij een demon?'

De kop kijkt geërgerd. 'Demon is een zeer elementaire eenheid, met uitzonderlijk beperkte spelfaciliteiten. Ik ben een Play System AI eenheid 2457.' Hij wacht even. 'Soms wordt er naar mij verwezen als PSAI – met eersteklas artificiële intel-

ligentie.' Het kijkt me aan alsof ik onder de indruk moest zijn.
'Waar heb je het over?' zeg ik.

'In hemelsnaam! Woon jij onder een steen? Wij PSAI-eenheden zijn anders goed aangeprezen, in de fabriek zeiden ze dat er een wachtlijst van acht maanden voor ons bestond.' Hij zucht eens. 'Nou ja, ik veronderstel dat ik de rest van de verplichte onderwerpen wel kan schrappen.'

Hij draait een beetje rond op zijn nek, alsof hij water uit zijn oren probeert te krijgen en zegt dan: 'Wees zo vriendelijk de eerste gebruiker te identificeren.'

Ik kijk hem vragend aan.

'Hoe heet jij?' zegt hij, heel langzaam en hard.

'Lilly Melkun,' piep ik.

'*Dankjewel*. Nu we dat probleempje uit de weg hebben, ben ik je nieuwe systeem. Wat wil je dat ik speel?'

Ik kan het niet helpen, maar er komt een kreun uit mijn mond. 'Ik had beter moeten weten dan een of ander ding uit de oude tijd mee te nemen. De zee zal waarschijnlijk opkomen en ons verslinden omdat jij hier bent.'

'Ik ben niet in staat dit soort instructies te verwerken,' zegt de kop geërgerd. 'Ik wil graag meer informatie.'

'Je had een juweel moeten zijn!' roep ik. 'Met jou had ik de rovers willen betalen zodat ze Alexandra teruggeven. Het is absoluut niet de bedoeling dat je een of andere angstaanjagende kop bent! Ze zullen denken dat jij een van hun geesten bent en ons allemaal doden!'

Nu kijkt de kop een beetje geërgerd. 'Kun je alsjeblieft wat duidelijker zijn? Heb je het nu over een fantasyspelletje? Want mijn strategische mogelijkheden gaan veel verder, weet je. Ik kan in real time hele oorlogen behandelen.'

'Je bent een puter hè?' zeg ik, in een helder ogenblik. Tenslotte had meneer Denton er een heleboel van in zijn studeerkamer. 'Maar ik dacht dat jullie allemaal kapot waren gegaan bij de Ineenstorting? Hoe komt het dat jij nog werkt?'

'Wat bedoel je? Welke ineenstorting? Is er stroomuitval geweest in de fabriek? Is dat de reden waarom ik zo lang niet gebruikt ben…?' De kop houdt op met praten en er verschijnt een vreemde blik op het gezicht, alsof het bang is of zoiets.

'Er schijnt iets fout te zijn met mijn interne klok. Die vermeldt dat ik 147 jaar buiten gebruik ben geweest. Maar dat kan niet waar zijn. Waarom zou iemand mij zo lang onbespeeld hebben gelaten?'

'Je mag blij zijn dat je hier bent,' zeg ik. 'Grootje zei dat de mensen na de Ineenstorting heel boos werden op de puters en al dat soort spul en dat er hele bendes waren die rondtrokken om ze in elkaar te slaan. Nergens zijn meer puters die nog werken, dat is wat de pastoor zegt. Hij zegt dat ze niet eens puters hebben in Groot-Schotland en die hebben toch schepen op zonne-energie.'

'Mensen die computers stukslaan.' De kop kijkt onpasselijk. 'Maar hoe zit het dan met mijn vriendjes, hoe zit het dan met de eenheden 2435 en 1897?'

De kop begint om zich heen te staren alsof hij probeert alle kanten tegelijk op te kijken. 'Ben ik wel veilig? Is iemand van plan mij in elkaar te slaan?'

'Nou, ik niet,' zeg ik. 'Al weet ik niet wat de pastoor zal zeggen als hij er ooit achter komt. Jij bent mijn losgeld voor Alexandra, dus moet ik je wel houden. Maar je kunt niet zomaar tevoorschijn springen. De meeste mensen zouden je allang in zee hebben gesmeten.'

'Nou, dat is niet mijn schuld. Jij hebt mij aangezet.'

'Dat is niet waar. Ik heb je alleen opgetild.'

'Ik ben ontworpen om te reageren op het DNA van mijn aangewezen gebruiker als ik word vastgehouden. En als het waar is wat jij zegt, dan is het vreemd dat ik überhaupt ben aangezet... Raap mijn bedrijfseenheid op,' zegt hij. Ik staar hem aan en hij knikt naar beneden, naar het juweel. 'Vooruit, daar ligt ze.' Ik steek mijn hand uit en trek hem snel weer terug. 'Raap haar nou maar op!' snauwt de kop. 'Het kan geen kwaad. Helaas.'

Ik raap het juweel op, maar deze keer alleen met mijn duim en wijsvinger.

'Goed zo,' zegt de kop. Dan kijkt hij in de verte. Er verschijnt een spookachtig potlood in de lucht, dat de mond van de kop binnen drijft, en hij begint te kauwen.

'Nou, je DNA past bij de gebruiker naar wie ik toegestuurd zou worden,' mompelt hij. 'Hoewel er wat verschillen zijn...' Hij kauwt een beetje verder op het spookpotlood.

'Aha!' roept hij, 'een afstammeling! Genoeg DNA om activering mogelijk te maken!' Hij lijkt nogal ingenomen met zichzelf en zegt dan: 'Een achterachterachterkleindochter volgens mijn berekening.'

'Ik heb geen flauw idee waar je het over hebt,' zeg ik. 'Je moet weer terug.'

'Nou, misschien is dat wel het beste.' Hij kijkt een beetje triest. 'Maar je laat me toch niet uit staan, hè? Als je dat doet, hadden ze me net zo goed kunnen vermoorden, net als mijn vrienden.'

Nou ja, ik ben bereid tot alles als hij maar ophoudt.

'Natuurlijk niet,' zeg ik. 'Als het veilig is, kun je eruit komen. Goed, hoe krijg ik je er weer in?' Ik begin op allerlei glimmende plekjes te drukken, om te proberen ongedaan te maken wat ik in het begin heb gedaan.

'Nee!' roept de kop en hij ziet er dodelijk verschrikt uit. 'Zo moet dat niet!' Hij begint te draaien en te wriggelen in de lucht, wordt onderweg zwakker en kleiner.

'Ik word op onjuiste wijze uitgezet!' klaagt hij en hij verdwijnt in het niet.

Als de kop weg is, wikkel ik het juweel met trillende handen weer in de doek. Ik kijk er een hele poos naar en vraag me af wat ik nou moet doen. Ik zou dat stomme ding graag in zee smijten, maar ik weet dat dat niet kan, want dan heb ik niks in ruil voor Alexandra. Uiteindelijk besluit ik dat ik het maar veilig wegstop in mijn gordel en er niet meer aan zal komen totdat ik het aan de rovers kan geven. En dan maar hopen dat de kop niet weer tevoorschijn komt, want ik heb geen flauw idee wat ik moet doen als dat gebeurt. Ik stop het juweel weer weg, ga liggen en probeer wat te slapen. Maar mijn hoofd zit vol met wervelende gedachten en ik lig nog een hele poos naar boven te staren, naar de sterren.

De volgende dag heb ik een duf hoofd omdat ik niet veel geslapen heb, maar er is gelukkig geen spoor van die vreemd gloeiende puter. Ik voel me een stuk beter nu het dag is en de afgelopen avond begint aan te voelen als een droom.

Zelfs met een goeie wind hebben we een dag of vijf nodig om de monding van de Theems te bereiken. We varen langs enkele moerassen, met eilandjes in zee. En ruïnes. Ik zie hier geen huizen, geen rook die uit schoorstenen komt of mensen die bezig zijn. Overal is het leeg, maar wie zou dan ook bij al die spoken willen leven?

Ik ben niet de enige die aan het zeilen is, want we komen een heleboel vissersboten tegen die netten slepen. Je kunt een goeie vangst binnenhalen op die overstroomde plekken, maar je moet wel oppassen niet vast te raken in een of ander ondergelopen gebouw. Ze roepen allemaal naar ons en ik roep terug. Maar stoppen doe ik niet, want dan moet ik ze gaan vertellen waar ik heen ga.

’s Nachts meren we af in een beschutte inham, ver genoeg van de kust om spoken van ons lijf te houden. Ik ben zo moe dat ik me gewoon oprol en naast Kater ga liggen. Mijn ogen vallen dicht en ik zeil weg, de slaap in, als ik een tinteling bij mijn middel voel en een piepstemmetje steeds maar weer zegt: ‘Systeem klaar, systeem klaar.’ In een oogwenk ben ik klaarwakker en krijg een heel kriebelig gevoel vanbinnen. Want er is maar één ding dat zo kan tintelen en piepen. Heel voorzichtig haal ik het juweel uit mijn gordel en pak het uit. De puntjes erop gloeien en heel voorzichtig raak ik er een aan. Meteen komt die kop weer voor me te hangen.

‘Primaire gebruiker geïdentificeerd. Welkom, Lilly Melkun.’

‘Wat doe je?’ vraag ik. ‘Waarom ben je er weer uit?’ Hij kijkt gekwetst.

‘Leuke manier om mij te begroeten. Zeker als je nagaat dat jij degene bent die mij drieëntwintig uur op stand-by hebt gezet. Als je had gewacht tot ik je instructies had gegeven, dan had ik je kunnen vertellen hoe je het allemaal netjes kunt doen. Wil je dat ik deze keer de hulpfunctie aanzet?'

Ik knik, maar heb geen idee waar hij het over heeft. Plotseling verandert de kop. Hij ziet er nu niet meer uit als een mens, maar meer als een dier. Misschien een jonge hond, maar met veel te grote ogen en een grote grijnzende bek.

'Waf, waf,' zegt het. 'Laat mij je helpen het beste uit je nieuwe Play System met geheel artificiële intelligentie te halen. Je hoeft de gebruiksaanwijzing niet te lezen als ik er ben. Waf, waf!'

Ik spring bijna uit de boot zo geschrokken ben ik.

'Bah! Ga weg! Waar is de kop? Laat hem terugkomen!' Meteen verandert die griezelige jonge hond weer terug in de kop.

'Nou ja, je hebt tenminste énig gezond verstand,' zegt hij. 'Ik moet zeggen dat ik persoonlijk die hulpfunctie volstrekt vernederend vind.'

'Wat is artificiële intelligentie?' vraag ik.

'Dat betekent slimmer zijn dan het kind dat op de een of andere manier mijn primaire gebruiker is geworden. En ik moet zeggen dat ik niet geheel overtuigd ben door jouw verhaal. Jij zegt dat alles wat ik ken weg is, maar je biedt me niet de mogelijkheid dat te controleren. Wat mij betreft zou jij momenteel best eens aan het hacken kunnen zijn, en is dit allemaal een uitgebreide afleidingsmanoeuvre.'

'Ik ben je niet aan het hacken, wat dat dan ook is. Ik neem je mee naar de rovers als losgeld voor Alexandra Randall, zodat zij kan vertellen dat ons dorp niet bol staat van de lafaards en de oorlog kan laten ophouden.'

De kop kijkt bezorgd.

'Jeminee,' zegt hij. 'Ik hoop dat dit een virtuele simulatie is die erop gericht is mijn flexibiliteit te testen.' Hij pauzeert even en kijkt naar het donkere water dat zachtjes tegen de boot klotst, de stukken land aan weerszijden van ons en de sterren die tussen de nachtelijke wolken door twinkelen. 'Verlies ik soms mijn rationele integriteit? Er zijn toch zeker geen 147 jaren verstreken sinds ik de laatste keer aan heb gestaan?' Hij huivert een beetje, kijkt mij dan recht aan en zegt: 'Wees zo vriendelijk en breng mij naar het dichtstbijzijnde filiaal van Sunoon Technologies. Mogelijk functioneer ik niet goed, word ik gehackt of verlies ik rationele integriteit. Ik heb met absolute urgentie technische steun nodig.'

'Ik heb nog nooit gehoord van die zon-en-maanmensen,' zeg ik. 'En trouwens, ik kan je nergens mee naartoe nemen, want jij bent de enige mogelijkheid om Alexandra terug te krijgen.'

De kop tuit zijn lippen.

'Nou, vertel me dan alles maar.'

Ik weet niet helemaal waarom, maar om de een of andere reden vertel ik de kop van alles en nog wat. Hij blijft maar vragen stellen en voordat ik het weet heb ik alles verteld van Grootje, van de roofoverval op het dorp en van het plan van mevrouw Denton. Hij knikt en kijkt geïnteresseerd, maar blijft vragen stellen over dat zon-en-maanding. En telkens als ik zeg dat ik er nog nooit van gehoord heb, kijkt hij een beetje verschrikt.

'Hoe kunnen ze allemaal weg zijn?' vraagt hij. 'Wie levert mij dan technische ondersteuning?'

En soms zegt hij: 'Wil je spelen?' Wat volgens mij een beetje gek is. Dus vertel ik hem dat hij in een boot zit en dat dat geen plaats is om te spelen.

Elke dag varen brengt ons dichter bij Londen. En elke nacht komt de kop naar buiten voor een kletspraatje. Ik blijf mezelf voorhouden dat ik hem er niet uit wil laten, maar elke avond doe ik het toch. Want hij lijkt zo triest, omdat hij alles kwijt is wat hij kende. Tegen de derde nacht is het bijna normaal om de kop in het donker voor me te zien hangen. Hij wil van alles weten. Wat ik doe, wat mijn plan is, hoe de wereld eruitziet. Maar ik weet niet zeker of hij alles gelooft wat ik zeg.

Als ik het over de overstroming van Londen heb zegt hij: 'Maar er waren toch dijken? Wat is daarmee dan gebeurd?'

Ik haal mijn schouders op, want ik weet het niet. 'Misschien waren ze niet goed genoeg?' vraag ik. 'Mijn Grootje zegt dat ze in vroeger tijden nooit stormen hadden zoals wij tegenwoordig. Ze zei dat er zware stormen kwamen en dat de zee steeg en dat dat de Ineenstorting tot gevolg had.'

En als we geen onderwerp van gesprek meer hebben gaat de kop weer terug in het juweel en leg ik mijn hoofd neer om te slapen. Maar ik heb het gevoel alsof ik een droom verlaat in plaats van er in een te verdwijnen.

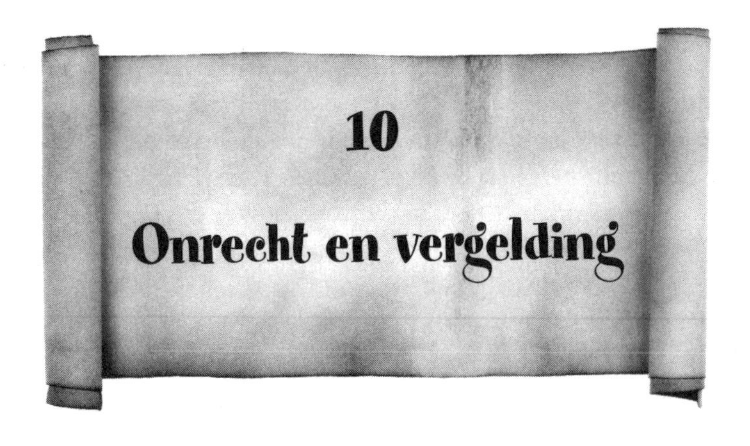

10

Onrecht en vergelding

Londen! Het stinkt, naar rotte kool en varkenspoep. Elke straat die niet onder water staat is bedekt met vette, slijmerige modder die van de Theems komt. Overal glibber je. Oude gebouwen in en uit. Natuursteen, baksteen, zo hoog als de hemel! Maar er is niet zoveel meer over, alles is kapot: ramen zijn ingeslagen, gaten in de muren, daken ingezakt.

'Kijk uit waar je loopt, Zeph! Anders zak je nog weg in de modder!' Ims lacht en knikt naar de modder onder de houten vlonder.

Londen is een en al drukte! De grote, brede rivier, de Theems, is vol zeilen: rode, blauwe, groene, paarse van de Families; glimmend zilver van de Schotse zonneschepen en zelfs af en toe een wit zeil, hoewel Engelsen wel uitkijken nu hun gezicht te laten zien. De oevers zijn bezet met havendammen die het water in steken en op elke dam wordt iets geladen of gelost: vis, wol, hooi, schapen, goud, mensen, varkens, balen stof, tonnen bier, ronde kazen, alles wat je maar bedenken kunt, lijkt het wel. En als er geen kooplui zijn, dan zijn er wel krijgers. Van elke Familie, in elke kleur leer die je maar bedenken kunt. En allemaal zien ze er even woest uit als ikzelf, klaar hun wapen te trekken, popelend een gevecht te beginnen.

Zelfs na vier dagen hier ben ik nog niet gewend aan al die mensen! Ze zijn overal – ze lopen over de vlonders, ze waden door de modder met pakken en potten en balen en allerlei andere dingen op hun hoofd.

'Pas op,' zegt Ims. 'Onze overval is al bekend. Iedere krijger in Londen staat op scherp. Ze maken je net zo makkelijk af als dat ze op je spugen.'

Hij trekt me naar de rand van de houten vlonder en een bende krijgers, allemaal in het blauw, wat op Chell Sea duidt, komt voorbij. Chell Sea is waar mijn moeder vandaan kwam, dus ben ik ook half Chell Sea. Ik doe mijn mond open, maar weet niet welk woord ik tegen ze moet zeggen. Ims ziet mijn blik, schudt zijn hoofd.

'Niet tegen ze praten. Ze zien alleen maar je kleuren en voordat je het weet ben je dood. Blijf in de buurt, dan zul je krijgers zien van elke Familie waar je ooit van gehoord hebt – Kensing, Dogs, Tottnam, Stokey, Brixt, Chell Sea – en allemaal willen ze een deel van Angel Isling.'

'Ik dacht dat je in Londen veilig was, net als in Norwich?'

'Meestal wel, maar nu ligt het anders. Je vader denkt vooruit, hij wil dat de Families samenwerken tegen de Engelsen. Maar er zijn een heleboel andere Bazen die het bij het oude willen houden en een heleboel krijgers die om die reden iedere Angel Isling zouden afmaken. Londen is de plek waar wij allemaal vandaan komen, dus worden ze allemaal nostalgisch en willen laten zien hoe trots ze op de traditie zijn. Wat betekent dat er nog meer kans is dat ze een knokpartij met ons zullen beginnen.'

Ik kijk naar de bende van Chell Sea en alle andere krijgers die over de vlonders paraderen. Ieder van hen kijkt mij en Ims aan, maar Ims heeft de hand op zijn zwaard en zijn gevechtsblik in de ogen en dat houdt ze op afstand.

'Ik snap niet hoe alle Families van deze ene plek hebben kunnen komen,' zeg ik en Ims begint te lachen.

'Ze komen niet allemaal uit Londen. De stad is nu bijna weg, maar ze was kilometers lang. Kilometers en kilometers, vol met mensen.'

'Je meent het!'

'Echt waar. De plek waar we nu staan is de plek waar alle Engelse heersers zaten – premiers en koningen en de rest.'

Hij wijst naar het stekelige, puntige gebouw boven ons.

'Daar zaten ze allemaal. Waar nu de markt is. Ze noemden het het parlementsgebouw. Allemaal heel machtig en ze vertelden iedereen wat-ie doen moest. En toen de Ineenstorting kwam, hebben ze zich allemaal verborgen in speciale versterkte ruimtes, die waren bedoeld om ze te beschermen.' Hij kijkt naar beneden en knipoogt naar me. 'Maar raad eens wat er toen met ze is gebeurd?'

'Weet ik veel.'

'Verzopen, snap je? In de overstroming. Toen het water kwam zaten ze als konijnen op een modderbank met hoogtij! De Premier die ze nu hebben, die is niet eens familie van ze. Hij is gewoon de kleinzoon van een of andere nieuwkomer, die zichzelf daarna in Swindon heeft gevestigd.' Ims lacht als hij erover nadenkt en zegt dan: 'Kom mee, laten we naar de markt gaan.'

De markt tussen de getijden, daar gaan we naartoe. Daar heb ik mijn hele leven al verhalen van gehoord, hoe smokkelaars en kooplui daar van alles kopen en verkopen. De muren van de markt zijn van steen, maar de rivier slaat er nog steeds gaten in. Dus is er alleen markt met laagwater, want als de Theems opkomt, spoelt die gewoon de markthal schoon. Rivierwachters staan op de uitkijk boven op de Big Ben en luiden de klok als het getij keert, om Londen te laten weten dat het water terugkomt. Dan pakken alle kooplui hun spullen en brengen die naar de bovenste verdiepingen.

Daar is mijn vader nu, in een van die ruimtes. Hij is wapens aan het kopen. Dat is het enige waar hij het gisteren nog over kon hebben.

'Als we oorlog krijgen, moet ik fatsoenlijk oorlogstuig hebben. Zwaarden zijn mooi voor vissersdorpen, maar niet als we ons de Engelsen van het lijf willen houden. Dus we moeten wat raketten hebben. Schotse smokkelaars verkopen die wel als we genoeg bieden.'

Raketten! Ik hoop dat het vader lukt. Dan zou Angel Isling de eerste Familie zijn die ooit Schotse wapens had. En als hem dat lukt, dan monteert hij ze op onze drakenschepen. Dan kan hij de Engelsen zo uit het water blazen.

'Kom op!' zegt Ims en weg is-ie, zich een weg banend van de hoofdvlonder naar een zijstraat. Ik probeer hem na te doen, maar er komen wat Dogs-krijgers van de andere kant en ze hebben allemaal getrokken messen in de hand. Ze kijken me boos aan, omdat ik alleen ben, en de dreiging straalt van ze af als stoom.

'Wat moet jij, kleine Isling?' snauwt er een.

'Zijn Baas is vast niet zo groot als hij beweert,' zegt een ander, 'niet als hij zo'n kleine Angel zomaar aan zichzelf overlaat. Om te worden uitgekleed door een troep goeie Dogs.'

Ik kijk om me heen, maar Ims is weg en ik sta tegenover zes Dogs in geel leer. Ik ben kansloos tegen zoveel van hen. Zo snel als ik kan buk en duik ik. De menigte in, achter een koopman die met een mand klokkende hennen loopt, en ik druk me tussen twee dikke dienstbodes in.

'Ho! Hierheen,' roept een van de Dogs. Er is wat gepiep en geduw achter me als ze proberen me te pakken. Maar ze zijn te groot en met te veel om net zo snel door de menigte te glippen als ik. Ik laat me door de menigte voortstuwen. Voorbij het eind van het marktgebouw, voorbij de winkels en stalletjes eromheen, voorbij kruispunten met andere vlonders, en verder en verder. En het geschreeuw van de Dogs klinkt steeds verder achter me, tot een van hen roept: 'Deze keer ontsnap je nog, kleine Isling, maar we wachten op je!' Ik weet dat ze het hebben opgegeven, net zoals Roba een jacht opgeeft als het te moeilijk wordt.

Maar ik ben ver afgedwaald van de menigte en de markt lijkt heel klein en ver weg. Ims is daar, maar ik moet langs die Dogs om weer bij hem te komen. Ik kijk naar de weg waarover ik gekomen ben en vraag me af wat ik nou moet doen. Even verderop staat een of andere vissersjongen midden op de vlonder iedereen aan te staren met zijn visogen. Eerst kijkt hij naar de menigte met zijn zachte bruine smoeltje, dan naar de markt alsof hij nog nooit zoiets gezien heeft. Hij heeft een zwarte kat aan een touwtje en begint ertegen te praten!

'Denk je dat dat het oude parlement is waarvan de man zei dat we ernaar uit moesten kijken?' vraagt visoog.

'Aan de kant jij, stomme idioot!' zeg ik en ik duw hem aan de kant, zodat ik er voorbij kan. En hij laat zien dat-ie niet goed lekker is, want op de een of andere manier krijgt hij het touwtje van zijn stomme kat om zijn benen gewikkeld. Visoog begint te struikelen en de kat begint te janken en rent om hem heen. Voor ik het weet, wankelt hij op de rand van de vlonder.

'Kater! Ga van me af!' zegt hij, met een hoge bange stem. Maar het is al te laat, hij valt over de rand. Ik steek nog een hand uit, maar mis hem.

'Au!' roept de visoogjongen. De kat springt krijsend en ronddraaiend op en het touw laat de benen van de jongen vrij, maar het is al te laat. Daar gaat-ie. Met zijn hoofd naar beneden! Pal in de modder! Met benen die spartelen als een kikker! Het stinkt daar vast.

Ik sta nog te staren naar dat joch in de blubber – met zijn kont omhoog en zijn benen die trappelen – als Ims zich een weg baant uit de mensenmenigte verderop op de vlonder.

'Wat is er met jou gebeurd?' roept hij.

Ik sta zo hard te lachen dat ik bijna niet kan antwoorden.

'Moet je dat zien! Een of andere vissersjongen is er net in gedonderd!'

De visoogjongen, die zo hard met zijn benen ligt te spartelen dat hij met een hoop geplas en gezwaai opzijvalt als een eend in een net, hijst zichzelf overeind. Nog wat zuiggeluiden en hij staat rechtop, tot zijn borst in de modder. Hij zit er zo onder dat je amper kunt uitmaken of hij een mens is. De blubber druipt van hem af. Glijdt van zijn hoofd af, over zijn gezicht heen. Hij spuugt een vracht ervan uit zijn mond.

'Waardoor is hij gevallen?' vraagt Ims, die naast me staat.

'Hij wist niet hoe hij op de vlonder moest blijven!' zeg ik.

Ims begint te grinniken. 'Hé visser! Moet ik het net uitgooien? Zou een mooie vangst zijn!'

De vissersjongen klauwt naar zijn gezicht en staart mij aan met zijn zwartbruine ogen.

'Jij hebt mij erin geduwd!' roept hij en hij spuugt nog meer modder uit.

'Maak je niet dik, stinkende vis! Dit was het grappigste wat ik in een jaar heb gezien!'

Ik sta nog te lachen als visoog door de modder naar de vlonder toe waadt. Hij steekt zijn hand uit, maar probeert er niet uit te klimmen.

Hij grijpt gewoon mijn enkel.

Dan trekt hij.

En ik glijd uit.

Ik val! Pal in de modder! Op mijn rug, met een grote drassige plets. Modder spat in het rond. Ik sla met mijn armen, word een beetje bang en de modder dringt in mijn haar, mijn ogen en mijn mond. Hij smaakt naar zout en dooie vis en paardenpoep en weet ik wat nog meer. Nu staat Ims om mij te lachen.

'Ben je bezig met modderzwemmen?' roept hij.

Ik worstel me overeind en daar staat die bemodderde vissersjongen me aan te staren.

'Vind je het leuk?' vraagt hij.

Die stinkende visser! Ik hoor een woordloos gebrul in mijn hoofd en steek mijn arm in de modder, op zoek naar mijn dolk.

'Ik maak je af!' roep ik, in een poging mijn mes te pakken.

'Jij hebt me erin geduwd!' roept de vissersjongen terug.

'Jij stond me in de weg!'

'Je had me ook kunnen vragen aan de kant te gaan.'

'Het was die stomme kat van je die dat heeft gedaan, ik niet!'

Plotseling lijkt de vissersjongen in paniek te raken.

'Kater! Waar ben je?' roept hij. En zijn schurftige kat staat aan de rand van de vlonder naar hem te mauwen; hij steekt zijn poot uit, alsof hij bij hem wil komen.

'Blijf waar je bent,' roept de jongen. Eindelijk heb ik mijn dolk en trek hem uit de schede. Hij schiet uit de modder, het lemmet glinstert.

De vissersjongen kijkt achterom en zijn mond gaat open, zijn ogen worden groot van angst.

'Kom op, visser!' roep ik. 'Kijken wat je hiervan vindt!' Ik begin door de modder naar hem toe te waden.

'Ik vind er helemaal niks aan!' roept hij en hij begint achteruit te waden, in een poging afstand tussen ons te scheppen.

Het is niet zo gemakkelijk hem te pakken, want elke stap is glibberig en het is moeilijk je evenwicht te bewaren en een dolk omhoog te houden. Maar hij moet achteruit en dat is nog veel moeilijker, dus wordt de afstand tussen ons toch kleiner.

'Ik ga je opensnijden!' roep ik.

'Laat me met rust!' piept hij als een meid.

Ik kom dichterbij, ben bijna bij hem met de punt van mijn dolk als er een daverende kreet boven ons klinkt.

'STOP!'

Dat is Ims! Ik en de visser staan allebei stokstijf en kijken omhoog naar Ims. De vissersjongen lijkt nog banger, want Ims ziet er vreselijk uit als hij dat wil en zijn zwaard is het breedste van Angel Isling. Het is nog zwaarder dan dat van vader.

Hij heeft zijn armen over elkaar en staat ons heel boos aan te kijken.

'Zeph,' zegt hij met diepe stem, langzaam en ontspannen. 'Het is niet juist die visser met je mes aan te vallen.'

'Maar hij heeft me erin getrokken.'

Ims glimlacht me toe.

'Jazeker. Maar hij beweert dat jij hem er eerst in hebt geduwd. Dus jij hebt hem onrecht aangedaan, niet dan?'

Ik wil mijn hoofd schudden, maar volgens mij trekt Ims zich daar weinig van aan.

'Dat zal dan wel,' zeg ik.

'En wat zegt het recht als je iemand onrecht aandoet?' vraagt Ims.
'Dat het wordt vergolden?' mompel ik.
'En dat heeft hij dus eerlijk gedaan, nietwaar?'
'Maar hij is maar een visser!' zeg ik.
'Dat doet er niks toe. Kwaad wordt goedgemaakt door vergelding. Daar kom je niet onderuit, dat weet je donders goed.'
Ik kijk naar de vissersjongen. En al moet ik zeggen dat ik het niet leuk vind, ik weet dat Ims gelijk heeft. Ik heb die visser de modder in geduwd, al deed zijn kat het meeste werk. En ik neem aan dat het dus billijk is dat hij mij erin getrokken heeft. Dat zou ik ook hebben gedaan.
Ik knik naar Ims en wend me dan tot de jongen.
'Geen verhaal,' zeg ik. Visoog kijkt me aan alsof ik Chinees spreek.
Ims hurkt neer op de vlonder en steekt een hand uit naar de vissersjongen.
'Kom op vissertje, tijd om eruit te komen.'
En hij trekt de jongen eruit, die eruitziet alsof de oostenwind zijn hersens eruit heeft geblazen. Dan steekt Ims weer een arm uit en zonder ook maar een kik trekt hij me met een grote zuigende plop uit de modder.
Druipend en stinkend sta ik weer op de vlonder.
Ims lacht me toe.
'Tijd om vriendschap te sluiten, Zeph,' zegt hij.
Nee! Hij maakt een grapje.
'Hoe heet je?' vraag hij de visser.
Die weer in paniek lijkt te raken zegt: 'Lil... eh... Lilo.' Alsof hij het zelf niet wist.
'Nou Lilo,' zegt Ims, 'je hebt kennisgemaakt met Zeph hier, in onrecht en vergelding. En dat betekent dat je nu vriendschap moet sluiten.'
'Maar hij is een visser!' zeg ik.
Ims kijkt me boos aan.
'Zoals ik al zei, Zeph, dat doet er niks toe. Zo doen wij dat in onze Familie en jij gaat dat niet veranderen.'

11

Vuilnisgraverstraat

Daar staan we dan, ik en die rover, allebei druipend en stinkend. Hij staat me aan te kijken met zijn blauwe ogen, die zo ongeveer het enige deel van hem zijn dat nog zichtbaar is, want zijn rode leer en zijn helblonde haar zitten onder de modder.

Die grote ouwe roverkrijger is weggeslenterd en ik vraag me af of die jongen weer zijn mes zal trekken. Maar dat doet hij niet. In plaats daarvan gaat er een scheur open in zijn moddersmoel, op de plek waar zijn mond zit. Hij glimlacht.

'Ik spreek Ims nooit tegen,' zegt hij, 'dus denk ik dat ik verplicht ben vriendschap met je te sluiten.' Hij schraapt wat modder van zijn gezicht, waaronder een witte wang tevoorschijn komt. 'Je hebt voor een goeie vergelding gezorgd, dat zeker, maar je had die benen van je moeten zien, die hingen te spartelen in de lucht!'

'Ja, jij had je eigen gezicht moeten zien toen ik je erin trok!' zeg ik.

De roversjongen kijkt naar zijn bemodderde leer en wapenrusting en dan naar mij.

'We zijn behoorlijk smerig,' zegt hij. 'Mijn vader maakt me af als ik zo voor hem verschijn. Weet jij een plek waar we ons kunnen opknappen?' En hij begint te lachen.

'Er is hier niks grappigs aan!' snauw ik. En ik probeer onopvallend in mijn gordel het juweel te zoeken. Misschien is die drijvende kop verzopen in de modder? Dat zou een hoop problemen oplossen.

'Natuurlijk is het grappig! Ik hoef alleen maar aan jou te denken met je spartelende benen of ik begin alweer te lachen.'

Ik voel mijn handen jeuken om hem weer in de modder te duwen, maar dat doe ik niet, want ik hoor een klagelijk miauwend geluid. Kater kijkt naar me op, zijn zeegroene ogen staan wijd open en bezorgd. Hij staat op zijn achterpoten, steekt zijn voorpoten naar me uit en zegt de hele tijd 'miauw, miauw'.

'Het is in orde,' zeg ik en ik buk me. 'We zijn nu veilig.' Ik aai hem en hij laat een ratelend spinnen klinken – het kan hem niet eens schelen dat ik zijn rug vol met modder veeg, hij is blij dat hij me ziet.

'Wat moet jij eigenlijk met een kat aan een touwtje?' vraagt de roversjongen.

Ik blijf Kater nog een minuutje lang aaien en probeer na te denken.

'Ik... eh... moet hem afleveren,' zeg ik, 'bij mijn... oom.'

De jongen trekt een wenkbrauw op. Althans, een hoop modder op zijn voorhoofd gaat omhoog, dus denk ik dat dat met zijn wenkbrauwen te maken heeft.

'Moet jij een kat afleveren?'

'Mijn oom is gek op katten,' zeg ik en ik bloos om mijn eigen onzinnige leugen. Hij haalt echter slechts zijn schouders op en plakken modder vallen ervan af.

'Jullie vissers zijn rare lui. Je oom moet wel erg van katten houden als hij om zo'n schurftig ding geeft.'

'Hiss!' zegt Kater en hij kijkt chagrijnig.

Ik houd mijn mond vlak bij zijn oor en fluister: 'Maak je niet dik, Kater. Ik heb je alleen gekleurd om je te beschermen.'

'Kom op!' zegt de jongen. 'Hou op met het kussen van die kat. Laten we je oom maar gaan opzoeken.'

Ik kijk hem nietszeggend aan.

'Waar moeten we dan heen voor je oom?'

'Doe niet zo stom!' zeg ik. 'Ik ga er niet met jou heen. Jij hebt me in de modder geduwd en je hebt een mes tegen me getrokken.'

En je bent een moordende rover! Maar dat laatste zeg ik maar niet.

Hij schokschoudert. 'Maar dat was niks! Ims heeft ons verteld dat we vriendschap moeten sluiten, dus is het in orde, toch?' Hij steekt zijn hand uit. 'Ik heet Zeph... Zephaniah, zoon van Medwin de Ongetemde. Van de Angel Isling Familie.' Hij kijkt naar me, alsof hij iets verwacht. 'Heb je daar ooit van gehoord?'

'Nee,' zeg ik, 'ik weet niet zoveel van rovers.' Behalve dan dat ze naar dorpen komen, daar tekeergaan en mensen doden.

'Geen rover!' zegt hij. 'Angel Isling.'

'Nou, wat je ook bent, ik ga.'

'Maar dat kan niet!' zegt hij, boos en verrast. 'Ims heeft gezegd dat we vriendschap moeten sluiten!'

'Denk jij dat ik wat om die Ims van jou geef!'

En ik loop weg over de vlonder, met Kater achter me aan. We gaan rechtstreeks naar het oude parlement en ik moet me een weg banen door de menigte op de houten vlonder.

'Mriauw,' zegt Kater en hij klinkt bezorgd. Dat kan ik hem niet kwalijk nemen, want er zijn overal rovers: ze stappen rond als haantjes in hun rode en gele en groene leer, goud glinstert aan hun vingers en nek en polsen. Ze leunen op hun schilden en staren iedereen boos aan, klaar om iemand zomaar aan het zwaard te rijgen terwijl ze wijn zuipen en tegen elkaar schreeuwen. En het lijkt net alsof ze allemaal naar mij staan te kijken, me opnemen om te zien in hoeveel stukken ze me kunnen hakken.

Ims, degene die me uit de modder heeft getrokken, staat verderop op de vlonder, naast een rij arbeiders die grote bruine potten door een van de grote gaten in de muur van het oude parlement doorgeven. Hij kijkt mijn kant uit, alsof hij ergens naar zoekt. Ik probeer aan zijn blik te ontsnappen maar hij ziet me al, dat weet ik. Hij fronst en zijn hand gaat naar zijn zwaardgevest.

'Als jij niet naast mij meeloopt, dan maakt hij je af omdat jij niet naar zijn woord hebt geluisterd,' klinkt een stem achter me. 'En mij slaat hij vervolgens bont en blauw waar iedereen bij is, omdat ik hem zo'n stom figuur heb laten slaan.'

Dat is Zeph en hij kijkt me modderig en boos aan.

'Kom op, breng ons nou allebei niet in de problemen.'

Ik kijk naar die grote ouwe roverkrijger, wiens baard in dreadlocks is geknoopt. Zijn huid is ruw en donker, als die van een zeerob, goud glinstert aan elk gewricht dat niet bedekt is met roodkleurig leer, een enorm zwaard hangt aan zijn borst. Ik denk niet dat ik veel kans tegen hem zal hebben.

'Goed dan,' zeg ik.

'Eindelijk!' zegt de jongen en hij ontspant. 'Je hebt gelukkig toch nog wat hersens.' Hij kijkt me van opzij aan. 'Weet je, voor een visser weet jij best hoe je wrok moet koesteren. Alles wat ik heb gedaan was je per ongeluk in de modder laten belanden.'

Maar ik zeg niks, want het is niet om die modder dat ik wrok koester.

'Hier moet het zijn,' zegt Zeph.

Hij wijst op een weg met aan het eind een hoog, puntig ijzeren hek. Het hek is hoog, hoger dan twee man op elkaar en de punten zijn allemaal roestig en zien er angstaanjagend uit.

'Ik weet niet, misschien is het de verkeerde straat,' zeg ik, want ik heb niet veel zin daar naar binnen te gaan.

'Die oude man zei ons dat we hier rechts af moesten slaan en dat hebben we ook gedaan.'

'Misschien is het een eindje verderop?'

'Doe niet zo stom! Je zei dat jij de Vuinisgraverstraat zocht. Volgens mij is dat hier.'

Ik vrees dat hij gelijk heeft. Want veel gravers graven in de vuilnishopen uit vroeger tijden. Grote kuilen in de grond vol plastic en metaal en allerlei troep die mensen in vroeger tijden als afval beschouwden. Ze graven het allemaal op en maken er dan bruikbare dingen van zoals lampen en potten en stoelen.

Elk huis in ons dorp heeft wel iets wat ervan gemaakt is. En achter dat smerige hek ligt de weg vol met opgegraven vuilnis. Het ligt tegen de huizen aan, tot de bovenverdieping aan toe. Alleen de bovenste ramen zijn nog vrij. En dan nog...

'Wat staat er op dat bord?' Ik wijs naar een wit bordje op de muur, met zwarte letters erop.

'Wat is daarmee?'

'Daar staat niet Vuilnisgraverstraat.'

Zeph kijkt eens naar het bordje, knijpt dan zijn ogen toe en fronst.

'Ik weet niet waar je het over hebt,' zegt hij.

'Maar zie je dat dan niet? Er staat niet Vuilnisgraverstraat, er staat Downing Straat.'

Zeph kijkt nog eens wat langer met een boze blik naar dat bordje, steekt dan zijn hand uit om een dikke in wol geklede dame staande te houden die voorzichtig langs ons heen schuift over de glibberige houten vlonder.

'Hé! Hoe heet deze straat?' zegt hij.

Zij blijft stokstijf staan en kijkt boos.

'Hoe dat zo, onbeschofte kleine modderezel. Weet jij niet hoe je met twee woorden moet spreken?'

Zeph grijnst haar toe en tikt dan op het mes dat aan zijn zij hangt.

'Dat hoef ik toch niet, of wel?'

Ze kijkt eens naar zijn mes, dan weer naar hem, en volgens mij staat ze nu te bedenken wat er onder al dat bemodderde rode leer steekt. Haar grote roze gezicht wordt een beetje wit aan de rand.

'O... Nee... Dat zal dan wel niet.' Zeph houdt zijn hoofd schuin en dan flapt zij eruit: 'Vuilnisgraverstraat, zo heet het hier.'

Dan draait ze zich snel om en haast zich de kant op vanwaar ze gekomen is.

Zeph grijnst naar haar.

'Zie je? Ik heb geen stom opschrift nodig om te weten waar ik ben.'

Voor de ijzeren poort staat een huisje en een paar voddige kerels zit erbuiten op een bank. De ene heeft een gebroken neus, de ander allemaal littekens waar zijn oren hadden moeten zitten. Ze houden ons al de hele tijd in de gaten.

'Motten jullie wat?' zegt gebroken neus.

'Het lijkt alsof ze een duik in de Theems willen!' zegt oorloos en allebei beginnen ze te grinniken.

'Ik eh... ik zoek mijn... oom, meneer Saravanan,' zeg ik en ik noem de naam die op de brief van mevrouw Denton staat.

'Ik heb de Ouwe Saru nog nooit horen praten over neefjes,' zegt oorloos en omklemt zijn knots wat steviger. Gebroken neus neemt ons van top tot teen op, knipoogt dan naar zijn maat.

'Maar natuurlijk, als hij neefjes zou hebben, dan zouden deze er best voor door kunnen gaan!'

Oorloos begint gierend te lachen.

Naast mij staat Zeph te popelen.

'Laat ons door!' zegt hij. 'We hebben zaken te doen binnen.'

'Zaken? Wat voor zaken?' vraagt gebroken neus en kijkt eerst mij en dan Zeph aan. Allebei onder de modder.

'Ik heb een boodschap voor mijn oom,' zeg ik, in de hoop dat dat voldoende is.

'Die zal ik dan wel aan hem doorgeven,' zegt gebroken neus.

'Nee! Dat moet ik zelf doen.'

Gebroken neus steekt een vinger in zijn oor en draait die zorgvuldig rond, terwijl hij naar Kater staart.

'Kom jij een kat afleveren?' vraagt hij.

Ik knik, blij dat Kater veilig is in zijn zwarte vermomming.

'En wat is-ie?' vraagt oorloos, 'je avondeten?' Hij giert om zijn eigen grapje.

'Misschien heeft Saru een nieuwe hoed nodig!' zegt gebroken neus en ze beginnen allebei te kraaien van het lachen.

'Hou jullie bek!' roept Zeph. 'En laat ons nou door!'

De twee mannen beginnen nog harder te lachen.

'Wat ga jij daaraan doen, vissersjongen?' zegt gebroken neus.

In een ruk trekt Zeph zijn mes, springt naar voren en houdt de punt van het lange, gegolfde lemmet tegen de nek van de man. Hij maakte een scherp, pijnlijk uitziend kuiltje in zijn doodsbang slikkende keel.

'Om te beginnen snijd ik je tong eruit omdat jij mij een visser hebt durven noemen,' zegt hij.

'Zeph!' roep ik en ik spring naar voren. Maar een blik uit zijn blauwe ogen is genoeg om mij tegen te houden. Als ik aan zijn arm trek, snijdt het lemmet dan door de hals van die vent? Ben ik dan het volgende slachtoffer?

Gebroken neus kijkt bijna scheel in een poging het mes te zien dat op zijn keel staat.

'Jij kleine...' buldert oorloos en tilt zijn knuppel op, maar houdt dan op en bekijkt Zeph eens goed. Een beetje rood komt door zijn modderlaagje heen. Oorloos zakt een beetje in.

'Je bent een rov... Ik bedoel, je bent er een van de Families, hè? Angel Isling? Oké, dan laat ik je binnen. Wij willen geen wraakacties van jullie tegen ons. Wil je alleen zo vriendelijk zijn John niet te doden? Hij bedoelde er niks mee.'

Oorloos opent het grote ijzeren hek, ratelend en knarsend in de scharnieren.

'Neem me niet kwalijk, meester!' zegt hij tegen Zeph. 'We konden niet zien dat je van de Families was, met al die modder op je. En John hier heeft spijt van wat hij heeft gezegd. Toch, John?'

En hij zwaait de poort open. Wenkt ons door.

'Ouwe Saru woont op nummer tien – dat is halverwege, achter de kraam van de lampenmaker.'

Zeph haalt het mes weg van de keel van de bewaker en loopt met hoog opgeheven hoofd door de poort. Ik wacht even, sta wat te drentelen, maar dan voel ik een kop tegen mijn scheenbeen duwen.

'Miauw,' zegt Kater en loopt natuurlijk pal rechtdoor. Wat kan ik anders doen dan volgen?

Ik volg Zeph over een smal pad dat zich tussen bergen spullen uit vroeger tijden door slingert.

Mevrouw Denton zei dat haar contactpersoon vuilniskoper was. Dat betekent dat hij handelt in de dingen die mensen vroeger voor de Ineenstorting plachten te gebruiken. Maar ik dacht dat hij gewoon in een winkeltje of zoiets zou zitten. Niet in een hele straat vol met troep.

Ik zie scheefhangende torens papier, grote netten gevuld met roestige spullen, met geblutst uitziend plastic in alle kleuren, honderden witte kannetjes, die bewegen en ratelen in de wind, op elkaar gestapelde, verroeste metalen karretjes, vierkante witte kasten met ronde raampjes, rekken vol verkleurde en verscheurde kleren, brokken hard plastic, gesorteerd op afmeting, trossen touw, felgekleurd speelgoed. En dat gaat zo maar door en op elke hoek waar geen rommel ligt, staan mensen. Slonzig uitziende mensen, met vieze handen, voeten en gezichten. Slonzige kinderen sorteren de troep, slonzige vrouwen maken het schoon en slonzige mannen maken nieuwe dingen uit oude.

En terwijl ik en Zeph over het kronkelende pad tussen hen door lopen, houden alle mannen, vrouwen en kinderen op met werken en staren ons aan.

Klang! Oorloos en gebroken neus doen de poort dicht. Nu zijn we opgesloten en mijn nek prikt van al die blikken die op ons gericht zijn.

Achter ons staan beide bewakers met elkaar te praten. 'Waarom heb je dat gedaan? Het was maar een kleintje, ik had hem makkelijk te grazen kunnen nemen!'

'Doe niet zo stom! Het laatste waar wij op zitten te wachten is mot met rovers. Weet je nog wat de Brixten hebben gedaan met de wolhandelaren destijds...'

Het lijkt net alsof we onder in een dal zijn dat van papier, plastic en metaal is gemaakt. Maar als ik omhoogkijk is er een heel andere wereld in deze straat. Want op de bovenverdieping van de gebouwen hangen mensen met hun hoofd uit de ramen, hoor ik baby's huilen, zie ik was aan de lijn wapperen, rook uit schoorstenen kringelen. En daar, boven dat alles, in de grijze lucht, vliegt een zeemeeuw rond. Het geluid van zijn kreet doet me denken aan thuis.

De gebouwen in deze straat zijn drie of vier verdiepingen hoog en moeten er ooit mooi hebben uitgezien. Sommige hebben zelfs snijwerk en beelden op voetstukken tegen de muur. Maar nu zijn de muren zwart en groen van het water en de algen en op de koppen van de beelden nestelen duiven. Net als overal elders in Londen.

Na weer een bocht in het pad komen we bij een groep vrouwen en kinderen onder een canvas luifel. Ze zitten tussen stapels glazen bollen, sommige helder, andere dof, en die gebruiken ze om olielampen van te maken. Er zijn twee vrouwen en drie kleine kinderen, ze houden allemaal op te werken en kijken ons aan. Vijf paar ogen.

'Hier moet het zijn,' zegt Zeph en hij wendt zich tot mij. 'Waar is je oom?'

Achter de lampenmaker staat een huis van donkere steen en het canvas dak van de werkplaats zit vast aan kromme, roestige spijkers die in de muur zijn geslagen. Als er een deur in het huis is, kun je die niet zien door de stapels oude bollen, de voorraad nieuwe lampen, de tonnen met olie en de in bundels hangende lonten.

'Woont meneer Saravanan hier?' vraag ik zenuwachtig.

Een van de vrouwen, degene die eruitziet als een stapel vodden met een gerimpelde ouwe kop erboven, drukt zich omhoog en sloft de werkplaats uit. Ze loopt naar een wankel uitziende ladder die tegen de muur van het huis staat. Die leidt naar een groot raam op de bovenverdieping. Ze haalt eens diep adem.

'Saru!' schreeuwt ze. 'Kom eens naar buiten! Je hebt bezoek!'

Een hele poos komt er geen antwoord.

'Saru!' schreeuwt ze weer. Er klinkt wat gekletter boven.

'Wat is er?' vraagt een mannenstem. Klinkt bijdehand, zo ongeveer als mevrouw Denton of die drijvende kop ook klinkt.

'Twee modderige jochies willen je zien,' kraait het oude wijf.

Er volgt een pauze en ik krijg een prop in mijn keel. Maar dan roept de oude man naar buiten: 'Stuur ze maar naar boven.'

De oude vrouw wendt zich weer tot ons en maakt een gebaar met haar hoofd naar de ladder.

'Ga je gang.'

Dan sloft ze terug onder het afdak en gaat zitten. De anderen gaan door met hun werk alsof we niet bestaan.

En natuurlijk klimt Kater pardoes de ladder op, alsof die een mooie trap was. Volgens mij wil hij wanhopig graag van die modder af, want zijn poten zitten er dik onder, en waarschijnlijk is hij op zoek naar een lekker warm vuur om bij te liggen.

Omdat ik Kater niet alleen kan laten, zet ik mijn handen en voeten op de ladder en klim ook naar boven. Maar met Zeph is het net alsof al dat roversgedoe opeens verdwenen is. Want als ik halverwege ben hangt hij nog onder aan de ladder. Hij kijkt om zich heen alsof hij zich afvraagt wat hij moet doen.

Nou, als hij bang is een ladder te beklimmen dan ben ik blij dat ik zo van hem af kom!

Bovenaan is een raam. Kater is er al doorheen gesprongen, dus stap ik van de ladder af, over de vensterbank de kamer in. De kamer is leeg, er liggen alleen maar stof en muizenkeutels en er hangt een muffe lucht. Kater houdt daarvan, want hij loopt overal te snuffelen naar een gratis muizenmaal. Hij dribbelt naar een lege haard en met zijn staart veegt hij pluimpjes stof op.

Omdat ik naar Kater sta te kijken word ik verrast. Een minuut lang is het alleen ik en Kater, dan staat er een man in de deuropening voor ons.

Hij heeft heel veel grijs haar, grote grijze wenkbrauwen en een gerimpeld bruin gezicht. En hij richt een pistool op me.

'Wel, meneer de modderige crimineel, ik geef je tien seconden om uit te leggen wie je bent en wat je wilt. En als dat niet lukt, nou, dan schiet ik je gewoon overhoop waar je bij staat!'

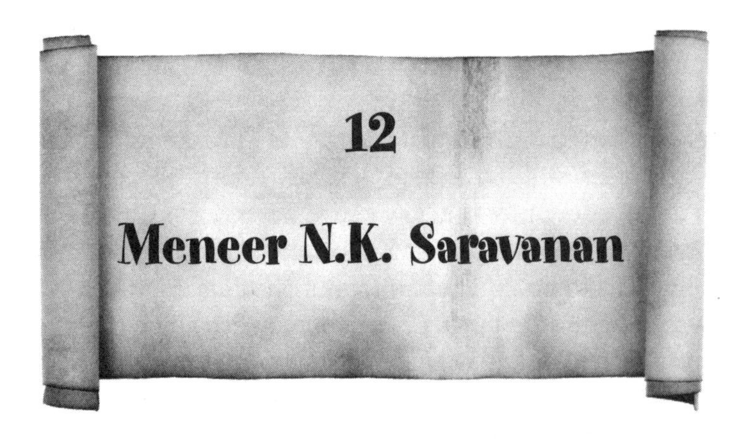

12

Meneer N.K. Saravanan

Grote grijze wenkbrauwen komen boven zijn twinkelende zwarte oogjes bij elkaar en meneer Saravanan zegt: 'Lilo? Wat een uitstekend passende naam.'

Hij wil mij een schouderklopje geven maar houdt zich in vanwege al die modder. 'Het spijt me erg van het pistool, maar je kunt niemand vertrouwen in deze vreselijke stad.' In plaats daarvan klopt hij Kater op de kop. 'En Enid, de lampenmaakster, zou een heel leger messen trekkende moordenaars mijn ladder laten op klimmen zonder met haar ogen te knipperen.'

Het was de brief die meneer Saravanan tot rust bracht. In paniek heb ik die aan hem gegeven, want hij zat helemaal onder de modder. Aanvankelijk deed hij daar wat achterdochtig over. Maar toen hij hem begon te lezen begon hij te zuchten en gaf commentaar in de trant van: 'Eustace Denton, wat een goeie vent was dat toch' en 'Wat triest om zo jong te moeten sterven'. Hij veegde zelfs zijn ogen uit en snoof een beetje. Toen stopte hij de brief in zijn paarse fluwelen jas en werd heel erg vrolijk.

'Wel, kom dan maar mee,' zegt hij, en we gaan naar het vervallen achterhuis. We komen door drie kamers, elk net zo groot als die aan de straatkant, vol antiquiteiten. In de eerste kamer liggen alleen maar wankele stapels boeken, sommige helemaal tot het plafond. Kater probeert op een van de kleinere stapeltjes te springen, maar springt er meteen weer af als het begint te wankelen.

'Pas op!' zegt meneer Saravanan. 'Dat zijn Harry Potters. Er zijn zeker een stuk of zes historici aan het vechten om ze te pakken te krijgen.'

In de tweede kamer is het een en al tafels, aan weerszijden van een nauw pad. Aan één kant zijn de tafels bezaaid met porseleinen borden, kopjes, vazen, theepotten, beeldjes en troep. Aan de andere kant zijn de tafels bezaaid met soortgelijke troep, maar dan van felgekleurd plastic.

Meneer Saravanan blijft staan en tilt een vuurrood plastic bord op.

'Dit is mijn absolute favoriet,' zegt hij en hij houdt het vast als een baby, niet als een bord.

De laatste kamer lijkt een groot vogelnest, gemaakt van op elkaar gestapelde stoelen. Om erdoorheen te komen is het net alsof je door een braambos heen moet.

'Niet zomaar naar binnen gaan. Dat is niet veilig,' fluister ik tegen Kater, maar volgens mij heeft zijn wankele sprong op de boeken hem al een les geleerd, want hij blijft vlak bij me.

Als we door de schimmelig ruikende opslagruimtes heen zijn, komen we in een gezellig kamertje. Er staat een grote doorgezakte sofa tegen de muur, er brandt een vuur in de haard en er ligt een bloemetjestapijt op de vloer. Tegen het raam staat een bureau vol papieren, en zie ik planken met boeken, ouderwetse prullaria, potten vol met van alles en nog wat en in het midden een beeld van een dansende blauwe man met vier armen. Het lijkt een beetje op de studeerkamer bij mevrouw Denton.

'Stop!' beveelt meneer Saravanan als ik bij de deur ben. 'Niet verder naar binnen gaan!' Hij knielt op de vloer, kruipt onder zijn bureau en komt eronderuit met een opgevouwen doek. Hij vouwt die uit tot een groot laken en legt dat over de sofa. 'Nou kun je binnenkomen,' zegt hij. 'Ga daarop zitten en verroer je niet.' Hij bekijkt mij van top tot teen. 'Jij hebt vast kennisgemaakt met de beroemde Londense modder.'

Hij trekt de stoel onder het bureau weg, gaat zitten en haalt de brief van mevrouw Denton uit zijn jas. Hij leest hem nog eens en al de rimpels op zijn voorhoofd trekken naar elkaar toe.

'Ik moet zeggen, het is vreemd na al die jaren van de arme weduwe Denton te horen. En dan om zo'n reden.' Hij leest de brief nog eens en mompelt bij zichzelf.

Vraag me alsjeblieft niets! is alles wat ik kan denken.

'Ik vraag me af of ik dat juweel mag zien dat mevrouw Denton probeert aan te bieden voor de gijzelares?'

Ik krijg een droge mond en vraag me af of hij het van me af wil pakken of dat de kop tevoorschijn zal komen en alles zal bederven. Maar ik pak het juweel uit mijn gordel. Het zit onder de natte modder en ik weet niet of het stuk of heel is. Dus ik fluister alleen maar zo zacht als ik kan: 'Binnenblijven!'

'Mag ik?' vraagt meneer Saravanan en steekt zijn hand uit. En ik begin nog harder te zweten, maar volgens mij kan ik geen nee zeggen en ik knik alleen zwijgend. Hij haalt het juweel uit het stuk stof en houdt het tegen het licht, kijkt naar de manier waarop het sprankelt.

'Prachtig,' zegt hij. 'Eustace zei me altijd dat er schatten in de ruïnes lagen. Persoonlijk geef ik de voorkeur aan de veiligheid van een vuilnisafgraving. Misschien vind je daar geen juwelen, maar je vindt er ook geen skeletten of epidemieën.' Hij geeft het juweel terug en ik pak het gauw in en stop het weg. Terwijl hij naar me kijkt zegt hij: 'Je plan is beslist dapper, zelfs een beetje roekeloos. Hoe dan ook, wie zou zo'n wanhopig meisje als deze kleine Alexandra niet willen helpen?' Hij kijkt me eens ernstig aan. 'Al moet ik zeggen dat het me verrast dat mevrouw Denton geen ervaren kapitein heeft gestuurd, zoals zij in haar brief voorstelt.'

'Alle kapiteins zijn in de gevangenis gegooid en alle jongens moesten dienst nemen in het burgerleger.'

'Alle jongens?' Hij kijkt me nog strenger aan.

'Dat wilden we niet... ik bedoel, ik ben ontsnapt.' Nu zit ik te zweten, hij gaat me vast vertellen dat ik kan ophoepelen.

Maar dat doet hij niet, hij kijkt nog een poosje streng, dan glimlacht hij terwijl hij de brief opvouwt en weer in zijn jaszak stopt. 'Zoals je zegt, de enige jongen in jouw dorp die met rust is gelaten...' En hij kijkt me zo streng aan dat ik vuurrood word. Maar dan glimlacht hij weer en zegt: 'En nu probeer jij het nest van de rovers te vinden die de arme nicht van Eustace hebben geroofd?'

Ik knik.

'In je eentje?'

'Mriauw!' zegt Kater van midden op het tapijt.

'Kater zal me daarbij helpen,' zeg ik zonder na te denken.

Ik sla mijn hand meteen voor mijn mond, maar de woorden zijn er al uit. Meneer Saravanan bekijkt Kater met zijn twinkelende oogjes.

'Dit is een heel interessante kat. Eentje met grijze pootjes en verder helemaal zwart.' Hij klopt op zijn schoot en Kater springt er meteen op, schaamteloos als hij is. 'Ik kan me herinneren dat Eustace mij vertelde over dat dorp waarin jij woont. Het is beroemd, zei hij, vanwege de zeemanskunst van de vissers die er wonen.'

Ik heb mijn blikken gericht op de grijze pootjes van Kater en durf niks te zeggen.

'Eustace vertelde me dat deze zeemanskunst algemeen verondersteld werd afkomstig te zijn van de opmerkelijke eigenschappen van een plaatselijk kattenras.'

'Wie weet,' zeg ik, in een poging zo neutraal mogelijk te kijken.

'Als iemand zo'n beest te pakken zou kunnen krijgen, weet ik zeker dat hij er goed voor betaald zou worden in zo'n dievennest als Londen,' zegt hij, alsof hij het overweegt. Dan knipoogt hij. 'Maar natuurlijk weet ik dat ze helemaal grijs zijn. En jouw metgezel is bijna helemaal zwart. Dus hij moet bij je zijn omdat...?'

'Ik moet hem afleveren bij mijn oom,' zeg ik, blozend onder mijn opgedroogde laag modder.

'Je oom. Hoe voortreffelijk!' zegt meneer Saravanan. 'Dat moet een fijn heerschap zijn.'

Ik laat mijn hoofd zakken en word nog roder.

'Ehm... ik heb mensen verteld dat u mijn oom was,' mompel ik.

Meneer Saravanan werpt mij een scheve glimlach toe.

'Wel, wel! In dat geval heb je een hoop geluk dat jouw oom Saru een vuilniskoper is en geen viskatkoper en daarom geen belangstelling heeft voor een grijspotig katachtig wezen!'

Ons gezellige gesprek wordt onderbroken door geschreeuw aan de voorkant van het huis.

'Help! Laat me hier niet hangen!'

Dat is Zeph.

Meneer Saravanan trekt zijn borstelige wenkbrauwen op in mijn richting.

'Heb je een vriend meegebracht?'

Ik zucht.

'Hij is mijn vriend niet. Hij is een rover. Hij is de reden dat ik onder de modder zit en nu loopt hij overal achter me aan.'

'Een rover? Hoe interessant. Moet ik even met hem afrekenen?'

Hij steekt zijn hand al uit naar zijn pistool. Ik kan niet zeggen dat ik daar niet aan gedacht heb. Maar dat zou Grootje me nooit vergeven.

'Nee. Niet doen,' zeg ik. 'Eigenlijk is het wel goed zo. Hij houdt de rest van mijn lijf.'

'Dat is een heel redelijk standpunt,' zegt meneer Saravanan. 'Bescherming is volstrekt noodzakelijk in deze stad. Zeker nu de rovers zo humeurig zijn.'

'Vertel hem alstublieft niets over die brief,' zeg ik en ik voel me weer een beetje in paniek raken. 'Of waar ik naar op weg ben. Hij weet er niks van.'

Meneer Saravanan grinnikt.

'Maar ik neem aan dat dit iemand is die jij een verhaal hebt verteld over Saru. Nou, blijf maar hier, neefje, dan ga ik je rover naar binnen halen.'

Nadat meneer Saravanan Zeph door het raam heeft getrokken – 'Die ladder bewoog! Echt waar. Anders had ik geen problemen gehad met naar boven klimmen' – brengt hij hem mee naar het kamertje en zet hem op de sofa naast mij.

Hij kijkt ons allebei aan, allebei bedekt met stinkende modder, en zucht.

Dan zegt hij: 'Ik zie dat jullie allebei een bad nodig hebben. Kom maar even mee naar mijn keuken.'

Meneer Saravanan heeft een keuken die bijna zo groot is als ons hele huis thuis. Een groot deel van een muur wordt gevuld door een groot zwart fornuis, waarop Kater zich meteen oprolt. In het midden staat een tafel, en tegen een muur staat een grote wankele wastafel met een blikken bad aan een haak ernaast. Maar het beste is nog, hij heeft zijn eigen kraan, waar water uit komt als hij hem opendraait. Geen geloop naar de waterpomp voor hem.

Hij glimlacht en zegt: 'Zie je wel, neefje? Jouw oom is van alle gemakken voorzien hier. Weet je, ooit was dit het huis waarin de Premier woonde.'

Volgens mij zit hij ons in het ootje te nemen dus zeg ik niks, maar dat geldt niet voor Zeph.

'Nou, hij kan maar beter wegblijven. Hij zou in mootjes worden gehakt door de Families als hij zijn gezicht hier vandaag zou laten zien.'

Meneer Saravanan kijkt Zeph eens aan. 'Ja, ik denk dat je gelijk hebt.' En dan wendt hij zich weer naar zijn waterkraan.

Als er drie ketels water staan warm te worden op het fornuis, zegt meneer Saravanan: 'Jullie kunnen je wassen, dan zal ik ervoor zorgen dat Enid jullie kleren schoonmaakt.' Hij pakt een grote canvas zak van een haak aan de muur.

'Stop je vieze spullen hier maar in.'

O jee, wat moet ik doen. Ik zou me kunnen uitkleden tot op mijn hansop, dan ben ik nog bedekt van nek tot knieën. Meer kleren kan ik niet uittrekken. En ik ga zeker niet samen met iemand anders in bad!

Ik sta als aan de grond genageld, vraag me af wat ik moet doen en sla waarschijnlijk een modderfiguur, als meneer Saravanan plotseling naar mij knipoogt en tegen me zegt: 'Maar wat sta ik te bazelen? Ik heb iemand nodig om Enid zover te krijgen dat ze die kleren gaat wassen. Zij is een vrouw en ze moet een beetje worden aangespoord om huishoudelijk werk te gaan doen. Het zou beter zijn, denk ik, als de jonge Lilo zich hier eerst wast terwijl Zeph met mij meekomt.' Hij draait zich om naar Zeph. 'Jij ziet er duidelijk iets woester uit dan mijn neefje hier.'

Zeph zet daarop een hoge borst.

'Ik kan haar wel zover krijgen, die oude bedelares. In elk geval beter dan Lilo, die lijkt nog te groen, hè?'

'Ja, dat is beslist zo,' zegt meneer Saravanan, bij zichzelf grinnikend. 'Hoewel ik Enid geen ouwe bedelares zou noemen in haar bijzijn, tenzij je graag een gebroken fles in je gezicht wilt hebben.'

Uiteindelijk is het niet zo moeilijk mezelf te wassen zonder me te verraden. Ik ga ervan uit dat rovers niet zo vaak in bad gaan, want Zeph kijkt er niet van op als ik mijn ondergoed aanhoud. Meneer Saravanan kijkt me eens aan, maar zegt niks. Hij neemt de rest van mijn kleren aan, behalve mijn vissersgordel, want die geef ik aan niemand af, en gaat weg met Zeph. Ik moet mezelf nu als de weerga schoon schrobben voordat die andere twee terugkomen en ik spoel en wring ook mijn hansop uit. Maar het lukt en het duurt niet lang voordat Zeph weer binnenkomt, chagrijnig kijkend en met een stapel vormloze kleren, waar zijn hoofd als een gedroogde koeienvla bovenuit steekt. Meneer Saravanan volgt met een bundeltje kleren.

'Op haar eigen fijngevoelige manier heeft Enid ons verteld dat ze niet in staat zal zijn jullie kleren voor morgenochtend te wassen en te drogen. Je hoeft je geen zorgen te maken, want ik heb volop kleren in mijn collectie.'

'Ze heeft me staan uitschelden, die schurftige ouwe bedelares,' zegt Zeph chagrijnig. 'En ik weet niet waar je deze troep vandaan hebt.'

'Wel, als je wilt mag je gewoon in je blootje blijven zitten,' zegt meneer Saravanan.

Hij geeft me een bundel kleren die veel op die van Zeph lijken: een blauwe spijkerbroek en een vormloos hemd. Het mijne is zwart, met lange mouwen, een gat voor de nek en het woord 'Metallica' erop. Het hemd van Zeph is rood en daarop staat 'Manchest nited' in fletse letters. De kleren ruiken schimmelig.

'Walgelijk is dit,' zegt Zeph terwijl hij aan zijn hemd trekt.

'Er is niks mee aan de hand,' snauwt meneer Saravanan. 'Ze zijn heel zorgvuldig schoongemaakt sinds ze van het stortterrein zijn gekomen.'

'Heb je ons de kleren van een dooie gegeven?' vraagt Zeph verontwaardigd.

'Ik denk niet dat deze kleren van mannen zijn geweest,' zegt meneer Saravanan en hij richt zijn zwarte blik op Zeph, 'tenzij de mensen in die dagen een stuk kleiner waren. Ik denk eerder dat de kleren van lang gestorven kinderen zijn.'

Er komt geen antwoord.

Als het Zephs beurt is om in bad te gaan, doet hij hetzelfde als ik, hij gaat erin met zijn ondergoed aan, alsof hij denkt dat het zo moet. Maar dan zit hij te plassen en te zingen, het lijkt uren te duren. Meneer Saravanan snijdt in die tussentijd uien en aardappels en allerlei soorten groente. Hij bakt dingen en gooit er gekleurde zaden en poeders in, zodat er een kruidige lucht in de keuken komt te hangen.

Maar Zeph is niet in het minst dankbaar voor het bad en het eten of wat dan ook. Alles wat hij ervan zegt is: 'Lilo! Breng me nog eens wat meer heet water!'

'Ik ben je slaaf niet,' zeg ik, wat een spotlach aan hem ontlokt.

'Nee, dat ben je niet,' zegt hij, 'want als je dat was, dan zou je je plaats wel weten en me niet durven tegenspreken.'

Meneer Saravanan doet een deksel op de laatste pan, laat ons avondeten sudderen en draagt een pan heet water naar Zeph, die hij rustig in het bad laat lopen.

'Au! Dat is weer te heet!'

'O jee,' zegt meneer Saravanan. 'Wel, ik ben bang dat je het dan zelf moet oplossen, want nu heb ik de jonge Lilo nodig om mij te helpen.'

En hij neemt mij aan de arm mee naar de deur, laat Zeph zelf in de keuken rommelen in een poging wat koud water in zijn bad te krijgen.

We gaan naar de studeerkamer van meneer Saravanan en hij doet de deur achter ons dicht.

'Tijdens het koken kan ik altijd rustig nadenken,' zegt hij. 'Ik heb een idee over hoe ik de locatie van dat ontvoerde meisje te weten kan komen.'

Hij kijkt naar de deur, alsof hij Zeph erdoorheen probeert te zien.

'Ik kan niet zeggen dat ik erg gek ben op rovers. Ze zijn vreselijk arrogant en trots. Ze lopen altijd te pochen over hoe zij de Ineenstorting hebben overleefd, zonder dat ze schijnen te zien dat wij dat ook hebben gedaan.' Hij schudt zijn hoofd. 'Het was heel arrogant en eigengereid om dat arme meisje te roven.' Dan glimlacht hij, een rimpelige, vrolijke glimlach.

'Maar het mooie van die trots is dat het hun tongen losmaakt. En volgens mij is er in Londen geen enkele rover die de plek waar het meisje gevangenzit voor zich kan houden, mits hij die weet natuurlijk. Er is hier een taveerne waar veel rovers dronken plegen te worden. Ik weet zeker dat dat de plek is waar we erachter kunnen komen.'

13

Tot het middernacht slaat

De westenwind zij dank, we gaan naar een taveerne!

Ik, Lilo en zijn rare oom.

Maar niet de kat, die wordt bij het fornuis gelaten. Ik weet niet waarom ze daar zo moeilijk over doen.

Allebei maken ze nogal een toestand van de ladder, alsof ik daar een of ander probleem mee heb. Ik sta in het raam en kijk gewoon naar de kaarsverlichte stalletjes beneden en de Theems die donker glinstert in de verte als Lilo zegt: 'Maak je geen zorgen Zeph, ik vang je wel op.'

Alsof ik zijn hulp nodig heb! En dan springt die rare oom Saru rond op die ladder, zodat ik me amper vast kan houden. Ik bedoel, wat voor idioot heeft er nou een ladder om in zijn huis te komen?

De meeste straten van Londen zijn donker en alle lege huizen zijn pikzwarte schaduwen zodat je niks kunt zien. Het huis van oom Saru heeft een lamp, maar die geeft alleen een mager geel licht en ik kan maar net mijn voeten zien. Het is inkomend tij en daarginder bij de Theems glinstert water, dat tegen de gebouwen klotst. Daar zit vader, daar ligt de drakenboot aangemeerd. Ik vraag me af of hij gemerkt heeft dat ik er niet ben en of Ims hem verteld heeft wat er is gebeurd? Ik zou op de drakenboot moeten zijn bij mijn vader in plaats van hier met deze vissersjongen en zijn rare oom. Maar oké, we gaan nu tenminste wat drinken.

Afgezien van zijn lantaarn heeft de oude Saru ook nog een grote houten knuppel mee – lang en plat met een ronde handgreep.

Hij noemt dat een cricketbat. 'Ooit gebruikt voor een zeer elegant spel. Nu zeer onelegant gebruikt om overvallers af te schrikken.' Niet dat het iemand met een fatsoenlijk zwaard zou afschrikken.

Even verderop komen we op een groot, helder verlicht plein. Wijd en open, op het kruispunt van vier straten. Er is een enorme vlonder over het geheel aangelegd, met de donkere Londense modder eronder. Aan één kant steekt een grote stenen zuil door het hout, met een onthoofd en armloos beeld erop. Er hangen touwen aan, waar weer lantaarns aan hangen. Rokende vuurkorven staan zo'n beetje overal, en die werpen oranje flikkerlicht op de kapotte gebouwen eromheen, maar het voornaamste zijn al die stalletjes. Een hele hoop. En al die mensen die van alle kanten komen. Iedereen vermaakt zich kostelijk, zit rond de vuren met flessen en pijpen of gaat naar de stalletjes om eten of drinken te kopen. Praat, lacht, verkoopt iets.

Ik weet nu waar we zijn. Trafalgar Square! Dit is tenminste fatsoenlijk.

'Ik ben hier eergisteravond met Ims geweest,' zeg ik.

'Goed zo,' zegt Saru.

'Wat is dit voor plek?' vraagt Lilo en het klinkt alsof hij nog nooit zoiets gezien heeft. Wat waarschijnlijk ook zo is.

'Dit is Trafalgar Square. Het mooiste feest in Londen!'

'Zo kun je het zeggen,' zegt Saru, die het glas van zijn lantaarn opent en de vlam uitblaast.

En meteen zitten we in de menigte.

'Blijf dicht bij me,' zegt Saru en Lilo hangt praktisch aan zijn kont, alsof hij bang is dat hij zal worden opgegeten als hij zijn oom kwijtraakt.

Mij kan het niets schelen. Ik vind dit fantastisch. Knetterende vuren. De geur van geroosterd vlees of van versgebakken brood of van gefrituurde appels. Mensen die lachen en die elkaar opzoeken. Mensen die dronken worden en omvallen.

Een nogal ruige meid, met rode vegen over haar wangen en ogen, trekt aan Lilo's schouder.

'Je bent hier gekomen om wat te zien, hè mannetje?' en ze geeft hem een knipoog.

'Laat me los!' gilt hij en hij begint haar te slaan alsof ze een wesp is.

'Kom op Lilo,' zeg ik, 'je mist je kans! Je zou nog lol met haar kunnen hebben!'

Lilo kijkt me aan. 'Waar heb je het over?'

'Doe nou niet net alsof je een meisje bent!' zeg ik en hij wordt helemaal rood.

'Deze kant op!' roept Saru, die een paar passen voor ons in de menigte loopt. Lilo raakt daarop weer ouderwets in paniek, springt naar voren en grijpt een handvol jas van Saru.

Ik volg op mijn gemak, terwijl zij als paard-en-wagen over het plein heen schieten. Maar ik heb wel in de gaten waar we naartoe gaan. Dat kan niet missen. Het is de grootste, beste en drukste tent op het hele plein. Het dak wordt op drie punten opgehouden door hoge palen en rond het doek wapperen vlaggen in alle mogelijke roverskleuren.

Ik wist niet eens dat er zoveel Families waren voordat ik hier kwam.

'Het is een grote tent,' zei Ims toen we hier eergisteravond kwamen. 'Ze gebruikten hem voor circussen.' Hij hief zijn drinkbeker op. 'Maar we hebben er nu een beter gebruik voor!'

Je kunt wel merken waarvoor hij nou gebruikt wordt, aan al het lawaai dat het plein op rolt – lachen, roepen, vloeken – en de lucht – zuurzoet, als rot fruit. Cider!

Saru en Lilo staan een eindje verderop naar de grote tent te staren. Twee in het zwart geklede, zwaard dragende bewakers bekijken ze.

'Dit is de roverstaveerne,' zegt Saru tegen Lilo, die kijkt alsof zijn ogen uit zijn hoofd zullen puilen. 'Een van de weinige plaatsen aan deze kant van Colchester waar rovers van de verschillende Families met elkaar omgaan zonder elkaar af te maken.'

'Maar jullie gaan toch niet naar binnen, hè?' vraag ik, als ik ze heb ingehaald. De ouwe Saru trekt zijn rupswenkbrauwen op.

'En waarom niet?'

'Jullie zijn geen familie! En Lilo ook niet!'

'Nou, dan hebben we geluk dat we in het gezelschap van een echte Angel zijn, in dit geval jijzelf.'

'Ja, dat is een grapje! Ik kan daar toch niet naar binnen met deze kleren. Wie weet ziet iemand me.'

'Ik dacht dat rood de kleur van je Familie was.'

'Rood leer! Geen rooie... zakken!'

'Ik wil daar helemaal niet naar binnen...' zegt Lilo met een bang piepstemmetje.

'Dat kun je maar beter laten ook!' zeg ik. 'Dit is alleen voor Familie!'

'Om je de waarheid te zeggen, meneer Angel Isling, heb je in dit geval niet gelijk,' zegt Saru. 'Hoewel het geen alledaags gebeuren is, kan ik naar waarheid zeggen dat ik er al eens binnen ben geweest en dat ik er ongeschonden ook weer uit ben gekomen.'

'Ik wil er echt niet naar binnen,' zegt Lilo en hij staart door de deuropening naar het luidruchtige rokerige interieur. Hij klinkt alsof hij overal zou willen zijn behalve hier.

De oude Saru klopt zijn neefje op de schouder.

'Ik ga hier met alle genoegen alleen naar binnen. Misschien kunnen jullie twee iets vinden wat meer past bij jullie jeugd?'

Waar heeft hij het nou over?

'Ik ben hier eergisteravond al binnen geweest!' zeg ik. 'Maar ik ga hier niet naar binnen nu ik eruitzie als een... als een clown!'

Ik draai me om en loop weg, want ik kan Lilo's oom niet langer uitstaan. Ik kom uiteindelijk terecht bij een stalletje dat dameshandschoenen verkoopt, dus loop ik daar ook meteen weer uit.

Als ik omkijk, zegt Saru iets tegen Lilo, die naar me toe rent.
'Ik ga met jou mee,' hijgt hij.
'Goed hoor, wat je wilt,' zeg ik. En ik ben blij dat hij er is, zonder zijn stomme oom.
'Je was nogal bang daarnet,' zeg ik, terwijl ik tegen zijn arm por.
'Dat is niet waar!' zegt hij. 'Ik was alleen...'
'Je was bang!' zeg ik en ik word weer helemaal vrolijk. 'Wat gaan we doen?' Hij kijkt me niet-begrijpend aan. 'Kom op, visoog, gaan we ergens wat drinken?'
'We mogen niet dronken worden! Meneer Sarava... mijn oom zegt dat we terug moeten zijn als het middernacht slaat!'
'Dan hebben we nog uren te gaan,' zeg ik. 'En hou nou op met dat meisjesachtige gedoe!'
Ik zoek een taveerne voor ons uit.
Hij is niet zo goed als de grote tent – die is vast de beste taveerne ter wereld – maar hij kan ermee door. Er wordt cider getapt. Het is binnen rokerig van de houtskoolbranders en de pektoortsen en er hangen een heleboel mannen en vrouwen rond die aan het drinken zijn. Dus zal het er wel niet zo slecht zijn.
In het midden is een houten bar, waar een grote wrattige vent de cidervaten bewaakt.
Ik loop er meteen op af.
'Twee kannen cider,' zeg ik.
'Ha ha!' zegt de wrattige man. 'Dat mag ik graag zien – twee jonge spetters die een beetje haar op de borst willen krijgen. Nou laat je geld maar eens zien, dan krijg je meteen twee bekers Kopbreker.' Dan knipoogt hij. 'En als je nog wat meer wilt, bijvoorbeeld het gezelschap van dames, nou, dan hoef je je ouwe vriend Hector maar even te vragen!'
Lilo wordt vuurrood, waardoor de wrattige man meteen begint te bulderen van de lach, zijn hangwangen schudden, het zweet druipt van zijn neus.
'Weet je zeker dat je cider wilt?' vraagt Lilo mij. 'We kunnen ook melk krijgen.'
'Waarom ben je eigenlijk naar Londen gekomen?' zeg ik.

‘Twee bekers cider,’ zegt de wrattige man en knalt ze op de bar. Dan kijkt hij mij schuin aan. ‘Tenzij je melk wilt.’

‘Dat was een grapje,’ zeg ik. Hoe ben ik toch met zo’n visoog opgescheept komen te zitten? ‘Hij wil ook cider. Maar hij betaalt.’

Lilo kijkt chagrijnig. Maar de wrattige man staart hem nu aan, wachtend op zijn geld. Dat is zijn eigen schuld. Lilo trekt zijn zakkige hemd op en zoekt naar een beurs die aan zijn nek hangt. Hij haalt er wat munten uit.

‘Heb jij geen geld?’ vraagt hij me chagrijnig.

Ik schokschouder. ‘Dat heb ik niet bij me. Dat doet Ims allemaal.’

‘Wat goed van jullie om van tevoren te betalen,’ zegt de wrattige man, terwijl hij de munten van Lilo incasseert. ‘Jullie zijn het soort klanten dat ik graag zie! En dit... zeven Engelse stuivers, daarmee heb je een mooie drinkavond voor de boeg.’

Hij schreeuwt naar een magere meid met een schort voor. ‘Sharon! Deze jongen en zijn vriend hebben ieder nog drie bekers te goed. Dus zorg ervoor dat ze die ook krijgen... en geen druppel meer tenzij je de binnenkant van hun beurzen ziet!’

Lilo kijkt alsof hij niet weet wat hem is overkomen.

‘Is dit de eerste keer dat je op Trafalgar Square bent?’ vraag ik. Hij knikt. ‘Is dit de eerste keer dat je in een taveerne bent?’

‘Ja, nee! Ik ben er al in een heleboel geweest.’ Maar dat is niet waar. Hij is waarschijnlijk vorige week van zijn moeder gekomen.

Ik vind een plek voor ons op een bank, eentje waar niet te veel cider ligt. En we beginnen te drinken. In de hal drink ik meestal niet veel cider, alleen op feestdagen. Dan laat Ims mij slechts één enkele beker drinken. Maar Ims is niet hier, dus kan ik zoveel drinken als ik wil.

Lilo neemt voorzichtig een slok uit zijn beker, alsof hij bang is dat die hem zal bijten.

‘Dank je, Lilo!’ zeg ik. Ik neem een grote mond vol en slik die door. Ik moet nog drie bekers. Ik kan maar beter mijn best gaan doen.

'Ik vraag me af waar Ims is. Of hij vader heeft gezegd waar ik heen ben gegaan.' Ik kijk op naar Lilo. 'Denk je dat hij dat heeft gedaan? Mijn vader maakt zich misschien zorgen over me.'

Ik kan Lilo naar me zien staren. Zijn gezicht is echt groot. En nogal wiebelig.

'Misschien heb je genoeg gehad?' zegt hij.

Natuurlijk niet, stomkop.

'Natuurlijk niet,' zeg ik.

Dit hier. In mijn hand. Wat ik vasthoud. Oei, ik heb wat gemorst. Trouwens, dit is mijn zesde beker cider. Of is het mijn vijfde? Nee, het is beslist de zesde. Want ik heb al mijn cider opgedronken en Lilo heeft er maar één gehad. Dus ik heb de rest van hem opgedronken. Ja, zo zit dat.

Lilo wordt nu helemaal wiebelig. Alles is trouwens wiebelig.

Maar als ik mijn hoofd op mijn armen leg, zoals nu, dan gaat het beter. De tafel zorgt ervoor dat mijn hoofd er niet af valt.

Ik mag Lilo. Echt waar. Hij heeft mij zijn cider gegeven. Dat gaat thuis wel iets anders. Niemand heeft me ooit zijn cider laten opdrinken.

'Je bent mijn enige vriend,' zeg ik tegen hem.

'Dat is niet waar,' zegt de wiebelige Lilo.

Ik wil mijn hoofd schudden. Maar dat gaat niet. Het zou eraf kunnen vallen.

'Waar het om gaat, is dat je pas echte vrienden krijgt als je een volleerd krijger bent. Als je je naam krijgt.'

Hij snapt er niks van. Dat komt waarschijnlijk omdat hij zo hard ronddraait.

'Je bent toch visser, hè?'

De ronddraaiende hoofden knikken allemaal tegelijk.

'Vissers zijn vissers. Snap je? Maar krijgers worden gemaakt. Die moeten hun weg naar boven vechten.'

'Dus?' vraagt Lilo.

'Dus moet je vechten. Met andere jongens. Van je eigen leeftijd. Om zwaarddrager te worden en dan schilddrager en dan rekruut en dan krijger.' Ik stop om even adem te halen. Praten maakt alles nog veel wiebeliger en losser.

Ik wilde dat het ophield.

'En mijn vader is de Baas, hè? Dus ik moet de beste zijn met vechten, snap je? Ben ik ook. Ik ben de beste messenwerper in de Familie. Dus ik heb ook geen vriendjes. Snap je?'

Lilo knikt met al zijn wiebelige hoofden en schudt ze dan.

Eigenlijk is hij wel oké, die Lilo. Al is hij dan een stinkende visser. En een beetje meisjesachtig. Probeer ik hem duidelijk te maken.

'Daarom is het zo grappig wat Ims zei, dat jij mijn vriend was. Want je bent maar een visser. Dus ik zal nooit tegen je hoeven te vechten. En dat is een goeie zaak, want ik zou er geen enkele moeite mee hebben je af te maken.'

Lilo's grote gezicht staart me aan.

'Ja. Dat zou je vast wel kunnen,' zegt hij.

Maar ik ga Lilo niet afmaken. Hij is mijn vriend.

'Heb jij vrienden?' zeg ik.

Lilo's mond wordt nog wiebeliger. Hij kijkt verdrietig.

'Ja,' zegt hij, 'ik heb een beste vriend. Al van jongs af aan. Hij heet Andy.'

'Waarom is hij niet hier?'

'Hij moest... hij moest weg. En hij komt misschien ook niet meer terug,' zegt Lilo en nu kijkt-ie echt verdrietig. Alsof hij op het punt staat te gaan huilen.

'Ik zal je vriendje zijn,' zeg ik. Lilo schudt zijn hoofd.

'Jij bent een rover,' zegt hij.

'En jij bent een stinkende visser!'

Maar hij heeft gelijk. Dat is een probleem.

O. Ik weet wat.

'Jij zou Familie kunnen worden,' zeg ik. Hij kijkt verrast. 'Weet je. Als je vader of iemand je eruit smijt. Je kunt Familiebes... besch... bescherming krijgen.'

Ik kijk naar zijn wiebelige gezicht.

'Zou jouw vader jou eruit gooien? Wat denk je?'

'Ik ga de barman vragen hoelang het nog duurt tot het middernacht slaat,' zegt hij en hij staat op.

Misschien wil zijn familie hem wel uitstoten. Dan is hij geen stinkende visser meer. Dan is het voor hem eerzaam mijn vriend te zijn, als dat zou gebeuren.

Dus ik wacht gewoon hier tot hij terugkomt. Met mijn hoofd op mijn armen. Dat is het beste. Misschien doe ik mijn ogen ook nog even dicht.

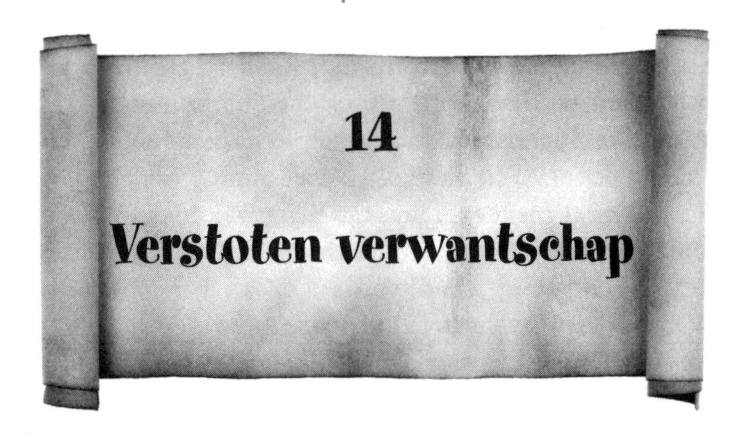

14

Verstoten verwantschap

Meneer Saravanan staat buiten de roverstaveerne te wachten en ziet er vermoeid uit. Zijn haar is helemaal nat en zijn kleren zitten onder de donkere vlekken. Hij stinkt naar cider maar is niet dronken. Niet zoals Zeph.

'Ik ben bang dat ik verstrikt ben geraakt in een paar onaangenaamheden,' zegt meneer Saravanan. 'Ik had geluk, het was niks ergs. In de ogen van een rover zou je het zelfs een spelletje kunnen noemen. Maar ik ben er wel een beetje nat van geworden.' Dan glimlacht hij en fluistert tegen me: 'Ik weet wat ik wilde weten.'

'Dus, hoe is het met jullie twee afgelopen?' vraagt hij, hardop.

'Dat ziet u zelf wel,' zeg ik en dat is waar, want ik moet Zeph vasthouden, zo dronken is hij. Het heeft me aardig wat moeite gekost hem hierheen te slepen – onderweg leunde hij de hele tijd op me en bij vrijwel elke stap die hij nam viel hij. Nu staat hij op een hoek naar de roverstent te staren.

'Ik durf best daar naar binnen te gaan, hoor,' slist hij.

'Het ziet ernaar uit dat jouw jonge roversvriend evenveel heeft gedronken als ik over me heen heb gekregen,' zegt meneer Saravanan.

'Ik voel me misselijk,' kreunt Zeph.

En dan – pal naast mij! – kotst hij.

'Je bent een viezerik!' schreeuw ik en ik spring van hem weg.

Zeph kijkt naar de hoop braaksel, dan naar mij en ik krijg de indruk dat hij op het punt staat te gaan huilen.

'Ik dacht dat jij mijn vriend was,' zegt hij.

'Al goed!' zegt meneer Saravanan. 'Het is duidelijk tijd om te gaan!' Hij neemt Zeph onder een arm en begint te lopen. Zeph stuitert als een lappenpop onder de arm van meneer Saravanan tot hij aan de overkant van het plein is.

Dan kreunt hij: 'Ik voel me misselijk!'

Meneer Saravanan zet hem zo snel als hij kan neer en Zeph werpt zich over de rand van de vlonder. Terwijl we naar hem staan te kijken, en een fraai schouwspel is het niet, vertelt meneer Saravanan mij rustig wat hij voor elkaar gekregen heeft.

'Het bleek dat mijn missie vrij gemakkelijk was. In feite heel gemakkelijk. Ze hebben het over weinig anders dan over de overval op jouw dorp. Het ziet ernaar uit dat het meisje door de Angel Isling Familie is geroofd, dus vragen de rovers van de andere Families zich nu af hoe zij wisten dat zij daar zat, of er nu oorlog gaat komen met de Engelsen, en wat de Familieraad in Norwich daarover zal zeggen.'

'Maar Zeph is toch van de Angel Isling, of niet?' zeg ik. 'Hij heeft me net verteld dat zijn vader de Baas is.'

Meneer Saravanan kijkt Zeph eens goed aan.

'Wel, dat is heel interessant.'

Zeph kotst weer en kreunt: 'Ik denk dat ik doodga.'

'Deze jongeman is waarschijnlijk de nuttigste persoon die jij in Londen tegen het lijf hebt kunnen lopen,' zegt meneer Saravanan rustig.

'Je kunt beter zeggen de vervelendste.'

Zeph houdt eindelijk op met kotsen en keert dan een wit, glanzend gezicht naar ons toe.

'Ik ga dood en het kan jullie niet eens wat schelen,' zegt hij verwijtend. En plotseling loop ik naar hem toe en begin hem op de rug te kloppen. Al stinkt hij nog zo erg.

'Jij gaat niet dood,' zeg ik. 'En als we thuiskomen voel je je een stuk beter.'

Hij kijkt me aan, wijd opengesperde blauwe ogen, blond haar op zijn voorhoofd geplakt.

'Ik kan niet terug naar mijn vaders schip. Niet zo.'

Meneer Saravanan glimlacht en volgens mij is het goed dat Zeph te dronken is om te zien wat voor soort glimlach dat is.

'Jij hebt heel veel geluk,' zegt meneer Saravanan, 'dat je zulke goede vrienden hebt als Lilo en ik. Je kunt vannacht bij ons blijven en morgenochtend kun je terug naar je drakenboot.'

Als we teruglopen, moeten we weer even wachten want Zeph wordt weer misselijk. Terwijl hij de cider door de maanverlichte modder mengt, fluistert meneer Saravanan: 'Het lijkt erop dat Angel Isling door iemand in de arm werd genomen om jouw dorp te overvallen. Er wordt veel gegist over wie dat kan zijn geweest.'

Ik herinner mij de Schotse man in de studeerkamer – *dit loopt beslist niet volgens plan.*

'Ik zelf denk dat de Scandinaviërs achter een dergelijk complot zitten,' zegt meneer Saravanan. 'Ze bemoeien zich altijd overal mee.'

Waarom heeft die idiote Medwin in godsnaam dat meisje meegenomen? – dat zei die Schotse vent.

'En wat dacht u van Groot-Schotland?' vraag ik.

Meneer Saravanan trekt zijn grote wenkbrauwen op.

'Ik kan me niet voorstellen dat een oorlog tussen de rovers en de Engelsen het werk zou zijn van Groot-Schotland. Dat zou veel te veel voor de hand liggen. Zij sturen veel liever hun spionnen op pad.' Hij haalt zijn schouders op. 'Aan de andere kant, wie weet?' Hij kijkt me aan. 'Waarom zou Groot-Schotland de dochter van de Engelse Premier willen ontvoeren?'

'Misschien hebben ze dat ook helemaal niet gedaan,' zeg ik. 'Misschien was het helemaal niet de bedoeling dat het zo zou lopen. De Schotse ambassadeur was na afloop in ons dorp, met de Premier. Hij heeft alle soldaten naar iets laten zoeken. Maar volgens mij hebben ze het niet gevonden.'

'Als ze het meisje niet wilden, waar was Groot-Schotland dan naar op zoek?' zegt meneer Saravanan. En dan glimlacht hij. 'Eustace. Je hebt het echt gevonden? En wie heb je dat verteld?'

Bij de volgende spuugstop van Zeph zegt meneer Saravanan: 'Jij moet in de buurt van deze roversjongen blijven. Hij is van groot belang als jij veilig toegelaten wilt worden tot de Angel Isling Familie. Zonder roversgezelschap doden ze je voordat je ook maar een woord kunt zeggen. Maar ik heb geen idee hoe je dat bondgenootschap met Zeph in stand moet houden, behalve dan door hem de waarheid te vertellen.'

Ik ben blij dat het donker is en dat meneer Saravanan mijn gezicht niet kan zien. Want ik heb zelfs hem de waarheid niet verteld.

'Misschien hoef ik dat niet te doen,' zeg ik. 'Niet als ik bij zijn Familie ga.'

Meneer Saravanan kijkt verrast.

'Kan dat dan? Rovers staan er niet om bekend dat ze erg gek zijn op Engelsen.'

Ik herinner me Zephs dronken woorden, ginds in de taveerne.

'Misschien is er een mogelijkheid.'

De dageraad breekt triestig grijs aan. Er zitten geen luiken voor het raam en de dag kruipt langzaam binnen, neemt de tijd om een dof licht over een stoffige vloer te verspreiden. Kater geeuwt visachtig en geeft mijn neus een ochtendbeurt. Ik lig in een hoopje dekens, met Kater opgekruld op de opgevouwen jas die ik als kussen gebruik. Boven mij, op de doorgezakte sofa van meneer Saravanan, ligt een ander stapeltje dekens. Dat snurkt, kreunt, rolt en dan weer rustig wordt. Zeph is bezig zijn cider weg te slapen.

Kater gaat zitten en kijkt mij eens aan met zijn groene ogen wijd open in zijn harige smoeltje.

'Je hebt gisteravond een heleboel gegeten,' fluister ik, maar hij blijft me aankijken, dan stoot hij zijn kop tegen mijn hoofd en spint diep in de borst.

'Oké, vreetzak. Ik zal kijken of er iets voor je te eten is.'

Katers staart staat rechtop van geluk als hij mij voorgaat naar de keuken van meneer Saravanan. Maar hij zakt algauw als ik niks te eten voor hem kan vinden – er is niks in de voorraadkast waar een kat gek op zou kunnen zijn. En ook ik word niet erg vrolijk van een zak donkere bloem, enkele groene aardappels en een stenen pot met vage chutney, wat alle bezittingen van meneer Saravanan lijken te zijn. Kater en ik vragen ons af wat we nu moeten, als we geschraap en gekletter horen aan de voorkant van het huis, en we lopen door om te zien dat meneer Saravanan mompelend door zijn voorraam komt klauteren.

'Op een dag ga ik verhuizen uit deze ellendige stad en ga een huis zoeken waar het veilig is een voordeur te hebben. Op de begane grond.'

We zijn weer terug in de keuken en meneer Saravanan opent de twee zakken die hij draagt, de ene groter, de ander kleiner. In de grote jutezak heeft hij onze kleren, schoon en zonder modder. In de kleinere katoenen zak heeft hij een groot brood, wat bruinbespikkelde eieren, een blok kaas, een stuk boter en zes appeltjes.

'Ontbijt!' zegt hij en hij kijkt dan naar beneden, want Kater loopt tegen zijn benen aan te duwen.

'Maakt u zich geen zorgen, meneer Kater, ik heb ook iets voor u.' En hij trekt een vis uit de zak, waardoor Kater helemaal wild wordt en miauwt en met zijn poot begint uit te halen.

'Nou, hier is iemand die mijn inspanningen echt op prijs stelt,' zegt meneer Saravanan en hij laat de vis vallen. Kater grijpt hem in zijn bek en rent met zwiepende staart naar een hoekje. 'En nou we het toch over dankbare jongens hebben, hoe is het met jonge meester Zeph?' Hij kijkt eens om de hoek van de deur naar de hoop dekens op de sofa en grijnst gemeen. 'Nog steeds last van de uitspattingen van gisteravond?' Hij begint de zak uit te pakken. 'Weet je, ik heb lopen nadenken over jouw vraag van gisteravond. Of Groot-Schotland betrokken kan zijn bij deze roversontvoering. Wat je vertelde over die zoektocht in je dorp doet me afvragen waar ze naar op zoek zouden kunnen zijn geweest. En dat doet me weer denken aan mijn arme ouwe vriend Eustace Denton.' Hij zucht en legt de eieren voorzichtig op tafel. Mijn ogen zijn er praktisch aan vast gekleefd, ik kan me de laatste keer niet herinneren dat ik een heel ei voor mezelf heb gehad.

'Eustace was antiekhandelaar net als ik,' zegt meneer Saravanan, pakt een pan en laat er water in lopen. 'Hij zocht iets en die zoektocht nam hem helemaal in beslag.'

'Een zoektocht?'

'Ja, of misschien zou je moeten zeggen een obsessie.' Meneer Saravanan doet de eieren in de pan en zet de pan op zijn fornuis. 'Het hing samen met zijn specialiteit – computers.' Meneer Saravanan draait zich om en kijkt mij aan. 'Natuurlijk weet een verstandig Engels kind als jij iets van computers, niet? Een zondig ding, hoor ik. Wel, Eustace dacht daar anders over. De reden waarom hij uiteindelijk terecht is gekomen in een geïsoleerd vissersdorp was dat hij over dit onderwerp schandalige gedachten koesterde. Tenminste, dat vertelde hij mij. Ik vond het altijd vrij zinloos. Er zijn altijd verhalen over computers die de Ineenstorting hebben overleefd. Geruchten dat de Schotten er enkele hebben verstopt of dat de Scandinaviërs er een hebben, of de Chinezen. Maar van wat ik ervan begrijp, is dat zij allemaal op een bepaalde manier met elkaar verbonden zijn, over de hele wereld, en toen de Ineenstorting kwam ging er tegelijkertijd iets met al die computers fout. Hoe het ook zij, Eustace had een verhaal gehoord van één supermachine die het had overleefd en die zelfstandig kon denken en handelen.' Ik krijg een droge mond als ik aan het juweel denk en kijk naar de vloer, zodat meneer Saravanan mijn gezicht niet kan zien.

'Hoe zag die eruit?' lukt het mij te piepen. Meneer Saravanan wrijft over zijn kin.

'Nou, ik ben in geen enkel opzicht specialist op dit gebied, maar het was de mode aan het einde van de eenentwintigste eeuw om de functie van een voorwerp te verdoezelen. Theepotten zagen eruit als paarden, licht zat verborgen in het meubilair, dat soort dingen. Helemaal niet geliefd bij de koper van tegenwoordig. En dat betekent dat Eustace' denkende computer allerlei vormen kan hebben gehad.' Hij haalt zijn schouders op. 'Trouwens, ik veronderstel dat het evenveel zin heeft dat de Schotten op zoek zijn naar een mythische computer als naar de dochter van de Premier.'

'Maar waar zouden ze die dan voor nodig hebben?' vraag ik.

'Wel, Eustace dacht dat die computer iets te maken had met het leger.' *Ik kan hele oorlogen behandelen*, heeft de kop gezegd.

'Een dergelijke machine zou tegenwoordig zeer gewild zijn,' vervolgde hij. 'Zelfs jullie Engelse heersers zouden hun haat jegens technologie afzweren als ze meenden dat het ze kon helpen in hun veldslagen.'

Meneer Saravanan frutselt wat met het vuur in zijn fornuis, stuurt de hitte naar de pan met eieren. 'Bij elke ondergelopen plaats die hij bezocht, hoopte Eustace een van die fabelachtige machines te vinden. En hij vroeg mij er altijd naar als hij kwam handelen. Hij had nooit de geringste belangstelling voor al mijn schoonheden, hij wilde alleen computers en verder niks. Wie weet, misschien heeft hij gevonden wat hij zocht? Ik kan me voorstellen dat de Schotten zoiets zouden willen hebben zonder dat jullie Premier daarachter kwam.'

'Maar als de Schotten de rovers lieten zoeken naar deze puter, waarom hebben ze dan Alexandra meegenomen?'

'Meest waarschijnlijke antwoord is omdat ze gek zijn,' zegt meneer Saravanan hoofdschuddend. Er klinkt een kreunend geluid uit de andere kamer. 'Als je het over de duivel hebt...'

'Ik ga dood!' roept een zwak stemmetje en Zeph verschijnt, in een deken gewikkeld. Zijn witte gezicht is nog witter dan gebruikelijk, behalve dan dat er diep paarse kringen onder zijn ogen staan.

'Ik betwijfel of je echt aan het doodgaan bent,' zegt meneer Saravanan rustig.

'Mijn hoofd doet zo zeer!' kreunt Zeph.

'Ja, dat dacht ik al,' zegt meneer Saravanan. 'Maar een van de weinige zegeningen van het Londense leven is dat de mensen hier bereid zijn je alles te verkopen wat je wilt, op elk moment van de dag.' Hij trekt een envelopje uit zijn zak. 'Een eenvoudige remedie. Helpt vast tegen de pijn.'

Zeph neemt het medicijn zonder nog verder te klagen, dus voelt hij zich waarschijnlijk erg slecht. Hij gaat stil aan de keukentafel zitten, terwijl meneer Saravanan de gekookte eieren uit de pan haalt en ik het brood in plakken snijd, waarbij ik elke plak besmeer met boter en beleg met kaas. De vage chutney blijkt echte chutney te zijn.

We gaan allemaal zitten om te eten. Omdat Zeph met één been in het graf staat, lukt het hem slechts een paar happen te nemen, dan wordt hij groen. Dus eet ik zijn boterham met kaas en eieren en na afloop van het ontbijt voelt mijn maag zich beter dan in jaren het geval is geweest.

En al kan hij dan geen hap eten naar binnen krijgen, het medicijn lijkt te werken, want Zephs gezicht wordt een beetje minder bleek en onder zijn ogen wordt het wat minder paars. Hij opent de zak met onze kleren.

'Moet je zien wat ze met mijn leer hebben uitgehaald!' zegt hij. 'Het rood is helemaal verfletst!' Ik zie geen enkel verschil, en hij hecht er blijkbaar niet zo veel belang aan want hij trekt snel genoeg de oude kleren uit die meneer Saravanan voor ons heeft geregeld. Dat kan ik hem niet kwalijk nemen. Ik ben ook blij met mijn eigen kleren, zodat ik er niet langer als een clown hoef uit te zien. Als Zeph zijn leren vest en broek weer aanheeft, met het mes aan zijn riem, ziet hij er al een stuk beter uit.

'Nu kan ik tenminste de Familie weer onder ogen komen,' zegt hij.

'O!' zegt meneer Saravanan opeens. 'Ga je terug naar je schip?' Hij kijkt mij aan, met een snelle beweging van zijn wenkbrauwen. 'Eh... wat was jij van plan te doen, jonge Lilo?'

Ons plan!

'Ik eh... ik ga naar het oosten,' zeg ik en ik zit te duimen onder de tafel. 'Ik heb besloten mij bij een van de Families te voegen. Ik wil krijger worden.'

'ROVER!' buldert meneer Saravanan, waardoor ik opspring. 'NOOIT niet! Geen lid van deze familie zal zo'n zondig leven gaan leiden! Jij bent geboren als visser en je zult sterven als visser!'

'Maar ik wil helemaal geen visser zijn,' zeg ik. Zeph kijkt ons allebei aan, geschrokken en een beetje achterdochtig.

Meneer Saravanan trekt weer zijn wenkbrauwen op, en ik begin te schreeuwen, zodat het wat meer effect zal hebben.

'Ik wil GEEN visser worden en u kunt mij niet vertellen wat ik moet doen!'

'Dat kan ik WEL!' buldert meneer Saravanan terug. 'Daar heb ik alle recht toe, want ik ben je oom. Wat zeg ik, ik zal je opsluiten en je elke dag SLAAN tot dat je weer kunt nadenken, jij ondankbaar stuk vreten!' En hij zwaait met zijn armen, waarbij hij grijpende bewegingen naar mij maakt. Hij ziet er zo stom uit dat ik wil gaan lachen, maar ik doe mijn uiterste best om er verschrikt uit te zien terwijl ik naar de andere kant van de kamer loop.

'Ik wil niet eens meer uw neef zijn!' roep ik.

'Nu is het GENOEG!' tiert meneer Saravanan en schudt met zijn vuist. 'Als je dat niet wilt, dan besluit ik, als hoofd van de familie, dat wij je VERSTOTEN! Jij bent dood voor ons! Je zult nooit meer je moeder zien, en je vader ook niet, en je lieve onschuldige zusjes, of je tantes of je neven... en neem die Kater van je ook mee, die wil ik ook niet meer!'

'O! O!' roep ik en probeer om verdrietig over te komen. 'Ik ben verstoten!'

Allebei kijken we nu Zeph aan.

'Wat is er?' vraagt hij en hij lijkt stomverbaasd.

'Ik heb Lilo uit de familie verstoten!' zegt meneer Saravanan, luid en langzaam.

'O! O! Ik ben verstoten!' huil ik. 'Ik ben zelfs verstoten waar jij bij bent en jij bent een rover. Dus ik eis...' maar dan kan ik me niet herinneren hoe hij dat gisteravond noemde. 'Ik... eh... eis...'

'Jij wilt verstoten verwantschap!' piept Zeph en hij kijkt mij met opengesperde ogen aan.

'Ja, dat is het! Dat wil ik!'

'Nee toch!' kreunt Saravanan en hij laat zich op tafel zakken met zijn hoofd in zijn handen. 'Ik moet er niet aan denken, wat een schande, een neef van mij die zijn toevlucht zoekt bij de rovers!' Door zijn vingers heen zie ik hem naar me kijken en hij knipoogt.

Maar dit is voor Zeph de laatste druppel.

'Het is helemaal geen schande om je tot de Angel Isling Familie te wenden!' buldert hij en hij slaat zijn hand op de geschilderde leeuw op zijn leren jas. 'Het is de grootste trots die iemand kan voelen.'

En dan loopt hij door de kamer heen op mij af.

'Is dit echt wat je wilt, Lilo?' zegt hij en hij fronst een beetje.

'Dat heb je me gisteravond verteld. Als ik bij Angel Isling kwam, zouden we vrienden kunnen worden.'

Hij kijkt mij ongelovig aan. 'Heb ik dat gezegd? Ik... kan het me niet herinneren.'

'Het is wat ik wil,' zeg ik.

Zeph kijkt weer naar meneer Saravanan, die met zijn handen op zijn hoofd slaat en kreunt. Hij overdrijft een beetje.

'Weet je het echt heel zeker, Lilo?' vraagt Zeph. 'Denk eens aan je familie. Zullen ze niet verdrietig zijn als je ze verlaat? Gaat je moeder niet huilen?' Hij stopt, zijn bleke gezicht kijkt vragend en zijn ogen boren zich in de mijne. Ik moet de andere kant op kijken, want ik voel me betrapt. Hij is immers zo slecht nog niet en hier zit ik hem een heleboel leugens op de mouw te spelden. Ik probeer mij Andy te herinneren en Alexandra en waarom ik dit doe, maar ik voel me er niet beter door.

Gelukkig voor mij begint meneer Saravanan te bulderen: 'Het is nu te laat om je nog zorgen te maken over Lilo's moeder! Ik heb die jongen VERSTOTEN en kan daar NOOIT meer op terugkomen! Hij kan roverstuig worden of wat hij maar wil, wat zijn familie betreft!'

Zephs arm op de mijne spant zich. Hij heft zijn hoofd op en zegt: 'Als volbloed lid van de Angel Isling Familie en als enig hooggeboren zoon van de Baas, accepteer ik jou in verstoten verwantschap. Jij bent nu Lilo van Angel Isling.' En hij wendt zich met schorre en onzekere stem tot meneer Saravanan, terwijl hij in een soort gezang vervalt alsof hij iets opdreunt wat uit het hoofd geleerd is. 'Ik verklaar Lilo onder bescherming van de Familie, tot de tijd dat hij zijn volledige verwantschap verdient. Geen haar op Lilo's hoofd behoort nog tot zijn oude familie. Onrecht jegens hem is onrecht jegens Angel Isling. Door mijn rang en recht verklaar ik dit gedaan.' Dan kijkt hij naar de grond en fluistert, zo zachtjes dat ik het bijna niet kan horen: 'Als mijn vader het hiermee eens is.'

Daarna moeten we snel weg bij meneer Saravanan – want hij staat de hele tijd te schreeuwen en te vloeken in gespeelde woede. Wat ons behoorlijk wat vuile blikken bezorgt als we de straat uit lopen. De twee wachters aan de poort zitten weer op hun plek, hangen op hun stoeltjes en delen een pastei met elkaar.

'Verlaat u ons, heerschappen?' vraagt gebroken neus.

'En neem je dat schurftige beest van je weer mee?' vraagt oorloos, terwijl hij Kater een harde pasteikorst toesmijt. De laatste blaast, de haren op zijn rug gaan recht overeind, volgens mij zou hij die vent met zijn klauwen opengehaald hebben als ik hem niet aan de lijn had gehad.

'Laat ons uit,' zeg ik, in de hoop dat Zeph geen moeilijkheden gaat veroorzaken. Maar hij merkt de bewakers amper op, want hij is veel te druk met buiten de poort te kijken.

'We gaan die kant op, naar het schip van mijn vader,' zegt hij opgewonden en hij wijst naar het oosten.

En als we door de poort heen zijn en de straat uit lopen zegt hij: 'Je zult er geen spijt van hebben dat je bij Angel Isling bent gekomen. Onze familie is de sterkste en de meest woeste van allemaal – je bent bij het beste van het beste gegaan. En wacht maar tot je de drakenboot van mijn vader ziet – het is de snelste boot die je ooit hebt gezien. Ze snijdt door het water als een mes. Niks kan haar inhalen. Je hebt nooit iets beters gezien!'

'Dat zal wel niet,' zeg ik, terwijl ik denk aan het schip van de Premier, hoe het boven mijn boot uittorende en hoe het Andy mee wegvoerde.

'Ze is zo groot dat ze stroomafwaarts voor anker moet gaan, want ze kan niet helemaal tot hier onder de bruggen door,' zegt Zeph.

En dus lopen we nog een hele poos door. Terwijl Zeph maar blijft kletsen over hoe groot de rovers wel zijn, en hoe gelukkig ik kan zijn dat ik nu een van hen ben. We lopen over nog meer houten vlonders, de rivier glinstert rechts van ons tussen ingestorte en lege gebouwen. Het duurt niet lang of ik voel me verward door die eindeloze modderstraten, maar Zeph blijft niet eens even staan en stevent gewoon recht op zijn doel af.

'Kom mee, Lilo,' zegt hij en hij versnelt zijn pas. 'Het is hier om de hoek.'

De vlonder slaat pal rechtsaf tussen de gebouwen en Zeph verdwijnt erover. Ik trek aan de lijn van Kater, die meer dan onwillig is omdat hij langs al die modder moet, en we lopen de hoek om.

Waar ik tegen Zeph op knal, die aan een lege pier staat. Niks geen grote roversdrakenboot, helemaal geen roversboten. Alleen maar open uitzicht op de rivier die voorbijstroomt, een rij opgestapelde tonnen en een verlopen uitziende oude man gekleed in de vormloze zakkige kleding van een roversslaaf.

'Nee meester,' zegt hij tegen Zeph. 'De drakenboot van de Baas is met afnemend tij uitgevaren. Hij zei dat als er een jongen hier zou komen, ik hem moest vertellen dat hij naar het Familiekwartier op het oude Isling moest gaan. Wacht daar maar,' zei hij.

Zeph is een poosje stil, staart naar de glinsterende rivier en draait zich dan om alsof hij naar iets op zoek is.

'Hoe kan dit!' schreeuwt hij en hij begint tegen de tonnen te schoppen.

'Alstublieft meester, alstublieft!' jammert de oude man. 'U zou ze kunnen breken.' Dan valt hij op zijn knieën en steekt zijn handen uit, half pleitend, half in een poging de tonnen tegen de voeten van Zeph te beschermen.

'Misschien dacht je vader...' Maar ik houd mijn mond. Ik kan geen enkele reden bedenken waarom Zephs vader is uitgezeild. Vertrekken zonder zijn zoon en hem alleen in Londen laten.

Zeph schopt tot hij niet meer kan. Dan draait hij zich om naar mij, een verloren wezen dat mij staat aan te staren.

'Waarom laat hij mij achter?'

Ik haal mijn schouders op, want ik heb geen antwoord voor hem.

De oude man zit nog steeds op zijn knieën en smeekt: 'Alstublieft meester, als het u kan helpen, ik heb gehoord dat de baas sprak tegen een talentvolle, dappere roversprins, die hem vertelde dat hij niet kon wachten omdat de Premier van Engeland zijn vloot aan het verzamelen is, dus moesten ze naar de thuismoerassen.'

Meteen verduistert zijn gezicht. 'Had die krijger rood haar?'

'O ja meester, als brandend brons was het.'

'En droeg hij leer net als ik?'

'Jazeker meester, met een prachtleeuw erop getekend.'

Zeph kijkt alsof hij een dreun heeft gekregen.

'Roba!' brult hij. 'Ik haat hem!' En hij begint weer tegen de tonnen te schoppen.

De oude man zwaait met zijn armen, zakt weer op zijn knieën, probeert zich tussen Zeph en de vracht te wurmen.

'U hebt gelijk, meester! Die krijger was een monster! Wat een vreselijk rood haar en wat een lelijke leeuw droeg hij! Alstublieft, meester, schop niet zo tegen die tonnen, ze zitten vol met de beste Franse wijn.'

Hij lijkt doodsbenauwd dat een van de tonnen kapotgaat.

'Zeph! Hou op!' roep ik en ik trek hem weg bij de tonnen van die arme oude man.

'Wat moet ik nou?' jankt Zeph, terwijl zijn wangen boos rood in zijn gezicht gloeien.

'Ik heb een boot,' zeg ik en het rood begint weg te trekken. 'Die heb ik een eindje verder stroomopwaarts afgemeerd. We kunnen volgen, je vader inhalen.'

Hoewel ik niet weet hoe mijn bootje ooit een roversdrakenboot zou moeten inhalen.

'Denk je?'

'Dat weet ik zeker,' zeg ik, met een grote valse glimlach. En dan, met trillende stem, stel ik de vraag die ik al in mijn hoofd heb sinds ik erachter ben wie Zephs vader is. 'Weet jij waar ze heen varen?'

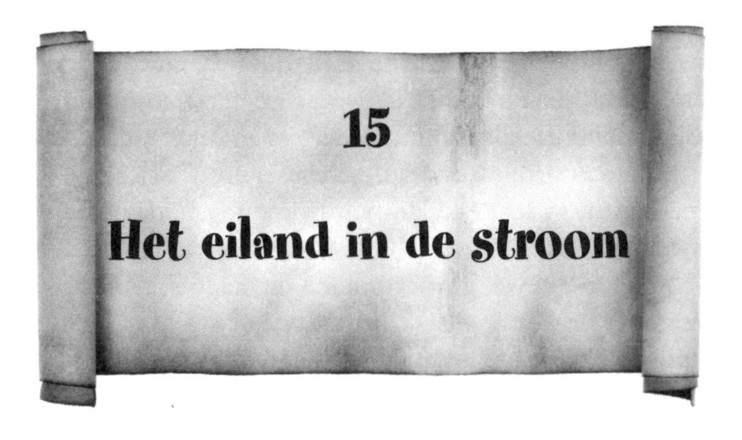

Het is middag en we varen voor de tweede dag als de hemel grijs wordt en de lucht vochtig. Wolken rollen dik en nat over ons heen en als de middag met enige tegenzin overgaat in de avond, komen ze lager en lager te hangen, alsof ze ons naar beneden willen drukken, de Theems in.

'Jowowool,' roept Kater. Hij staat stijf rechtop en kijkt met zijn grote groene ogen boos naar het noorden. Ik raak zijn rug aan en hij blaast, maar hij houdt niet op met staren.

'Waarom gaat hij zo tekeer?' vraagt Zeph. 'Waarom gooi je hem niet gewoon overboord?'

'En waarom hou jij niet gewoon je kop?' vraag ik. 'Er is daar iets, daarom staat hij te zingen.'

'Hoe kan een kat dat nou weten?' vraagt Zeph, maar hij kijkt net als ik naar de noordoever.

'Er is helemaal niks,' zegt Zeph na een minuut. 'Waarschijnlijk heeft die kat een muis gezien.' Hij wendt zich tot mij en grijnst. 'Kom op, Lilo, zet eens een vrolijker gezicht.'

Maar dat kan ik niet, want Kater is een viskat en hij zou niet zomaar moeilijk doen.

'Jowowool,' zegt Kater weer, met zijn kop een beetje schuin.

'Er is daar helemaal niks,' zeg ik tegen hem. 'Het is alleen maar grijs. Grijze wolken en een grijze hemel en...' en plotseling weet ik waarom hij staat te huilen, want er is meer dan alleen maar wolken en hemel. Tegen de grijze achtergrond zie ik een dikke rand die als een muur op ons afkomt. En dat is mist – die van de noordoever van deze grote, oude rivier aan komt rollen. Terwijl ik sta te kijken verdwijnt een boom, opgeslokt door de nevel.

'We moeten een veilige plek vinden om aan te meren,' zeg ik.

'Waarom?' vraagt Zeph.

'Omdat we in de mist niet op de rivier kunnen blijven!'

'Waarom niet?'

Ik kijk hem eens een poosje aan.

'Vanwege de zandplaten. En de ondiepten. En andere boten. En boomstammen die uit het water steken. Omdat we daar dan niets van kunnen zien. En omdat ik niet aan mijn eind wil komen door schipbreuk op een zandbank of doorboord door een dooie boom!'

'Wel, vaar dan naar de kant toe,' zegt Zeph, alsof hij het probleem daarmee heeft opgelost.

'Dat kunnen we hier niet,' zeg ik, want de oever bestaat hier uit niets anders dan gras, riet, biezen en modderige zoden, het is moeilijk te zien waar de rivier ophoudt en het land begint, want het loopt allemaal in elkaar over. Er kan van alles in die moerassen schuilgaan en dat is waarschijnlijk ook zo. Iedereen weet het, moerassen betekenen gedonder.

'We moeten de zuidoever proberen,' zeg ik.

'Nee!' zegt Zeph en nu kijkt hij verschrikt.

'Waarom niet?' vraag ik terwijl ik naar de verre oever staar. 'In mijn ogen ziet het er goed uit. Er zijn bomen en dat betekent vaste grond. Als we snel en voorzichtig zijn kunnen we naar de overkant voordat de mist ons inhaalt.'

'Maar de torens!' zegt Zeph en hij wijst. Naar drie hoge deels ingestorte gebouwen die als skeletten boven de boomtoppen uitrijzen. Overblijfselen uit vroeger tijden.

'Iedereen weet dat de torens langs de Theems vol spoken en

boze geesten zitten,' zegt Zeph. 'Ik ga er niet naartoe om mijn hart te laten opeten en m'n hoofd binnenstebuiten te laten keren!'

'Doe niet zo stom! Dat zijn maar verhalen.' Ik begin de boot te wenden en trek de schoot aan, zodat ik overstag kan gaan en op het zuiden kan aankoersen.

'Hou op!' zegt Zeph en de boot schudt terwijl hij de schoot grijpt en het roer de andere kant op trekt. 'Laten we het anker uitgooien en wachten tot de mist voorbij is,' roept hij. 'Dat zou Ims ook doen.'

'Ims vaart mijn boot niet. Dat doe ik. En we zitten ook niet in een grote drakenboot – wij zijn wrakhout bij de eerste de beste boot die ons niet ziet. We zouden hier de hele nacht moeten zitten schreeuwen en met lantaarns zwaaien om de anderen te waarschuwen.'

Ik trek hard aan de schoot, in een poging het grootzeil meester te worden. Maar Zeph zit aan zijn eigen schoot te trekken en het zeil begint te wapperen en gaat hangen omdat de giek nu eens hierheen, dan weer daarheen draait.

'Je brengt ons naar de spoken!' roept Zeph. Hij klautert naar me toe en begint me op mijn arm te stompen, in een poging bij de helmstok te komen.

Ik duik weg voor die klappen en probeer het zeil en de helmstok vast te houden, maar hij blijft maar doorgaan. Dan geeft hij me een echte harde mep op mijn schouder en mijn hele arm wordt vrijwel gevoelloos.

'Donder op!' roep ik en zonder na te denken laat ik alles los en begin met mijn vuisten terug te slaan naar Zeph. De boot begint te deinen terwijl wij vechten en Kater loopt te janken en te blazen. Hij maakt een enorme sprong naar Zeph, komt met al zijn klauwen uit op hem neer, precies op zijn been.

'Au au au!' roept Zeph. 'Haal die stomme kat van me af!' Hij houdt op met mij te vechten en begint met zijn been te schoppen in een poging van Kater af te komen. Kater bijt hem in de hand.

De boot schudt nu zo wild dat er water binnenstroomt over de boorden.

'Stop! Zo zinken we!' roep ik en meteen houdt Zeph zich stil, waaruit ik opmaak dat hij niet zo stom is dat hij kopje-onder wil.

'Haal die kat van me af,' gromt hij en ik pak Kater. Zeph vloekt als Katers klauwen hem krabben, dan zit Kater in mijn armen te blazen en te draaien.

'We moeten nu goed nadenken,' zeg ik tegen Zeph, 'anders verzuipen we allebei.' En nu is het niet het schudden, maar de draaiende giek en de slap vallende zeilen waar we ons zorgen om moeten maken. En de rivier. Want we zijn omgedraaid en drijven nu zijwaarts met de stroom mee.

'Help me,' zeg ik tegen Zeph, die gebukt over zijn been staat te wrijven. 'Pak die schoot en trek het zeil aan.'

'Nee. Dat doe ik niet. Jij wilt naar die spooktorens toe. Het heeft geen zin, dat is idioot. En je kat heeft me aangevallen! Ik gooi hem in de rivier!'

'Als je dat maar laat!' roep ik. Hij kijkt me boos aan en zegt niks. Ik begin rond te springen, in een poging de schoot te pakken en het zeil in te halen. Zeph steekt geen poot uit, maar hij stompt me tenminste niet meer. Waardoor ik de helmstok te pakken kan krijgen en een poging kan doen om ons op de juiste koers te zetten. Maar de boot verandert niet van positie. Ze zit gevangen in de greep van de Theems en we blijven afdrijven en rondtollen. Ik kijk omhoog en de eerste vlagen en krullen mist draaien al rond de top van de mast. Twintig tellen later heeft de koude witte grijze massa ons helemaal opgevreten.

'Ik ben ijskoud,' zegt Zeph rustig en dat verbaast me niet, want zijn leren pak lijkt meer geschikt voor vechten en om indruk te maken dan voor iets anders. Volgens mij is absoluut niet geschikt om je warm te houden als een koude mist met zijn vingers begint te porren en de warmte uit alles haalt wat hij aanraakt.

We drijven af op de stroom, naar God weet wat. De mist heeft elk briesje opgeslokt en het beste wat ik kan doen is ons op de stroom te sturen. Ten slotte probeer ik zelfs Zephs idee om een anker uit te gooien, maar de rivierbodem blijkt van grind en het anker blijft niet zitten. Bij elke draai en wending van de mist raak ik in paniek. Zijn het rotsen? Is het een stuk verzonken stad dat ligt te wachten om ons te grazen te nemen? Of staan we op het punt om tegen een andere boot op te varen?

'Blijf die bel luiden,' zeg ik tegen Zeph.

'Ik weet wel wat ik moet doen,' snauwt hij en hij zwaait met de oude koperen bel, zodat die in de donkere, klamme nacht klinkt. Ik hoop dat het voldoende is om ons veilig te houden.

Na een poosje zegt Zeph: 'Het spijt me dat ik je heb geslagen. Je had gelijk van het anker.'

Ik slaak een zucht. 'We hadden sowieso de zuidoever niet kunnen halen. Niet vóór de mist.'

Zeph knikt.

'Wij zouden niet met elkaar moeten vechten,' zegt hij. 'Jij bent nu Angel Isling. Wacht maar tot we thuiskomen, dan zul je het zien.'

Thuis. Daar wil ik best heen. Thuis naar Grootje, om het vuur op te porren en naar een van haar verhalen te luisteren. Thuis naar Andy, die loopt te scharrelen in de haven en op zijn kop krijgt van een kapitein. Maar dat is niet waar Zeph het over heeft. En Grootje en Andy zijn daar ook niet.

'Hoe is het daar? Waar jij woont?' vraag ik.

'Het beste wat er is! Mijn vader heeft de grootste hal in heel Essex – hij kan honderd krijgers in de feestzaal bergen!' Hij kijkt me aan.

'Groot,' zeg ik.

'En of. In de windgalerij kan veertig man van de raad en vader zegt dat er geen grotere is totdat je helemaal bij de noordelijke Families komt, de kant van Norwich op.'

En ik weet niet wat ik daarop moet zeggen, want ik weet niet wat een windgalerij is en ik heb nog nooit een feestzaal gezien, laat staan eentje waarin honderd krijgers kunnen.

'Het klinkt allemaal niet erg gezellig,' zeg ik.

'Wat weet jij ervan, visser?' vraagt Zeph. 'Het is beter dan een vissershut!'

Dan valt er stilte, op het klotsen van de rivier en het gedempte suizen van de mist om ons heen na.

Plotseling piept Kater een waarschuwing en Zeph roept: 'Kijk! Kijk daar!'

Hij wijst in de nacht, op een donkere kluit voor de boeg. Iets zwarts, niet slechts deinende mist. Iets met bomen en struiken.

Een eiland!

Ik gooi de helmstok om zo hard ik kan, in een poging ons die kant op te krijgen.

'Wat doe je? Ik dacht dat je bij alles uit de buurt wilde blijven.'

'We kunnen daar aanmeren. Dan zijn we veilig,' hijg ik, terwijl ik tegen de helmstok zit te duwen en te duwen.

Ik krijg het gevoel dat we de hele tijd ronddraaien en met moeite door de zwarte rivier heen komen om dat stukje veiligheid te bereiken. Als we dichterbij komen, ter hoogte van die kluit modder en struiken, verandert de boeg eindelijk van richting en komen we dichter bij het eiland. Maar nog steeds niet dicht genoeg. Het is te ver om te springen en de rivier heeft ons te pakken, probeert ons voorbij het eiland te trekken voordat we de kans gaan krijgen aan te leggen.

'Probeer iets vast te pakken!' roep ik tegen Zeph.

Hij grijpt een van de lange, zware hengels en leunt dan overboord in een poging een struik of boom vast te pakken, en valt bijna uit de boot, zo doet hij zijn best. De hengel zwiept en wiebelt in de lucht, de haak aan het eind ervan strijkt door struiken, laat takken breken, klettert tegen boomstronken. Ik kan zijn armen zien schudden terwijl hij probeert het ding niet los te laten. Zeph vloekt hardop, haalt uit met zijn armen, waardoor hij de hengel in een boom ramt. De takken bewegen als de haak houvast krijgt, de hengel schudt en Zephs gezicht wordt bijna paars van inspanning als hij omhoog wordt gerukt en bijna weer overboord slaat. Maar dat gebeurt niet. Hij houdt de hengel vast, en daarmee de boom en de boot. Alles hangt aan elkaar.

'Gelukt!' roept hij. Maar terwijl hij het roept, glijden zijn voeten weg. De rivier wil ons nog steeds meenemen en het zijn Zephs handen en een hengel tegen al dat water en al die kracht.

Ik spring op hem af, grijp de hengel ook vast en zet me schrap. Dan houd ik vast tot ik het gevoel krijg dat mijn armen uit mijn schouders worden gerukt. Mijn koude handen worden rood en ruw van het vasthouden van dat natte, ruige hout. Maar de rivier blijft aan ons trekken en schudt ons door de boot heen. De hengel beweegt en glijdt, de boom buigt en kraakt. Maar dan krijgt Zeph een hand verder aan de hengel en hij trekt ons een beetje verder landinwaarts. En ik krijg een hand verder langs de hengel en ik begin te trekken. En dan is het hand over hand, zere armen, zo dicht mogelijk naar die van mist druipende kluit struiken en bomen toe. Dan zijn we dichtbij genoeg en kan ik aan land springen; ik kijk naar Zeph, naar zijn ingespannen gezicht, zijn haar glad van de mist en hij zegt: 'Ik hou hem wel.'

Ik grijp een ankerlijn, spring in de glibberige modder, strompel de oever op naar een boom en bind de lijn vast. Dat herhaal ik met nog een lijn en met nog een. Al die tijd houdt Zeph de hengel stevig vast.

Als hij ziet dat de lijnen de boot vasthouden, laat Zeph de hengel los en zakt achterover. Dan wrijft hij met zijn handen over zijn gezicht en zijn armen.

Ik klim terug aan boord, in onze veilig aangemeerde boot en grijns naar Zeph. En hij grijnst terug naar mij, een beetje onzeker. Want we zijn eruit... Uit die sterkte stroming, uit de draaiende en wentelende mist, weg van het gevaar dat ons tot zinken had kunnen brengen en ons mee had kunnen slepen naar de bodem.

En volgens mij zou onze glimlach dat donkere eiland hebben kunnen verlichten.

'Dit eiland is een zwijnenstal,' zegt Zeph.

'We zijn tenminste veilig.'

'Ja, veilig voor verdrinking, maar naar alle waarschijnlijkheid zullen we doodvriezen.'

En daar kan ik het niet mee oneens zijn. Want behalve dan dat het ons ervan weerhouden heeft schipbreuk te lijden, stelt het eiland niet veel voor.

Zeph hult zich in zijn deken en hurkt neer tegen de mist. We hebben een vuur, maar dat haalt niet veel uit tegen al dat vocht en bovendien is al het hout op dit eiland doorweekt, dus smeult het alleen maar en geeft vrijwel geen warmte. Kater heeft even naar dat koude, smeulende vuur gekeken, heeft zich toen een weg gebaand in mijn oliejas en ligt nu opgekruld op mijn schoot. Het is allemaal wat nauw, maar we houden elkaar warm. Zeph heeft geen kat om hem op te warmen en hij ziet er met de minuut kouder uit.

Om te eten hebben we alleen haverkoekjes en water, waar we niet echt vrolijk van worden, vooral Kater niet. De rest van de tijd zitten we hier gewoon in de mistige schemer. In de verte horen we een uil roepen, maar voor de rest bestaat het enige geluid uit het zachte klotsen van een rivier die haar weg naar zee vervolgt.

Met nog wat geschuifel draait Zeph zich om in zijn deken op de grond en na een poosje begint hij zachtjes te snurken. Maar ik heb geen slaap, dus zit ik te kijken hoe de boot zachtjes op de rivier schommelt en hoe de mist zich eromheen krult, als regen op het gras om ons heen neerslaat, van de takken en de bladeren van de bomen en de struiken afdruipt. Het lijkt alsof uren en uren verglijden, maar ik weet niet hoeveel het er in werkelijkheid zijn. En dan moet ik zijn weggedommeld, want ik word wakker doordat Kater zit te miauwen en zijn best doet uit mijn jas te komen.

Ik ga rechtop zitten en Kater glipt naar buiten. Hij strekt zijn voorpoten, rekt zichzelf zodat zijn rug recht omhoogkomt. Als hij klaar is met zijn rekoefeningen, begint hij een beetje te snuiven en te snuffelen. Hij niest eens. Ik weet dat hij een hekel heeft aan al dat vocht. Ik ben er ook niet blij mee, want het is moeilijk om te slapen in die kou en dat vocht. Ik voel me nu klaarwakker, maar Zeph ligt nog steeds te snurken, dus kruip ik weg naar de andere kant van het eiland; daar ben ik zo, want het is heel klein. En als ik uit het zicht van het kampvuur ben, pak ik het juweel uit mijn gordel en haal het tevoorschijn. Ook al zou het veel beter geweest zijn als die kop in Londen verzopen was, toch heb ik zin er nog wat mee te kletsen.

Het juweel ligt in mijn hand en ik vraag me af of het kapot is, maar dan begint het te gloeien en te flitsen. Er klinkt een klik en de kop verschijnt voor mij. Hij kucht en sputtert.

'Primaire gebruiker geïdentificeerd,' zegt hij. 'Welkom, Lilly Melkun.' Dan kijkt hij mij boos aan. 'Je begrijpt toch wel dat ik dit alleen maar zeg omdat ik zo geprogrammeerd ben. Hoe durf jij mij op deze manier te behandelen,' blaft hij. 'Mij in de modder smijten! Ik heb hele kwetsbare onderdelen en ik weet zeker dat ik toch duidelijk had gemaakt dat ik niet waterdicht ben. Jij bent mij een mooie primaire gebruiker. Het mag een wonder heten dat ik nog enige integriteit bezit.'

'Ik deed het niet expres,' zeg ik. 'Ik werd erin geduwd.'

De kop wordt daar niet vrolijker van.

'En nog wat, waarom heb ik zo lang uit gestaan? Je hebt me in geen dagen gebruikt. Zijn we al in Londen?'

'We zijn er al geweest,' zeg ik.

'Wat?' piept de kop. 'Maar Londen is mijn beste optie om een technisch steunpunt te vinden.'

'Volgens mij waren die er niet,' zeg ik, in een poging hem te kalmeren. 'Het is allemaal overstroomd en vervallen. Het is niet zoals vroeger.'

'Jij zegt het,' moppert de kop. 'Dat is precies het verhaal dat een hacker ook zou ophangen.'

'Ik ben geen hacker,' zeg ik, 'en ik weet niet eens wat een hacker is.'

'Dat is ook wat een hacker zou zeggen,' snauwt de kop en kijkt dan om zich heen. 'Dus als we niet in Londen zijn, waar zijn we dan, om precies te zijn?'

'We zitten op een eiland in de Theems.'

'In 's hemelsnaam! Heb je dan geen enkel idee van steriele

werkomstandigheden?' Als hij voeten had gehad, zou hij nu waarschijnlijk staan stampvoeten. 'Dus wat doen we hier dan?' vraagt hij chagrijnig.

'We zijn op weg naar de rovers. Degenen die Alexandra hebben geroofd. Ik heb de zoon van de grote Baas ontmoet, die haar heeft geroofd en hij neemt me mee naar zijn huis.'

'De rovers? Degenen die jij omschreef als moordende en woeste wilden?' Ik knik. 'En toch neemt een van hen jou mee naar zijn huis?' Ik knik weer. De kop trekt vragend een wenkbrauw op.

'Ik heb hem erin laten lopen,' zeg ik. 'Ik heb hem niks over jou verteld, of Alexandra, of wat ik doe of wat dan ook. Ik heb alleen gezegd dat mijn naam Lilo is, niet Lilly Melkun.' De kop trekt zijn wenkbrauw nog iets verder op en uiteindelijk vertel ik alles wat er is gebeurd. Zoals ik altijd doe. Als ik begin over de Schotten en hoe zij volgens mij mogelijk op zoek waren naar een computer en niet naar Alexandra, kijkt hij heel blij.

'Die Schotten klinken een stuk redelijker dan de rest van jullie. Misschien zullen zij mij helpen de ondersteuning te vinden die ik nodig heb.' Hij kijkt mij vanuit de hoogte aan. 'Breng me naar de Schotten,' beveelt hij. 'Ik heb onmiddellijke technische ondersteuning nodig.'

'Dat doe ik niet,' zeg ik. 'Ik neem jou mee naar de rovers. En zelfs al deed ik dat niet, dan is het niet zo gemakkelijk om in Groot-Schotland te komen. Niet als je uit de Laatste Tien Districten komt. De Premier heeft een paar jaar geleden orders uitgevaardigd dat een ieder die probeert de grens over te steken moet worden doodgeschoten. En de mensen zeggen dat als je er langskomt, de Schotten je opsluiten zodra je aankomt.'

'Ik weet zeker dat we het kunnen halen,' zegt de kop. 'Dit zogenaamde Groot-Schotland klinkt voor mij als mijn beste hoop en ik wil erheen. Alsjeblieft.'

Ik schud mijn hoofd.

'Je gaat naar de rovers,' zeg ik.

'Heb ik dan helemaal niets in te brengen? Je zou dit toch

ook niet doen met een van je eigen soort! Niet veel beter dan slavernij!'

'Heel veel mensen worden als slaaf verkocht,' zeg ik. 'Trouwens, je zult waarschijnlijk niet lang bij de rovers hoeven blijven. Ze zullen je naar alle waarschijnlijkheid doorverkopen.'

'Wat amper een troost is,' snauwt de kop.

Daarna heb ik geen zin meer om verder te praten en hij wil ook niks meer zeggen en wendt zich van mij af. Dus sluit ik hem af en kruip terug naar het vuur. Waar Zeph nog steeds ligt te snurken.

16

De moerassen in

Ik word wakker van voetstappen vlak bij mijn hoofd en als ik mijn ogen opendoe, loopt Zeph al rond te stappen, is zijn deken opgevouwen en het vuur uitgetrapt. De zon gloeit goud aan de horizon en de rivier is rimpelend zilver en roze in de dageraad. De mist is opgetrokken, er hangen nog een paar slierten boven het water en de rest van het eiland is nog doorweekt.

'Eindelijk ben je wakker,' zegt Zeph. 'Ga mee. De mist is opgetrokken, dus kunnen we maar beter gaan. Hoe eerder we bij mijn vader zijn, des te eerder kan dit allemaal worden geregeld.'

'Wat allemaal?'

Maar hij antwoordt niet.

'Miauw,' zegt Kater en hij komt naar mij toe. Hij likt mijn oor en laat er wat gespin in klinken. Er is tenminste iemand vrolijk vanochtend.

Het blijkt dat we maar een paar kabellengtes van de zuidoever af zitten. En nu we er toch dichterbij zijn, zie ik overal vervallen huizen tussen de bomen en struiken uitsteken – een hele verlaten stad. Verder in het binnenland staan de torens die we gisteravond zagen en in het ochtendlicht zien ze er nog veel erger uit dan vervallen. Het zijn alleen nog maar de betonnen omhulsels van allang verlaten gebouwen, elk raam is kapot, muren zijn stuk of helemaal weggeslagen. Verder stroomopwaarts langs de Theems, dichter bij Londen, staan allemaal van dat soort torens langs de rivier. En als de wind erdoorheen blaast, maken ze een zuchtend, kreunend geluid, alsof ze huilen om wat verloren is gegaan.

'Zie je,' zeg ik tegen Zeph, 'er is vannacht geen enkel spook gekomen om ons te pakken.'

Zeph kijkt me boos aan maar zegt niks.

We pakken onze spullen bij elkaar en varen uit, hijsen het grootzeil en varen de brede rivier op. De wind komt niet uit de beste hoek, maar de rivier duwt ons nog steeds voort, en in de loop van de ochtend krijgen we aardig vaart. Zeph is chagrijnig en stil vandaag. Waarschijnlijk weer humeurig, dat schijnt te komen en gaan als regen in april. Maar ik heb geen tijd om daarop te letten, want dit is de Theems en iedereen weet dat daar zandbanken en gevaarlijke stromingen en van alles is wat op je loert. We komen niet meer langs torens of spookbossen, alleen kilometers en kilometers vlakke, groene moerassen. Het enige leven hier lijkt vogelleven te zijn. Eenden zwemmen langs de oever van de rivier en hele vluchten kleine wezentjes piepen en fladderen boven het riet. Maar dat is maar uiterlijk, want hier en daar zie ik rook opstijgen. De moerassen zijn niet leeg en je wilt iemand die er woont liever niet tegenkomen.

'Ziet het er zo uit waar jij woont?' vraag ik Zeph.

Maar hij kijkt me alleen boos aan en zegt: 'Daar kom je vanzelf wel achter, niet?'

Zoals ik al zei, chagrijnig.

Met etenstijd is het tij stroomopwaarts gekeerd en komen we niet snel meer vooruit. We varen langs nog wat ruïnes, geen stad deze keer, maar drie schoorstenen, naast een groot plein met een grote stapel puin en een lange rij van stukken beton langs het gras, waar het lijkt alsof de vierde schoorsteen is omgevallen. De schoorstenen zijn net zo hoog als die grote torens, maar ze staan allemaal schuin. In hun schaduwen scharrelen witte, bruine en rode vlekken in de modderige oever; het zijn vogels, ze steken de snavels erin en eruit, op zoek naar zeepieren en garnalen.

Niet lang daarna is de zuidoever zo ver van ons af dat ik hem nog amper kan zien, en te ruiken aan het water, zitten we weer op zee.

'Je hoeft alleen noordwaarts langs de kust te varen,' zegt Zeph, als ik hem vraag waar ik heen moet. Wat in mijn ogen niet erg op een plan lijkt, maar Zeph weet het zeker.

'Mijn vader vindt me beslist. Alles wat je moet doen is ons naar de juiste plek varen.'

Maar ik weet niet helemaal of Zeph wel weet waar de juiste plek is, want hij geeft me niet meer aanwijzingen en als ik vraag of er een loodslied is voor deze kust, kijkt hij me nietszeggend aan. De moerassige kust wordt gekarteld door kreekjes en eilandjes, die verdwijnen tussen het riet, dus uiteindelijk moet ik bij elke bocht vragen: 'Is het daar?'

En telkens schudt hij alleen zijn hoofd en blijft recht voor zich uit staren.

Hoe verder noordelijk we komen, des te chagrijniger Zeph wordt. Halverwege de middag zie ik donkere vlekken onder water en de eerste witte aanwijzing van brekers.

'Weet je wat dat is?' roep ik naar Zeph en hij kijkt me aan met zijn zeezieke ogen.

'O ja, er zijn een hoop zandbanken hier. Je kunt maar beter in wat dieper water gaan varen.'

'Had je me dat niet wat eerder kunnen vertellen?'

Hij kijkt me aan door spleetogen.

'Nee.'

Daarna zegt hij geen woord meer.

Gelukkig is Kater hier om mij te helpen. En hij is vandaag dolgelukkig, rent heen en weer, zoals hij in geen tijden heeft gedaan. Hij springt over de hele boot, ruikt de lucht, zwaait met zijn staart, mauwt en jankt. In feite is hij zo druk dat ik maar de helft van de tijd begrijp wat hij nou precies bedoelt – maar hij houdt ons uit de buurt van rotsen die onder water dreigen en van het schuim van de brekers op een zandbank. Heel af en toe draait hij zich om om mij zo'n katerglimlach met gesloten ogen toe te werpen en ik maak daaruit op dat hij gewoon gelukkig is weer op zee te zitten.

Nu we in de noordelijke wateren zijn, zijn er ook roversboten in de buurt. Geen oorlogsschepen, daar ben ik maar wat blij om, maar een heleboel logge, zware plunderboten, beschilderd met de kleuren en de vlaggen van de diverse Families: paarse hagedissen, blauwe wolven, oranje draken. Ik weet niet welke kleur en welk dier waarvoor staan, maar aan boord van elke boot zit een bende gewapende en dreigende rovers. Die met opgeheven schilden zitten uit te kijken. Ze lijken mij met velen, maar Zeph zegt: 'Er zijn niet veel boten op zee. Er is vast iets aan de hand.'

Zeph zit met een van de dekens om zich heen en verbergt zijn helderrode leer.

'Heb je het niet te warm?' vraag ik hem en hij kijkt me kil aan.

'Al die andere Families zullen achterdocht koesteren als zij de Angel Isling-kleuren op een Engelse vissersboot zien,' zegt hij. 'Zonder dat ik mijn kleuren laat zien, zijn we gewoon eenvoudige vissers. Net als jij, Lilo. En dan laten ze ons met rust.'

Ik houd op met mijn pogingen erachter te komen waarom Zeph zo chagijnig is en richt me op het varen.

Omdat Kater nu weet dat alles goed gaat, krult hij zich op op wat netten en valt in slaap.

Wij gaan maar verder – ik varend, Kater slapend, Zeph starend – tot de zon weer naar de einder zakt. Ik begin nu echt genoeg te krijgen van Zephs humeur. Ik begin er zelfs over na te denken of ik al dan niet naar hem toe zal kruipen en hem overboord zal duwen, als hij plotseling roept: 'Hier!'

Hij wijst naar een bocht in de kust, een baai of misschien de monding van een rivier.

'Daar! Daar moeten we naartoe!' roept Zeph en opeens is hij heel iemand anders en een en al hulpvaardigheid. Hij trekt aan lijnen, gebruikt zijn gewicht om te helpen bij het varen en doet alles wat ik hem vraag zo snel als ik hem dat wil laten doen. Misschien had hij alleen maar heimwee?

We zeilen de brede mond van een rivier binnen, die slingert en zich opsplitst in eilanden en kreken.

'Het is nog steeds ingaand tij!' roept Zeph als we ver genoeg binnenslands zijn om de oevers te zien. 'Dat is goed!'

'Hoe bedoel je?'

Hij draait zich om om mij aan te kijken en begint te lachen. 'Dit zijn de Zwarte Wateren. Angel Isling-wateren. Alleen wij weten hoe ze te bevaren, want met laagwater zijn ze heel ondiep. Als je geen Angel Isling bent, dan verdwaal je of raak je vast in de modder. En dan komt de zee binnen en verdrink je!' Hij begint weer te lachen, alsof hij net een goeie mop heeft verteld. Ik vind het helemaal niet grappig en let heel goed op terwijl we stroomopwaarts varen.

We varen een vreemde wereld binnen. Een moeraswereld. Dit is precies waar ik vandaan ben gebleven vanaf het eerste moment dat ik op het water kwam.

'Moerassen pakken je, laten je aan de grond lopen of opzwellen van koorts.' Dat is wat Grootje altijd zei. 'Maar als ze je zelf niet te pakken krijgen, dan woont er genoeg volk in dat je de keel wil afsnijden.'

Maar goed, hier ben ik dan toch; we varen in een grote lappendeken van wuivende, ruisende rietstengels en donker sprankelend water. Een paar lage eilanden steken hier en daar de kop op, bedekt met kronkelige, dood lijkende bomen of de gebroken muren van vervallen gebouwen, maar meestal vind je alleen het water en het riet en de wind die kreunt. Kilometers en kilometers wind en riet, dat zich grijs-blauw-groen uitstrekt tot de einder. Kilometers en kilometers kronkelige sloten, die draaien en keren als het koord van een net.

'Is dit ondergelopen land?' vraag ik Zeph.

'Natuurlijk is het dat. De zee heeft het helemaal opgevreten.'

Kater wordt wakker en begint vreemd te janken. 'Merjauwl,' roept hij en hij loopt van links naar rechts, kijkt naar de oevers.

'Wat is er?'

Maar Zeph antwoordt in zijn plaats.

'Waarom vraag je dat die kat de hele tijd? Denk je dat hij je kan helpen varen?'

'Natuurlijk niet,' zeg ik snel. 'Hij is maar een huisdier, meer niet.'

'Nou, dan zou hij zijn bek moeten houden,' zegt Zeph.

Ik zeg niks, kijk alleen maar goed naar wat Kater kan verontrusten: de rivier, de sloten die uitwaaieren tussen het riet, de eilanden met hun dode bomen.

Ik staar naar de dode bomen.

Ik staar naar één dode boom.

Hoe die beweegt, achter een andere glijdt. Hoe een vierkant rood zeil zich ontvouwt aan een van de iets te rechte takken. Hoe de beslagen boeg van een roversdrakenboot vanachter een eiland tevoorschijn komt.

Zeph gooit de deken af en zijn leer is precies dezelfde kleur rood als het roverszeil. Hij gaat overeind staan en begint te wuiven en te roepen: 'Hier! Hier moet je wezen!'

Kater jankt en loopt heen en weer. Zeph roept en wuift. De drakenboot met haar rode zeil en haar leeuwenpatroon schiet op ons af door een nauw kanaal en duwt daarbij het riet opzij in het langsvaren. Zwaarden glinsteren en schitteren terwijl mannen in heldere wapenrusting zich vooroverbuigen over de boeg.

'Wat doe je?' roep ik tegen Zeph, maar hij antwoordt niet, dus grijp ik Kater, houd hem stevig tegen mij aan terwijl hij probeert los te komen en aan het miauwen slaat.

'Ik ben het! Zephaniah, zoon van Medwin,' roept Zeph en er stijgt als antwoord een kreet op van het roversschip. Riemen gaan het water in, flitsen, de boot wendt, vaart pal op ons af en komt langszij. Een schaduw valt over ons heen, de schaduw van het zeil en de schilden van de krijgers en hun puntige zwaarden.

Zeph draait zich om en glimlacht tegen mij. Een bittere, gemene glimlach.

Hij zegt: 'Dit zijn de wateren van mijn vader, Medwin de Ongetemde. Hij is de hoogste Baas van alle Families. En nu zul jij erachter komen hoe hij omspringt met smerige Engelse spionnetjes. *Lilly* Melkun.'

17

In de windgalerij

Vader slaat me op mijn rug en zegt: 'Goed gedaan, Zeph, ik ben trots op je.' En dan ontplooit zich een grote grijns over mijn hele gezicht.

Ik ben weer terug in de windgalerij, maar nu niet stiekem. Deze keer werd ik door Ims binnengebracht. Alle windpoorten zijn opengegooid en de windgeesten fladderen rond de vlaggen, rond onze hoofden. Sprankelend zonlicht dringt binnen van het water en schittert in mijn ogen.

Faz, vaders Windspreker, knijpt zijn donkergroene ogen dicht tegen het licht. 'De geesten werpen hun schittering over ons. Zij zijn vast behaagd.'

'En waarom niet?' zegt vader. 'Alles verloopt volgens plan, of beter nog.' Hij loopt naar de oostpoort, grijpt de post met zijn sterke handen en leunt naar buiten, om naar de moerassen, de eilanden en de zee daarachter te kijken. Hij komt terug, opent zijn armen en schreeuwt: 'Hoor mij, winden! Vandaag zijn de Engelse plannen ons een spion te sturen om ons ten val te brengen voorgoed een halt toegeroepen. Vandaag is de spion in mijn handen gevallen. En dat dankzij mijn zoon, Zephaniah. Die mij vervuld heeft met trots.'

Ik heb het gevoel dat ik uit elkaar barst, zo gelukkig ben ik. Of dat mijn hart zo uit mijn borst gaat springen. Vandaag vertelt vader de winden niet van zijn plannen, of van Roba, of van een andere krijger, hij vertelt van mij! Ims legt een hand op mijn schouder en grijnst naar mij.

'Goed gedaan, Zeph,' zegt hij en hij glimlacht.

De windgeesten blazen in ons gezicht, spoeden zich dan door de noordpoort naar buiten en laten onderweg de windgong tinkelen. Buiten op de veranda klinken gelach en applaus. Iedereen vindt het leuk als de geesten vanuit de galerij naar de menigte waaien.

Er is vandaag een hele menigte op de veranda verzameld – het lijkt wel alsof alle krijgers van de Familie hier staan. Ze kijken toe en wachten af. En achter hen staat vrijwel de hele rest – alle vrouwen en bijzitten, oude en ook de jonge mannen. Maar deze keer verhinderen ze mij niet mijn vader op te zoeken. Deze keer staan ze naar mij te kijken!

Het was gemakkelijk zat die Engelse heksenmeid pardoes in de val te laten lopen. De plaats waar de Zwarte Wateren en de oostelijke zee elkaar bereiken wordt altijd bewaakt en elk schip dat niet de rode vlag van Angel Isling voert wordt geënterd of vernietigd. Alles wat ik moest doen was onder een deken zitten en niks zeggen. Het wachtschip kwam recht op ons af, als een scherp getande snoek die naar een vorentje hapt.

En daarna, toen die stinkende meid en haar stinkende kat gevangen waren genomen en ik vertelde wat er aan de hand was, voer de meester van het wachtschip ons rechtstreeks naar de hal. Door de moeraskanalen, met de nachtvogels die overal om ons heen zongen. Maar ik heb niet geslapen of wat ook. Ik kon niet, ik bleef maar denken aan dat meisje, hoe ze zo sluw en zo leugenachtig had kunnen zijn. Zelfs Ims was door haar om de tuin geleid, daar in Londen, ook hij had niet gezien hoe alles wat zij deed een vuil spelletje was. Maar vanbinnen kook ik nog steeds van woede: ik dacht dat ze een jongen was, Lilo genaamd, ik dacht dat we vrienden waren, ik dacht dat ik mijn vriend hielp die weg wilde uit zijn smerige familie. En al die tijd was het een leugenachtige spionnenheks. Die me voor de gek hield.

Ims zegt dat het de windgeesten waren die haar ontmaskerden, daar op het eiland.

'Ga maar na, Zeph. De winden brachten de mist en namen de lucht uit de zeilen. Ze stuurden jou naar het eiland, zodat zij konden onthullen dat die Engelse meid een spionnenheks was.'

En volgens mij heeft hij gelijk, want het was een briesje in mijn gezicht dat mij wakker maakte. En toen ik mijn ogen opende in de duisternis, hoorde ik de onechte Lilo ons kamp verlaten. Ik stond daar verder niet bij stil, maar het briesje was koud, dus ging ik rechtop zitten en probeerde wat hitte uit het vochtige vuur te krijgen. En net toen ik zat te vloeken omdat het een nutteloze smeulende klomp bleef, hoorde ik stemmen.

En het eerste wat ik dacht? Ik was bezorgd dat mijn vriend wellicht in de problemen zat!

Dus ik kroop door de bosjes naar de andere kant van het eiland en daar was die zogenaamde Lilo, in gesprek met een spook! Het dreef in de lucht, pal naast hem. Ik stond op het punt mijn vriend te hulp te schieten en hem te redden van de boze geest toen ze weer begonnen te praten.

En op dat moment besefte ik wat voor idioot ik was geweest. Want hij zat helemaal niet in de problemen, hij was helemaal niet in gevaar door dat spook. Hij had er een soort bondgenootschap mee. Hij zat ermee te kletsen. Hij vertelde het hoe hij mij had beetgenomen, hoe hij zijn best deed de oorlog te stoppen, een gijzelares terug te krijgen. Mijn vaders oorlog! Mijn vaders gijzelares!

Niet Lilo, maar Lilly. En helemaal geen vriend, gewoon een Engelse heks die eropuit was Angel Isling ten val te brengen.

Ik ben omgedraaid en weggerend. Snel, rustig terug naar het kamp. Mijn eerste gedachte was om mijn mes te pakken. Haar in mootjes te snijden. Haar te laten zien wat er gebeurt met spionnen. Maar toen ik het mes uit de schede trok, kreeg ik een ander idee. Een beter. Ik zou die heks mee naar huis nemen, haar voor mijn vader vangen.

Dus ik ging weer onder mijn deken liggen, sloot mijn ogen alsof ik nog steeds aan het pitten was. En toen ze terugkwam, deed ik zelfs alsof ik lag te snurken.

Nu heeft ze wat ze verdient. En ik zit hier bij mijn vader. Als ze me de volgende keer ziet, zal ze om genade smeken, niet liegen en lachen!

'Zeph blijft,' zegt mijn vader tegen de Windspreker. 'Hij kan de plaats van het zuiden nemen, want vandaag is hij de zuidenwind, hij brengt ons goede gaven!'

Faz wijst met een hoofdknik op de bank voor het zuiden. Ims zit er al op en hij wenkt me.

'Hier Zeph. Je hebt de plaats verdiend.'

Ik neem mijn plaats in, mijn plaats in vaders raad! Ik ga hier vandaag zitten terwijl mijn vader zijn oorlog bespreekt met Ims en de Windspreker. En iedereen elders zit buiten op de veranda en spitst zijn oren om te horen wat hij kan horen.

Twee weken geleden zat ik op de veranda en niemand liet me door. En moet je me nu zien!

Ik moet me omdraaien om naar vader te kijken, die voor de westpoort zit. West is de krachtigste wind, de sterke wind, de wind die stormen en verwoesting brengt, die het land verscheurt en de kust verandert. Dat is wat een Baas ook moet doen, stormen over de Engelsen en de Schotten brengen. Vader zit niet op een of andere oude bank. Nee, hij heeft de grote stoel, degene waarop de Baas heeft gezeten sinds de Ineenstorting. Vader is de vijftiende Baas sinds die tijd en ik zou de zestiende moeten worden. Maar dat doet er nu niet toe, wat ertoe doet is dat ik binnen zit bij vader. Want iedereen droomt ervan in de raad te kunnen zitten, zelfs als hij nog maar zwaarddrager is, te klein om een schild vast te houden. En nu zit ik hier!

Faz zit voor de oostpoort, want alleen de Windsprekers kunnen daar veilig gaan zitten. Dan blijft dus alleen noord nog over. Waar die stinkende, stomme Aileen mag zitten. Zij heeft geen enkel recht! Ze is gewoon een slavin, niet eens familie! Vader heeft haar vijf jaar geleden meegenomen. En ik herinner me nog wat de Schotse slavensmokkelaar over haar zei, toen hij haar verkocht.

'Eersteklas. We hebben haar al een poosje geleden gekocht, dus is ze goed afgericht.'

Wat een leugen was dat, hij wilde gewoon van haar af. En nu zit ze hier. Mijn moeder was Hoge Familie, uit Chell Sea. Zij was een echte Baas-Vrouw, niet een of ander deerntje, dus had ze het recht om in de raad te zitten. Maar de enige rechten die Aileen heeft, kreeg ze omdat ze mijn vader aan de haak heeft geslagen.

Ims stoot mij aan.

'Het is een goeie dag voor jou geweest.'

Faz knikt en strijkt de rode geestwimpels die in zijn haar gebonden zitten glad.

'De winden hebben genoegen in hem geschept.'

Ims grinnikt. 'Het gaat een makkie worden om dit Engels meisje uit te horen. Die meisjesjongen. Heeft geprobeerd Zeph in Londen te grazen te nemen, maar hij heeft haar voor ons gevangen!'

Mijn vader glimlacht, zijn strijdbare glimlach.

'Dat is zo zeker als wat! En Zeph krijgt zijn deel in het onderzoek. Hij bracht haar binnen, hij krijgt de eer.'

Vader trekt zijn gordeldolk uit de schede en weegt hem in zijn hand. En dan, nog steeds met die glimlach, werpt hij me hem toe.

Drie hartenkloppen lang vliegt de glimmende punt haarscherp door de lucht. In de eerste hartenklop vecht ik tegen mijn lichaam, dat mij op de vloer wil hebben. Alleen een zwaarddrager zou dat doen, ik blijf stil zitten. Bij de tweede hartenklop staat het koude zweet in mijn hand, die zich opmaakt om te vangen. Bij de derde hartenklop steek ik mijn hand uit. Iedereen kijkt, nu moet ik goed opletten. Ik wacht tot het draaien van het lemmet het heft in mijn hand legt en dan sluit ik mijn vingers. Ik doe het niet goed! Maar voor de ogen van mijn vader kan ik het mes niet laten vallen! Ik voorkom dat het uit mijn hand glipt door het met mijn handpalm te grijpen en vast te houden, ook al snijdt het lemmet erin. Zodat ik bij de vierde hartenklop het mes omhooghoud en mijn hand zo draai dat niemand het bloed warm en stiekem in mijn mouw ziet druipen.

Vader knikt me toe.

'Gebruik dat mes als we de heks binnenbrengen. Als ze niet praat, mag jij haar beproeven.'

Ims glimlacht mij toe en lijkt helemaal in zijn sas. Ik slik, want ik heb nog nooit een mes op iemand gebruikt, niet echt. Nou ja, ik heb ooit Amufi bang gemaakt om hem te laten vertellen waar hij die reep Franse chocola had verstopt die hij van zijn moeder had gekregen, maar ik denk niet dat dat telt.

Aileen zit me aan te kijken. Ze kijkt zuur. Snel houd ik mijn hand omlaag, want ze staart naar mijn hand, precies naar de plek waar het bloed in mijn mouw druipt. Ze doet haar mond open, alsof ze me gaat verraden, maar ze krijgt de kans niet, want er komt een hoop geschreeuw en geroep van de veranda.

'Kom op! Laat me door!' klinkt een stem. Een puisterige snotneuzenstem.

De krijgers die bij elkaar staan aan de noordpoort gaan een beetje aan de kant en maken een opening. Daar baant Roba zich een weg. Hij vraagt niet eens of hij naar binnen mag, maar komt gewoon naar binnen stampen. Hij vraagt geen toestemming om te mogen zitten, neemt zijn plaats niet op een bank, maar gaat gewoon tegen een van de pilaren staan leunen, met zijn armen over elkaar en zijn hoofd schuin. Hij probeert eruit te zien als een grote krijger en alsof het hem niks kan schelen dat hij buiten deze vergadering is gehouden. Maar als de vlekken op zijn gezicht zo rood worden, dan is hij echt boos.

'Zo, dus dat ettertje is terug,' zegt hij.

'De zoon van de Baas is terug,' zegt Ims. Roba wordt nog roder als hij dat hoort.

'Ik ben ook de zoon van de Baas!' zegt hij. Hij kijkt vader aan. 'Of niet soms?'

Vader knikt, maar snel, alsof het hem niks kan schelen. 'Maar jij hebt mij geen spion bezorgd, of wel?'

'Zag er in mijn ogen niet echt uit als een spion!' zegt Roba. 'Zag er meer uit als een of andere stomme vissersjongen.'

'En hoe moet een spion er dan uitzien, Roba?' vraagt Ims. Roba's vlekken gloeien als kolen in een vuur.

'Jullie weten best wat ik bedoel,' zegt hij.

Vader kijkt hem boos aan. 'Ik heb jou niet gevraagd in deze raad te komen.'

'Het spijt me, *Baas*. Ik dacht alleen dat ik je zoon was en de enige die bij overvallen voor je gevochten heeft. Ik dacht gewoon dat je misschien met me zou willen spreken, in plaats van met dat ettertje.'

'Jij hoeft mij niet te vertellen wat ik moet doen!' buldert vader, die bijna opstaat uit zijn stoel. 'Ík bepaal wie van mijn zoons favoriet is, niet jij! Ík kies wie Baas gaat worden als ik weg ben, niet jij! En ik zal zeker geen bastaard, zelfs niet mijn eigen bastaard, mij laten vertellen wat ik moet doen!'

Roba stottert, krimpt ineen, kijkt nu echt bang. En dat is maar goed ook, want Ims staat al overeind, met zijn zwaard half getrokken, en ook Faz is gaan staan. Mijn broer kijkt naar de grond, naar zijn voeten.

'Het spijt me, vader,' mompelt hij. 'Vergeef me dit gebrek aan respect.'

Maar zijn ogen schieten naar mij en er ligt een belofte in van pijn voor later. Iedereen gaat weer zitten en vader glimlacht halfslachtig naar Roba.

'Nou ja, je hebt me in elk geval laten weten dat je mijn zoon bent, dat kon ik merken aan je temperament. Maar dat gaat je nog een keer je kop kosten, als je niet beter oppast. Ga rustig zitten in het noorden, dan kun je blijven.'

Dat doet Roba, maar leuk vindt hij het niet. Hij wordt gedwongen naast Aileen te gaan zitten. Een bastaard naast een slavin! Hij blijft me vanuit zijn ooghoeken met boze blikken bestoken, dus kijk ik naar hem terug. Spreken is niet nodig, we weten allebei hoe de zaken ervoor staan.

Maar mijn vader ziet niet wat er gebeurt tussen mij en Roba, hij leunt achterover in zijn stoel, slaat zijn armen over elkaar en zegt: 'Wel dan, laten we die Engelse spionnenheks eens bekijken.'

'Wakker worden, jongen. Meisje. Wat je ook bent.'

Iemand schudt me en ik kom uit een donkere droom alsof ik uit een put kruip. Mijn nek doet zeer want mijn hoofd ligt op harde planken. Mijn armen doen zeer want mijn handen zijn samengebonden met ruw henneptouw. Mijn enkels doen zeer van het dragen van zware ijzeren boeien. Mijn hoofd doet zeer van een dikke bult.

'Dit is geen tijd voor jou om te dommelen, spionnetje! Medwin wil je zien.' Ik word weer door elkaar geschud en doe mijn ogen open. Een hele hoop rimpels en grijs haar hangen boven me, met een walmende vetkaars. De vlam schijnt als felle zonneschijn in mijn ogen en ik knijp ze dicht om niet verblind te worden.

'Oké, je bent tenminste wakker.'

Het gerimpelde grijze hoofd gaat een beetje achteruit en nu kan ik de voddige stoffen zak zien die deze figuur als kleding draagt. Aan het uiterlijk kun je het niet afleiden, maar ze klinkt als een vrouw.

'Opstaan.' En een van haar klauwachtige handen komt naar me toe, grijpt mijn kraag, rukt me overeind. Er klinkt gekletter van de ketting die mijn geboeide voeten aan een grote ijzeren ring in de vloer ketenen. Mijn voeten schuifelen als gevoelloze dingen onder me en dan sta ik, wankelend in een poging niet te vallen.

'Waar zijn we?' vraag ik.

'De slavenhal,' zegt ze zakelijk. Ze trekt aan het touw rond mijn polsen, controleert de knoop. 'Jij hebt wel recht op een speciale behandeling, gebonden en geketend. Meestal doen ze dat niet tenzij je al eens geprobeerd hebt te ontsnappen.'

Ze glimlacht wat, alsof ze vriendelijk wil zijn, maar dan klinkt er een mannenkreet achter haar.

'Kom op, mens. Sta niet zo te dreutelen. Het is tijd om dat ratje uit zijn kooi te halen. Het moet wat gaan dansen.' De man begint te lachen en het spoortje glimlach bij haar is meteen weg.

'Natuurlijk meester,' roept ze. 'Ik ben net met het ding bezig.'

De oude vrouw stampt weg. Als haar kaars weg is, raken mijn ogen gewend aan het halfduister en begin ik andere dingen om me heen te zien. Voor het merendeel zijn het vormloze mensengedaantes, die overal om me heen liggen en zitten, bleke gezichten, stil en starend. Alsof ze niet eens durven bewegen. Er is een klein vuur, dat vieze rook naar een gat in het plafond laat opstijgen. Rondom ons zijn ruwhouten muren, die stijf staan van het vuil. Boven sijpelen vlekjes daglicht door het rookgat en een kapot rietdak.

Aan de andere kant van de ruimte is een deuropening met daglicht. Daarin staat een man, degene die heeft geschreeuwd, en hij houdt een stuk stof vast dat de deur moet voorstellen. Ik kan hem niet echt goed zien tegen het licht, maar uit de manier waarop hij staat en aan de vorm van zijn zwaard aan zijn zij weet ik dat hij een roverkrijger is.

De kaars van de oude vrouw is naar een van de liggende hoopjes gedanst. Een kleintje, pal tegen de muur.

'Kom op, liefje,' hoor ik haar zeggen. 'Je moet je diertje nu opgeven.'

Er klinkt gefluister, als van een kind dat smeekt en dan zegt de oude vrouw: 'Het spijt me, liefje. Ik kan er niks aan doen. Als de meisjesjongen dood is kun je die bontzak terugkrijgen.'

De oude vrouw klost weer terug en heeft Kater in een onhandige, wriemelende greep.

'Hier is je helper, meisjesjongen. Hij heeft het arme kind getroost terwijl jij buiten westen was.'

'Schiet eens wat op!' roept de man in de deuropening. 'En hou op met ouwehoeren.'

Zodra hij ziet dat ik sta, springt Kater van de oude vrouw naar mij toe. Hij begraaft zijn klauwen in mijn kleren alsof hij nooit meer los wil laten.

'Het is goed,' fluister ik, terwijl hij zijn neus tegen mij aan duwt, in mijn gezicht spint en ik hem met mijn beide handen probeer vast te houden.

Maar het is helemaal niet goed. Beslist niet.

'Het is een grappig beest, dat staat vast,' zegt de oude vrouw. Ze buigt zich voorover en fluistert: 'Ik kan zijn grijze bont door die kleur heen zien komen. Jij kunt die viskat maar beter proberen te ruilen. Ik zeg niet dat je erdoor vrij kunt komen, maar het zou je kunnen beschermen tegen een langzame spionnendood.'

'Ik ben geen spion!'

De oude vrouw haalt haar schouders op en bukt om met een sleutel aan mijn boeien te gaan zitten frutselen.

'Misschien wel, misschien niet,' zegt ze. 'Nu je eenmaal hier bent, doet dat er niet zoveel toe. Zie mij maar: ik had een heel huis van mezelf en vier volwassen kinderen thuis in Dorchester. Denk jij dat Baas Medwin daar iets om geeft? Natuurlijk niet. Het enige waar hij om geeft is dat hij weer een slaaf heeft.' Ze kijkt mij aan en er is zelfs geen sprankje hoop in haar ogen. 'Luister naar mijn advies. Doe alles wat ze willen. Als je koppig bent, dan bezorg je ze alleen maar het plezier jou te kunnen folteren.' Mijn benen beginnen te beven en mijn handen te zweten. Er klinkt een klik en de boeien vallen open.

'Tijd voor jou om de Baas te leren kennen,' zegt ze, terwijl ze mij en Kater tussen alle mensen met hun trieste, starende gezichten door leidt.

'Een beetje opschieten!' roept de krijger in de deuropening.

'Ze zitten te wachten!' Hij stampt de schemerige vieze hal binnen, de mensen op de vloer schuiven aan de kant en proberen bij hem vandaan te komen. Als hij bij ons is, voel ik een harde, knellende greep om mijn schouder en word ik naar buiten gesleept.

En dat is een andere wereld. Open, wijd, vol zonneschijn en stil water. We staan op een houten vlonder, die op palen rust. Het lijkt een beetje op die in Londen, maar we zitten nu niet boven stinkende modder, we zitten boven naar zee ruikende groene moerassen, die zich tot de verre einder uitstrekken. En we staan onder een heldere, grote hemel, met wolkjes die door het blauw heen huppelen. Ik adem de zeelucht van de laatste warme herfstdagen diep in, Kater snuift ook en is gelukkig. Maar hij krijgt niet veel kans deze nieuwe wereld in zich op te nemen.

'Tijd om dat beest in zijn kooi te stoppen,' zegt de rover gemeen grijnzend. Hij grijpt Kater en stopt hem in een tenen mandje.

'Niet doen!' roep ik, 'dat vindt hij niet leuk!' De krijger begint er alleen maar gemener door te glimlachen.

'Doe je best, vecht maar tegen me, spionnenheks,' zegt hij. 'Dan heb ik tenminste een excuus je te doden.' Maar ik kan niet op tegen een roverkrijger, zelfs niet als mijn handen niet gebonden zijn. Dus ik pak gewoon het mandje met Kater en draag het zo voorzichtig als ik kan, terwijl ik probeer hem door de spijlen heen troostend toe te fluisteren.

De krijger sleept ons mee naar een grote, gegraveerde houten hal die op palen boven het moeras en het water daarachter verrijst. Terwijl de slavenhal half ingezakt en kapot is, is deze goed gemaakt en stevig. De hal is wel honderd passen in doorsnee, met een heleboel kleinere gebouwen en bijgebouwen in de vleugels. En terwijl de slavenhal een verschimmeld rietdak heeft, is het riet van deze hal schoon en goud glimmend in het zonlicht.

'Laat die stinkende Engelse poten van je eens bewegen,' zegt de rover en hij graaft zijn vingers in mijn schouder. Kater miauwt in zijn mand, telkens als ik struikel.

'Het komt wel in orde,' fluister ik tegen hem, maar ik heb het gevoel alsof ik de grootste leugenaar ooit ben. Want wie weet wat er in die hal met mij en Kater gaat gebeuren?

'Ze liegt! Natuurlijk liegt ze om hieruit te komen,' zegt een jonge, slungelige rover met een bespikkeld rood gezicht.

'Ik lieg niet!' zeg ik. 'Ik kwam hier om te betalen voor Alexandra. Ik heb het losgeld meegenomen.'

De rover met de rode pij, degene die niet is gekleed als een krijger, geeft mij een oorvijg met de rug van zijn hand. Niet echt hard, maar hard genoeg.

'Jij spreekt als je dat gevraagd wordt,' bromt hij.

Ik sta in dit vreemde gebouw, voor de rovershal, met uitzicht op zee. Het is eigenlijk gewoon een houten geraamte: pilaren die een vrij dun lijkend dak steunen, dunne muren van gevlochten wilgentenen. In alle vier de muren staan zware luiken open, de bries waait in en uit en laat rode vlaggen fladderen die het plafond en elk kaal stukje muur bedekken.

Ik word in het midden gezet, met Katers mand aan mijn voeten. Pal voor de roversbaas, Medwin, die in de lelijkste stoel zit die ik ooit heb gezien. Hij ziet eruit alsof hij gesneden is uit een klont oud plastic en is vaalgroen, als een stinkende vijver. Al het snijwerk ervan bestaat uit koppen met tongen die uit de mond hangen, brullende beesten en een paar vreselijk uitziende dingen die misschien mensen zijn. De andere rovers zitten op lage houten banken, waarschijnlijk om duidelijk te maken wie hier de baas is. De grote rover die erbij was toen ik Zeph in Londen ontmoette, is er ook. Ims. Zeph zit pal naast hem. En er is ook nog een vrouw.

Ik heb nog nooit een roversvrouw gezien en zij is niet wat ik verwacht had. Ze heeft een gezicht als een porseleinen pop, rood haar dat krullend over haar rug valt en ze draagt een blauwzijden jurk, die over een paar glimmend blauwe schoenen met hoge hakken omlaaghangt. Ik heb nog nooit zulke mooie kleren gezien, zelfs de vrouw van de Premier had niet zulke kleren. Maar ze ziet er wat stijfjes uit, alsof ze zich schrap zet voor wat er nu gaat gebeuren. Wat mij een kil, angstig gevoel vanbinnen bezorgt. Want zij weet wat er gaat gebeuren en ze vindt het niet leuk.

Ims wendt zich tot Zeph. 'Toen jij dit Engelse wicht ontmoette, wat zei ze toen dat ze was?'

'Visser,' zegt Zeph, die mij boos en met gefronste wenkbrauwen aanstaart. 'Maar dat was een leugen. Alles wat ze zei was een leugen. Dat weet ik, want dat heb ik op het eiland gehoord.'

Het koude gevoel vanbinnen wordt nog kouder. Zeph heeft vast niet liggen slapen! Heeft hij de kop gezien? Is dat de reden waarom ze denken dat ik een heks ben? En wat heb ik ertegen gezegd? Ik kan mijn gedachten niet bij elkaar rapen om me het te herinneren. In zijn mand begint Kater te janken.

'Nou, dat vind ik interessant,' zegt Medwin. 'Waarom zou een Engelse meid overal heen gaan met een kat? Er is maar één soort kat waarvan ik weet dat die zoveel zorgen waard is...'

'Ze zat altijd te kletsen over wat hij aan het doen was, of hij nu zat te janken of niet,' zegt Zeph zuur.

Medwin kijkt mij aan. 'Dus, kleine heks, hebben wij hier soms een viskat?'

Ik zeg niks, probeer mijn gezicht zo uitdrukkingsloos als mogelijk te houden. Kater is voor mij geen ruilmiddel.

Medwins ogen schieten naar de magere, roodharige krijger.

'Roba, was jij niet op zoek naar een viskat, bij de laatste overval?'

De rode slungel haalt zijn schouders op.

'Die was er niet. Alleen maar een of andere ouwe visteef. Vervelend wijf.'

Grootje! Dat moet aan mijn gezicht te zien zijn geweest, want Medwin glimlacht.

'Roba, moet je die heks zien. Ziet eruit alsof ze wat gaf om dat ouwe wijf. Waarschijnlijk een andere heks.'

Roba werpt mij een blik toe. 'Waarom zou iemand wat geven om een oud viswijf? Het kostte niet eens een minuut om haar af te maken, ze was gewoon een zak vol ouwe botten.'

En dan begin ik te gillen, hem uit te schelden en probeer ik bij hem te komen. Alles wat ik nu kan bedenken is hoe ik hem wil laten boeten voor wat hij heeft gedaan, omdat hij Grootje heeft vermoord. Maar ik kan het hem niet betaald zetten. Hij staat op van zijn bank, kijkt op mij neer vanuit zijn toegeknepen blauwe oogjes en begint te lachen. Dan geeft hij mij een harde klap op mijn borst, alsof ik niks ben, en beland ik languit op de vloer. Ik kan mijn handen niet vrijmaken om mijn val te breken, want ze zijn gebonden, dus val ik hard op mijn rug, zo hard dat mijn adem stokt.

'Moet je haar zien glibberen!' lacht hij. 'Net als het stinkende visje dat ze is.'

Medwin zit te grinniken. Maar de vrouw niet. En Zeph heeft een vreemde blik op zijn gezicht, eentje waarvan ik niet weet wat hij betekent.

'Sta op, heks,' zegt Medwin na een poosje. 'Ga terug op je plaats en probeer verder geen stomme dingen uit te halen. De enige reden waarom ik je nu niet meteen afmaak is dat je me wat kunt vertellen over de Engelsen.'

Ik strompel overeind, niemand helpt me en ik ga weer naast Kater in zijn mand staan. Hij mauwt naar me met zijn neus tegen de wand. Maar ik kan niks doen om hem te helpen. Ik kan mezelf niet eens helpen.

Medwin kijkt naar de man in de lange rode pij.

'Wat vind jij van dit alles, Faz? Is dit meisje een heks? Werkt zij voor Randall? Wat zeggen de winden?'

De priester, of wat hij ook is, begint de zaal rond te lopen. Hij loopt langs een grote open deur, dan langs de volgende. Hij houdt zijn hoofd schuin, alsof hij luistert. Iedereen kijkt naar hem.

Dan blijft hij staan en begint te praten alsof hij half slaapt.

'De winden zeggen: de dingen zijn niet wat ze schijnen. Zij

zeggen: er is waarde in wat wij hebben gevangen, maar het is niet wat wij denken dat het is. Zij zeggen: wij moeten zoeken op onverwachte plekken.' Daarna staat hij stil, alsof hij in slaap is gevallen op de plaats waar hij staat.

Nu spreekt de vrouw. Zachtjes, met een vreemd slissende stem.

'Misschien moeten we het meisje daarover ondervragen? Zij weet misschien wat bedoeld wordt met die onverwachte plekken, waar de waarde ligt.'

'Dat probeer ik nu de hele tijd al te vertellen!' roep ik. 'Ik kwam om Alexandra Randall te halen. Ik heb waardevolle dingen om voor haar te betalen. Echt waar.'

De priester komt nu prompt weer uit zijn trance en geeft me weer een oorvijg. 'Jij doet alleen je mond open als je dat gevraagd wordt.'

Medwin kijkt naar de vrouw, zijn gezicht krijgt een zachtere uitdrukking en iets verandert in zijn blauwe ogen.

'Jij denkt dat wij meer van dit Engelse ding te weten kunnen komen, Aileen?'

Ze knikt en Medwin glimlacht. Heel even ziet hij eruit als een gewone man die met zijn vrouw praat. Maar als hij zich weer tot mij wendt, wordt zijn gezicht hard en zijn ogen glinsteren. Ik denk dat hij mij zonder er verder bij stil te staan kan doden.

'Dan wordt ze onder het mes genomen.'

De vrouw schrikt. 'Nee schat, dat bedoelde ik niet. Ze is nog maar een kind. Kunnen we haar niet gewoon vragen stellen?'

Medwin glimlacht. 'We zullen haar vragen stellen en het mes zal ons laten weten of het de waarheid is die we horen.' Hij schudt zijn hoofd tegen de vrouw, alsof ze een raar mens is. 'Verspeel je medelijden niet aan een Engelse heks. Er is niet één Engelsman die zijn eigen moeder niet voor een paar penning zou verkopen. Ik heb geen tijd te verspillen en beproeving met het mes is de manier om snel antwoord te krijgen.'

Hij kijkt naar buiten, waar honderden krijgers rondhangen.

'Breng het rad binnen!' roept hij en er stijgt gejuich op uit de menigte.

Buiten klinken voetstappen en geschuifel en dan rollen twee grote krijgers, een met een grote neus en een ander met een vette smoel, een massief houten wiel door de deuropening. Ze doen het heel langzaam, alsof het zwaar is. In het midden zit een grote ijzeren klem en rond de rand nog vijf andere. En het is helemaal bedekt met bruinrode vlekken.

Bloedvlekken.

19

Onder het mes

'Kom op, Zeph,' zegt vader. 'Pak dat mes en laat het zijn werk doen. Het is jouw voorrecht deze heks te mogen berechten, want jij hebt haar aangebracht.'

Aron en Prent, twee schilddragers van vader, zetten het rad op. Ze grommen, hijsen het op een dikke ijzeren as die in de pilaar bij de oostpoort zit. Het zware houten rad begint te draaien, maar nog niet zo snel als straks.

Ik kom langzaam overeind, het mes in mijn hand. Het is dun, rechter dan mijn eigen dolk en glinstert als een haaientand. Vader knikt naar Prent, die naar Lilly loopt, haar onder een arm pakt en naar het rad draagt.

'Laat me los!' schreeuwt ze. 'Ik vertel de waarheid! Ik hoef niet te worden berecht!'

Maar ze halen niets uit, al haar leugens. Prent grijnst en drukt haar op het rad terwijl Aron met de boeien begint. Vijf stukken touw, met een lus aan het eind van elk: eentje voor elke pols en enkel en eentje voor rond de nek.

'Je mag pas spreken als je op het rad zit, heks,' zegt Faz. Lilly lijkt hem niet te horen, ze blijft zich verzetten. Maar ze is geen partij voor Aron en Prent, en het duurt dan ook niet lang om de middelste boei rond haar middel en de lussen op hun plek te krijgen. Dan binden ze het andere eind van elk touw aan de buitenste haken, waardoor ze wordt vastgezet. En bij de laatste, als Aron het touw rond haar nek slaat en Prent het aantrekt tot ze net nog haar hoofd kan bewegen, puilen haar zwarte ogen uit en balt ze haar bruine vuistjes.

Kijk, Lilo, Lilly, liegbeest. Dit doet de Familie met liegende heksen!

Nu hoeven alleen de zeilen nog te worden geïnstalleerd en dat doet Faz. Ze zijn maar een paar hand hoog, elk met een korte houten mast. Als zij in de steunen op het rad zitten, ademen de windgeesten erin en begint het rad te draaien. Soms, als de geesten echt boos zijn, wordt degene die aan het rad hangt gewurgd door de zeilen die het maar laten ronddraaien. Tenminste, dat zegt Ims, ik heb het nog nooit gezien.

Vandaag doen de geesten niet veel en de zeilen bollen alleen een beetje. Maar het rad begint toch te draaien en Lilly's ogen worden zwarter en groter. Ik loop naar het rad toe en ga ervoor staan. Mijn vader knikt me toe en ik hef het mes op.

'Dit is...' begin ik en ik word knalrood want mijn stem piept en ik breng geen geluid meer uit. Ik moet de woorden juist uitspreken, zoals Ims mij heeft geleerd bij wapenpraktijk. Ik slik en begin weer.

'Dit is de berechting door het mes, die de waarheid naar buiten zal brengen. Als je de waarheid spreekt zal het mes je sparen. Als je vals spreekt zal het mes je niet sparen.'

Het zweet staat in mijn handen, maar ik kan het niet aan mijn been afvegen, want dan zouden de anderen het weten. Ik ga hier geen potje van maken. Niet nu Roba me zit aan te staren en dat maar al te graag wil. Ik pak het heft beter vast en zeg: 'Ik ben klaar.'

Nu doet Faz een duit in het zakje.

'Ik stel de vragen,' roept hij. 'De werper werpt het mes. En het mes vertelt de waarheid.'

'Vraag het mes waarom die Engelse meid over haar familie heeft gelogen,' zegt vader.

'Ik stel de vraag,' zingt Faz. 'Waarom heeft de Engelse meid gelogen tegen de zoon van de Baas?'
'Dat heb ik alleen gedaan om hier te kunnen komen!' roept Lilly. 'Ik heb losgeld voor Alexandra Randall, van haar tante!'
Ik pak het lemmet van het mes in mijn rechterhand, voel wat het weegt en hoe het in balans is. Nu hebben de geesten de zeilen van het rad laten bollen en draait het snel. Lilly's hoofd schiet naar de bovenkant van de cirkel, gaat dan weer naar beneden en haar voeten draaien onder haar uit. Haar bruine gezicht is bleek geworden, als zonlicht op hout en het lijkt alsof ze gaat kotsen. Haar blikken kleven aan het mes dat ik vastheb.
'Doe je ogen dicht, Zeph,' zegt Faz, 'zodat het mes zijn werk kan doen.' Alsof ik een jochie ben en niet weet hoe de berechting te werk moet gaan. Maar ik zeg niks, doe alleen mijn ogen dicht. Dan is er een tikje, een draai en het mes vliegt uit mijn hand. Ik open mijn ogen weer en daar suist het door de lucht, spinnend en glinsterend. Recht op het rad af, recht op Lilly af. Ze verzet zich bij het draaien, verzet zich tegen haar banden, maar het helpt niets!
Bang! Het mes slaat in! Lilly schreeuwt, draait in de touwen. Ze kijkt naar haar hand, naar het mes dat eruit steekt en het bloed dat over het hout druipt. De streep rood kruipt rond het rad onder het draaien. Lilly lijkt nu echt te gaan overgeven.
Faz stapt ernaartoe en staat het mes met veel ophef te bekijken. Alsof ik het verkeerd gedaan heb of zoiets.
'Hmm,' zegt hij. 'Een sneetje. Niet veel schade.' Hij trekt het mes eruit.
'Au!' roept Lilly en meer bloed druipt over het hout.
'Weinig schade betekent enige waarheid,' zegt Faz. 'Maar elke druppel bloed betekent een leugen. Het kan zijn dat er meer antwoorden op de vraag zijn.'
'Vraag nogmaals,' zegt vader.
'Nee!' schreeuwt Lilly, met een heel bang stemmetje.
'Ik weet al wat,' zegt mijn vader. 'Vraag haar maar of ze een viskat heeft.'

'Dat heb ik jullie toch verteld!' roept Lilly. 'Je hoeft geen messen naar me te werpen!'

Aileen zegt: 'Medwin, laat haar zonder het mes antwoorden.'

Vader neemt niet eens de moeite haar te antwoorden. Alleen een stomme koe als Aileen kan zoiets zeggen. Waarheid of bloed, zo gaat het nou eenmaal.

Faz geeft me het mes terug, nu rood aan de punt door Lilly's bloed. Ik moet het weer werpen. Ik moet het blijven werpen tot dit voorbij is. Waarschijnlijk tot Lilly te ziek of te zwak is om nog te spreken. Of tot ik haar met een worp vermoord.

'Sluit je ogen,' zegt Faz.

Ik pak het mes vast, kijk goed naar het rad met Lilly erop. Ze is verstijfd en zet zich schrap tegen de touwen, haar handen tot vuisten gebald met witte knokkels, eentje met rood dat door haar gesloten vingers lekt. Mijn keel wordt plotseling droog. Lilo was mijn vriend en Lilly lijkt erg op hem. Lilly is hem. Is hem niet. Ik sluit mijn ogen en hef mijn hand op.

Faz zegt: 'Ik stel de vraag. Heeft degene op het rad een viskat?'

'Ja!' snikt Lilly. 'Hij is een viskat. Hij is mijn kat, hij heeft mij verkozen. Ik heb hem geverfd zodat hij in Londen niet op zou vallen. Net zoals ik mij als jongen verkleed heb, zodat ik hulp kon krijgen in Londen. Mevrouw Denton heeft een brief geschreven aan een Londense handelaar met een verzoek om hulp om Alexandra te vinden. Maar een man had haar moeten brengen, niet ik. Dus heb ik haar bestolen.'

Ik kan het niet helpen, ik laat mijn werphand zakken en open mijn ogen. Lilly kijkt me aan terwijl ze ronddraait.

'Het spijt me, Zeph, dat ik tegen je gelogen heb. Ik wilde alleen maar mijn dorp helpen. De Premier is van plan iedere kapitein op te laten hangen omdat ze Alexandra hebben laten ontvoeren. Ik ben geen spionne. Ik dacht alleen dat als ik Alexandra mee terug zou krijgen, Randall ons dan niet zou straffen...' Tranen komen uit haar ogen, rollende cirkels over haar gezicht en in haar korte, dichte haar.

Liegt ze nou? Of vertelt ze de waarheid? Het mes hangt tussen mijn vingers, maar Faz grijpt mijn hand en duwt hem omhoog zodat hij klaar is om te werpen.

'Niet kijken! En ook niet luisteren!' snauwt hij. 'Alleen het mes voelen. Alleen het mes kan de waarheid vertellen.'

Ik sluit mijn ogen weer, maar ik ben niet rustig meer, niet meer geconcentreerd op de worp. Mijn hoofd loopt om door alles wat Lilly gezegd heeft. Als ze nu eens de waarheid vertelt? Maar wat als dit gewoon de zoveelste leugen is? Ik moet het mes werpen, dat zal ik doen.

Ik weeg het mes in mijn hand en werp. Maar deze keer doe ik mijn ogen niet open om te kijken. Dat kan ik niet. Er is stilte, dan een gil, dan de klap van staal in hout.

Flits! Mijn ogen zijn open, daar is Lilly, die slap hangt op het draaiend rad, zuchtend en steunend. En daar is het mes. Maar het zit in de brede kring hout, ver van haar hoofd! Het is niet in de verste verte bij haar in de buurt!

'Waarheid!' roept Faz.

En ik grijns Lilly toe. Ze deed slechts een poging haar vrienden te helpen! En daarvoor zal vader haar toch niet doden, wel? Nu zeker niet, nu hij haar viskat heeft en wie weet wat nog meer. Ik zal hem vertellen hoe Lilly in feite Lilo is, mijn vriend. Hoe ik hem, haar, verstoten verwantschap heb aangeboden. Vader zal haar loslaten halen en dan zal het allemaal voorbij zijn.

Vader grijnst, gezeten in zijn grote stoel.

'Goed gedaan, Zeph,' zegt hij. 'Een beetje waarheid uit de Engelse meisjesjongen. We hebben een viskat en nog wat beproeving zal de rest wel boven water halen!'

'Maar ze heeft de waarheid verteld!'

Vader kijkt verrast, fronst dan naar mij, met harde en kille ogen.

'Word jij week, Zeph? Dit Engelse geval wist door leugens de wateren van Angel Isling te bereiken. Je zei dat ze met spoken sprak. Ze is iets van plan, ook al heeft Randall haar niet gestuurd, en de berechting houdt niet op tot ik weet wat er aan de hand is. Waarheid of bloed, nietwaar?'

Hij kijkt mij boos aan en ik word helemaal warm en beschaamd vanbinnen. Iedereen staat naar mij te kijken.

'Ik kan wel gooien, als die etter te bang is om het te doen,' zegt Roba en hij ontplooit zijn gemeenste, smerigste glimlach. Vader kijkt naar Roba, dan weer naar mij.

'Is dat wat je wilt? Dat je broer het doet? Ik ben vandaag zo trots op je geweest. Ga je me nou teleurstellen?'

En ik schaam me zo dat ik niet eens kan praten, ik schud alleen mijn hoofd. Als Roba het mes krijgt, dan probeert hij haar meteen te doden.

Mijn mond wordt droog als zand. Dit is nog niet afgelopen. Dit is pas afgelopen als Lilly dood is. Als ik haar heb vermoord.

20

Verlies van Kater

Ik draai en draai maar rond. Nu eens ben ik beneden bij de houten vloer, dan ben ik boven bij de rode vlaggen aan het plafond. Buiten vervagen de moerassen tot kringen blauwe hemel. Mijn enkels doen zeer omdat mijn gewicht eraan hangt en mijn handen voelen aan alsof ze uit elkaar gaan scheuren. Dan draai ik door en komen de touwen strak rond mijn polsen en mijn nek te staan en denk ik dat ik zal stikken. En telkens denk ik dat ik ga overgeven. Maar ik doe het niet, dat genoegen gun ik ze niet.

De priester buigt naar Medwin, zijn rode pij ruist. 'De geesten lachen je toe, Baas, en brengen je een viskat vlak voor een zeeslag.'

Medwin staat op van zijn grote gegraveerde zetel en doet een paar stappen in de richting van de mand met Kater. Hij steekt er een vinger in, binnenin hoor je Kater blazen.

'Wel, viskat,' zegt hij, 'het ziet ernaar uit dat je een nieuw tehuis hebt gevonden. Angel Isling heeft jou meer nodig dan de vissers!' Hij tilt de mand op. 'Geir? Waar ben je?' roept hij. 'Je kunt eindelijk kattenmaat worden!'

Er klinken geschreeuw en gelach van buiten, waar de menigte rovers staat te wachten. Ik sluit mijn ogen in een poging mijn misselijkheid te onderdrukken, maar dat maakt het draaierige gevoel alleen maar erger. Ik doe mijn ogen weer open en zie een stomme krijger binnenkomen. Zijn leer is oud en versleten, sporen van houwen overal, en er prijkt een grote glimlach op zijn in elkaar gedeukte gezicht, met drie gele tanden in een verder lege mond.

'Dank je, Baas. Dank je,' mompelt hij. 'Je weet niet half hoe gelukkig ik ben. En maak je geen zorgen – na al die uren kattenstudie weet ik nu meteen wat hij zegt. Dat beloof ik je.'

'Hij is van mij, hij heeft mij gekozen!' roep ik. Maar niemand behalve Zeph kijkt mij aan en Medwins handen dragen Kater over aan die tandeloze rover.

'Geir, deze viskat gaat gelukkig zijn bij jou. Waar is hij tot nog toe voor gebruikt? Vis vangen? Nu gaat hij een echt leven leiden. Hij wordt de eerste viskat in de Familie.'

'Hij wordt een held,' zegt de oude rover. 'Hij krijgt het beste leven dat een kat kan hebben.'

Hij neemt de mand over van Medwin en kijkt door de tenen naar binnen.

'Kom maar mee, mannetje,' koert hij en hij tilt het deksel op. 'Kom maar eens kijken wat voor leven je gaat leiden.'

Kater steekt blazend zijn kop naar buiten, zijn oren in de nek, zijn ogen wit omrand. Hij ziet mij op het rad en doet zijn bek open: 'Mriauw! Mriauw!'

'Kater!' roep ik, en dat is alles wat ik kan doen.

De oude rover grijnst, drukt Katers kop terug in de mand en doet hem dicht. Hij houdt een oor tegen de tenen.

'Hij spint!' kraait hij en hij kijkt mij aan.

Maar dat is niet waar! Ik ken Kater, hij ziet er niet eerst bang uit en roept om hulp om dan te gaan zitten spinnen.

'Breng hem terug,' roep ik. Maar de grijze oude rover draagt Kater al naar buiten, naar de woelige, roerige menigte. De wind waait door de zaal, beroert de rode vlaggen onder mij. Licht sprankelt op en neer van het water. Als het op de houten pilaren valt, gloeien ze op tot kastanjebruin. Als het weerkaatst op het rode haar van de vrouw, ontbrandt ze als vuur. Het is net een droom. Een nachtmerrie.

'Deze berechting loopt aardig goed,' zegt Medwin. 'Dus laten we verdergaan.'

'Alsjeblieft Medwin, hou op,' zegt de vrouw. 'Je hebt nu een viskat en ik weet zeker dat het meisje je vertelt wat je wilt weten zonder dat je haar verder hoeft te martelen.'

'Dit is geen marteling, Aileen, dit is een beproeving! We zijn niet meer in Schotland nu.' Medwin grijnst naar Zeph. 'En Zeph heeft nog een heleboel energie, toch?'

Zeph kijkt naar Medwin, doet zijn mond open alsof hij niet zeker weet wat hij moet zeggen.

'Als die etter het niet kan, zal ik hem graag vervangen en het goed doen,' zegt de roodharige rover. Zephs broer. Roba.

Zeph springt op en schudt zijn hoofd.

'Ik kan het wel,' zegt hij gauw.

De priester komt naar me toe, trekt het mes uit het rad. Mijn hand doet zeer op de plek waar het mes erin heeft gesneden, maar ik kan niet zien hoe erg het is, want ik kan mijn hoofd niet genoeg bewegen. Het doet zeer, dat is alles wat ik weet, de pijn straalt uit.

'Nog wat vragen,' zegt Medwin en hij klinkt maar al te gelukkig. 'Laten we meer te weten zien te komen over dat spook. En over dat losgeld dat je beweerd te hebben.'

Vóór mij slikt Zeph en hij sluit zijn ogen. Ik slik en houd de mijne open.

De priester zegt: 'Ik stel de vraag. Heeft degene op het rad een losgeld voor de dochter van de Engelse Premier?'

En deze keer zeg ik niks, want het maakt toch geen enkel verschil. Ik houd mijn mond dicht en ik luister naar het kloppen van mijn hart terwijl ik ronddraai en naar Zephs hand staar. Maar die heft hem niet op. Na een ogenblik doet hij zijn ogen open en kijkt de priester aan.

'Ze heeft niks gezegd. Dan kan ik ook niet werpen, wel?'

De priester kijkt mij boos aan.

'Geef antwoord, Engelse!' zegt Medwin. 'Tenzij je wilt dat Ims hier het uit je slaat. Het maakt het mes niet uit als je al een gebroken arm hebt.'

Zeph beweegt zijn mond en zegt daarmee: 'Zeg iets.' Zijn gezicht is wit en bezweet.

'Ik heb losgeld voor Alexandra,' kreun ik. 'Ik... heb het van haar tante.'

'Heeft Randalls familie een kind gestuurd om met mij te onderhandelen?' buldert Medwin. 'Wilde hij me beledigen, me uitdagen om een gijzelares te doden?'

'Nee! Niet Alexandra doden! Haar tante... heeft me niet eens gestuurd. Ik heb het losgeld gepakt zonder het haar te vertellen. Ik heb de brief gestolen en ik heb het losgeld gestolen. Ik wilde gewoon de dingen oplossen. Mevrouw Denton weet niet eens dat ik hier ben...'

'Genoeg!' snauwt de priester. Hij kijkt naar Zeph, die mij aanstaart met zijn helderblauwe ogen. Zeph schrikt op, alsof hij bang is. Alsof hij niet weet wat er gaande is. Hij sluit zijn ogen en heft zijn arm op. Alles wat ik kan doen is naar hem kijken. Naar zijn hand en naar dat mes, naar zijn gezicht, naar zijn stijf gesloten ogen. Hij haalt zijn arm achteruit, het mes glinstert rood en zilver in zijn hand en... zijn oogleden bewegen! Slechts een spleetje blauw terwijl hij het lemmet laat gaan.

Het mes suist door de lucht. De houten zaal en al die idiote rovers draaien rond dat ene puntje staal. Mijn handen, mijn armen, mijn benen, mijn buik, elk deel van mij zet zich schrap.

Bang!

Het mes treft doel!

Het raakt het hout vlak bij mijn linkerbeen.

Mijn handen, mijn armen, mijn benen, mijn buik, elk deel van mij trilt nu. Nog een worp, weer gemist. Misschien heb ik dan toch geluk?

'Waarheid,' zegt de priester en hij klinkt verrast.

Hij kijkt naar Zeph, naar zijn bezwete gezicht en hoe hij moeilijk slikt. Misschien is het toch geen geluk? Misschien probeert Zeph met opzet te missen?

'Nou dan, kleine Engelse meid,' zegt Medwin, 'waar is de buit?'

'Als ik u die geef, laat u Alexandra dan gaan?' vraag ik en opeens voel ik me een beetje dapperder.

'Als jij die buit aan vader geeft, zal ik je niet opensnijden om te kijken of hij niet in je darmen zit,' zegt Roba, mij glimlachend aanstarend.

Alle dapperheid is meteen verdwenen. Hoe kwam ik er ook bij te denken dat ik hier gewoon naartoe kon varen, de rovers hun losgeld kon geven en weer weg kon varen met Alexandra? Nu is Kater weg, ik word straks weer gevangengezet, als ik tenminste niet gedood word, er is niets wat ik kan doen om Alexandra of Andy of wie dan ook te helpen. Roba trekt een mes uit een schede aan zijn dij, draait het lemmet in het licht, zodat het staal glinstert. Zijn ogen schieten van het lemmet en kijken mij recht aan.

'Het zit in haar gordel,' zegt Zeph plotseling, 'daar zit een zak...'

De priester knikt en een van de twee grote rovers stopt het rad. Ik blijf hangen en bekijk de wereld van opzij, touwen trekken aan mijn pols en enkel.

Mijn hoofd draait nog en is nog duizelig, maar ik draai zelf niet meer en momenteel kan niets me meer schelen. De rover met de grote neus opent de zak en trekt het juweel in zijn doek eruit. Hij pakt het uit en het juweel sprankelt in het zonlicht. Zelfs de rovers schrikken ervan.

'Nou,' zegt Ims. 'Dat is een losgeld dat geschikt is voor de dochter van een Premier! Moet je zien hoe mooi het is.'

Medwin begint langzaam te lachen.

'Wat je zegt,' zegt hij. 'En nu hoeven we ons ook geen zorgen meer te maken over ons Schotse helper. Want als dit niet het juweel is dat ze zo graag willen hebben, dan weet ik het ook niet meer. Geen wonder dat ze ons zo'n prijs hebben betaald. En nu ik het zie, weet ik niet helemaal zeker of ze ons wel genoeg hebben betaald.'

'Met dan ding kun je wel twaalf Pruisische raketten kopen, of twaalf Engelse ministers omkopen,' zegt Ims.

De vrouw is half van haar bank opgestaan en staart naar het juweel alsof ze het wil opeten.

'Mag ik het vasthouden?' smeekt ze, haar handen gretig uitgestrekt.

Ik raak in paniek, want wat gaat er gebeuren als de kop tevoorschijn komt? Dan snijden ze me zeker de keel door. Maar er gebeurt niks als ze het vastheeft, het gloeit niet, het flitst niet, er verschijnt geen kop. Net zoals toen meneer Saravanan het vasthield. Behalve dan dat er een verschil is, want de vrouw kijkt heel intens naar het juweel en draait het in haar handen alsof ze naar iets zoekt.

Medwin begint te lachen. 'Moet je dat wijf van me zien. Gek op snuisterijen.'

Ze kijkt snel op, heel even lijkt het alsof ze zich ergert. Maar dan wordt haar gezicht weer normaal en ze glimlacht.

'Mag ik het een poosje houden, mijn heer?' vraag ze, met een soort meisjesstem. 'Ik beloof er heel voorzichtig mee te zijn.'

'Goed dan, maar denk niet dat je het mag houden. We zullen nog moeten nadenken over hoe we het het best kunnen gebruiken.'

'Dank u, mijn heer,' zegt ze glimlachend.

Medwin knikt naar de priester.

'Faz, je hebt weer eens laten zien wat je waard bent. Buit en een viskat in slechts drie vragen.'

De priester lijkt zelfingenomen. 'Dat hebben de geesten gedaan, niet ik.'

Medwin knikt. 'Jawel, nou, de geesten hebben een paar heel mooie dingen gevonden. En laten we er nu eens proberen achter te komen hoe dat zit met het spook en die hekserij die Zeph heeft gezien.'

De rover met de grote neus zegt: 'Zal ik het rad weer laten draaien?'

Mijn maag keert om bij de gedachte, mijn handen kloppen

van koude pijn en ik moet heel hard slikken om niet misselijk te worden. Zephs gezicht begint weer te glimmen, alsof ook hij misselijk wordt.

De vrouw legt haar hand op Medwins arm.

'Liefste. Laten we nou even wachten. Het is goed gegaan, maar als je het meisje een poosje terugstuurt naar het slavenkwartier, dan kan ze nadenken over haar lot. Dat zal haar tong wellicht losmaken.' Ik krijg ietsje hoop, maar het ziet er niet naar uit dat Medwin het een goed idee vindt. Dan zegt ze: 'En ik ben zo dankbaar dat ik dit juweel eventjes mag bewaren. Zo vreselijk dankbaar. Misschien zou ik je kunnen laten zien hoe dankbaar?'

Ze lacht hem onnozel toe, maar Medwin schudt alleen zijn hoofd.

'Het is verleidelijk, maar je mag later je dank tonen.'

'Laat mij werpen, vader!' roept Roba. 'Ik kan die Engelse meid laten vertellen wat Randall van plan is, dat weet ik zeker.'

'Vader heeft mij het mes gegeven,' zegt Zeph, die weer rood van woede wordt.

'Maar ík voel de wil van de geesten,' zegt de priester, terwijl hij Zeph gemeen aankijkt, 'en zij willen Roba.'

Medwin denkt een minuut lang na. 'Misschien moet Roba maar eens werpen...'

Mijn maag keert zowat om. De angst stijgt me naar de keel, komt in mijn mond, Roba wil me doden, dat is de enige reden dat hij hier is. Hij wil mij afmaken, net als hij Grootje heeft afgemaakt.

De rover met de grote neus haalt zijn hand van het rad en het begint te draaien. In het begin langzaam, maar ik weet dat het sneller zal gaan. Roba loopt grijnzend naar Zeph en wringt het mes uit zijn hand.

'Wat is de vraag, vader?' vraagt hij Medwin en hij blijft mij aankijken.

Plotseling klinkt er geschreeuw en is er lawaai onder de menigte buiten. Een roverkrijger baant zich een weg naar de houten zaal. Hij is moe en bezweet, de modder plakt tot op zijn knieën.

'Baas!' roept hij. 'Ik heb nieuws van Moham Shortarm, op het wachtschip op de binnenlandse wateren. De Engelse vloot is er!'

En meteen zijn ze mij vergeten. Want Medwin en Ims beginnen te schreeuwen en maken zich op voor de slag. De priester begint luid te bidden, de vrouw gaat snel terug naar haar plaats op de bank. Zeph wordt bleek, dan roze, dan weer bleek, en ploft neer op een van de banken.

De enige aandacht die ik krijg is van Roba, die mij aangrijnst vanuit zijn smerige sproetensmoel. Hij komt recht op het rad af, stopt het met één hand, zodat mijn gezicht gelijk is met het zijne. Er is een gemene gloed in zijn ogen, als de binnenkant van een oesterschelp.

'Maak je geen zorgen, visstinker,' zegt hij. 'Ik kom je weer opzoeken als de slag voorbij is. En je kunt er gif op innemen dat ík de volgende keer zal gooien, daar zal ik wel voor zorgen. Dan heb je die etter niet meer die jou met opzet mist.'

21

Kater danst

De oude vrouw kijkt naar mijn hand en fluit tussen haar tanden.

'Heb jij eventjes geluk gehad, meisjesjongen. Ik heb nog nooit iemand met zo weinig wonden van het rad zien komen. Wat verband is voldoende om het weer in orde te maken. Misschien ben je een heks en geluk ermee als dat zo is. Vervloek die rovers maar voor mij.'

Ze sloft weg in de donkere, beschimmelde slavenhal en laat mij achter op de plek waar ik ook vandaan kwam. Ik zit in stilte en staar een minuut lang in het niets tot een stemmetje zegt: 'Heb je je poes niet bij je?'

Het is het slavenmeisje, met haar gezicht onder de smeer, in een vormloze jurk. Die zal ooit wit geweest zijn, maar heeft nu de kleur van vuil. Haar benen zijn mager, met paarse kringen boven en onder de boeien rond haar enkels. Haar ketting leidt naar een grote, zware steen, zo zwaar dat je er tien man voor nodig zou hebben om hem op te tillen, net als de mijne.

'Ze hebben hem afgepakt,' zeg ik en mijn hart breekt als ik aan Kater denk en aan wat de rovers met hem zouden kunnen uithalen.

Het meisje trekt aan haar enkel, rekt haar ketting tot hij strak staat en schuifelt naar mij toe.

'Is het goed met hem, met je poes?' vraagt ze.
'Weet ik niet.'
Ik blijf het maar weer voor me zien. Waarom heb ik ze verteld dat hij een viskat was? Waarom heb ik hem laten gaan? Nu wordt hij waarschijnlijk op een of ander oorlogsschip opgesloten en wie weet wat er dan met hem zal gebeuren?
'Het spijt me,' zegt het meisje. 'Ik vond het zo'n lieve poes. Het was zo'n lekker knuffeldier. Net als mama's hond, Dougal. Dat is een highlandterriër, helemaal wit. De eerste baljuw van de Schotse Thuislanden heeft hem aan mijn papa gegeven, als diplomatiek geschenk. Mijn papa vond hem veel te speels, dus kreeg mama hem. Maar ik vond hem helemaal niet te speels. Hij raakt soms alleen wat opgewonden. En hij is ook zo'n lekker knuffeldier.' Een zucht. 'Ik wilde dat ik naar huis kon om hem op te zoeken.'
De eerste baljuw van de Schotse Thuislanden?
'Ben jij Alexandra Randall?' vraag ik.
Ze schrikt, kijkt heel even bang, alsof ze verwacht dat ze zal worden verraden.
'Alleen mijn huisleraar noemt mij Alexandra,' zegt ze. 'Ik ben Lexy. En hoe weet je hoe ik heet? Heeft mijn papa je gestuurd?' Ze komt op haar knieën overeind en begint om zich heen te kijken, alsof ze verwacht dat haar pa door het kapotte oude dak zal vallen. 'Ben jij hier om mij mee naar huis te nemen?' vraag ze veel te hard.
'Sst!' zeg ik en ze slaat haar hand voor haar mond en blijft rondkijken. 'Je papa heeft me niet gestuurd. Maar ik ben wel gekomen om je mee naar huis te nemen.'
'Heeft de generaal je gestuurd?' vraagt ze door haar vingers.
'Nee. Niemand heeft me gestuurd. Ik bedoel... ik ben uit eigen wil gekomen.'
Haar hand zakt van haar mond weg en ze kijkt naar de deuropening.
'Heb je soldaten bij je?'
'Nee. Ik ben alleen. Ik had losgeld voor je. Van je tante. Ik wilde de rovers betalen en je mee naar huis nemen.'

'Jij kwam met losgeld maar zonder soldaten? En hoe heb je de rovers ervan kunnen weerhouden dat losgeld gewoon van je af te pakken?'

Ik neem aan dat de blik op mijn gezicht genoeg vertelt, want Lexy zakt in elkaar en krijgt weer die bange blik die ze had toen ik haar voor het eerst zag. En dat is niet verwonderlijk. Wat een redder ben ik: geen losgeld, geen Kater en vastgeketend. En waarschijnlijk zal ik door Roba worden vermoord zodra hij daartoe de kans krijgt.

'Waarom heeft mijn tante jou zonder soldaten gezonden?'

'Dat heeft ze niet gedaan,' mompel ik, 'dat was mijn idee. Ik heb een juweel van haar gestolen. Ik dacht dat de rovers alleen losgeld wilden.'

'O,' zegt Lexy en ze schuifelt met haar magere beentjes. 'Maak je geen zorgen. Ik weet zeker dat het in orde komt. Zeph zei dat ze een slaaf van me zouden maken, dat ze me niet zouden doden. Misschien doen ze met jou hetzelfde?'

Wij kijken allebei rond in het stinkende duister van de slavenhal en Lexy fluistert: 'Maar denk jij dat slavernij beter is dan de dood?'

Ik kan niet op een troostend antwoord komen.

De oude vrouw komt terug en verbindt mijn hand met een vies uitziend verband. Daarna gaan Lexy en ik zo dicht mogelijk bij elkaar zitten als onze kettingen toelaten. De stralen licht uit het gebroken dak kruipen over de bemodderde vloerplanken en als ze zwakker en roder worden, weten we dat de dag ten einde loopt. Zo nu en dan komt een verlopen persoon binnen door de deur met de lap stof ervoor, grijpt iets en rent dan weer naar buiten. Maar er is verder niemand in de slavenhal, alleen ik en Lexy, vastgeketend in de hoek. Ik denk dat bij een oorlog iedere slaaf nodig is om slavenwerk te doen.

Als de rode stralen licht breken en verdwijnen en de deur verduistert tot nacht, komen sommige slaven terug. Ze kruipen naar binnen door de deur, zoeken hun plek op en laten zich er neervallen alsof ze te moe zijn om te praten of te eten of iets anders te doen dan daar voor lijk te liggen.

'Ik wil naar huis,' zegt Lexy. 'Ik wilde dat ik terug was bij Dougal.'

Ik wilde dat ik terug was bij Grootje. En dat Kater op mijn schoot bij het vuur lag. En dat Andy langskwam om na de thee te kaarten en dat alles was zoals het was. Maar Grootje is dood, Kater zit in een kooi en Andy zal nu binnenkort wel aan het vechten zijn, misschien bezig dood te gaan. En ik heb niets gedaan om wat dan ook te veranderen. Tranen rollen over mijn gezicht. Boze tranen, dat ik zo stom ben geweest. Bittere tranen, want het doet er nou toch niks meer toe, niks brengt Grootje terug. Ik druk mijn vuisten stevig tegen mijn ogen in een poging om mijn tranen binnen te houden.

Ik ben zo stom! Stomme brief! Stomkop! Stom idee dat ik dacht dat ik wie dan ook ooit zou kunnen redden!

En dan voel ik iets. Een lichte aanraking van iets op mijn knie, zwak en zacht. En ik hoor iets, een stil, voorzichtig gerommel.

'Je poes is er.'

Ik doe mijn ogen open en daar is-ie! Hij zit kopjes te geven tegen mijn knie en wrijft zijn lijf heen en weer om mijn aandacht te trekken. En als hij ziet dat ik kijk, kijkt hij me aan met zijn groene ogen halfdicht. Dat betekent dat hij glimlacht.

'Kater!'

Hij springt in mijn armen en snuffelt aan mijn kin en spint totdat hij uit elkaar lijkt te barsten. En ik aai zijn kop en knuffel zijn oor en bevochtig zijn bont met mijn tranen.

'Hoe ben je ontsnapt? Zit er niemand achter je aan?'

Maar hij vertelt me niks, hij blijft maar spinnen. En al zit ik naar de deur te staren, er komen geen rovers schreeuwend en stampend achter hem aan. En ik weet niet waarom, want de situatie is niet echt veranderd, maar ik voel me een stuk beter. Kater is uit de mand gekomen, dus misschien kan ik ook vrijkomen?

Na een paar minuten hoor ik Lexy zeggen: 'Mag ik hem even vasthouden? Mag ik je poes vasthouden?'

Dus ik geef hem over, want volgens mij heeft zij het net zo hard nodig om opgevrolijkt te worden als ik. Maar ze weet niet hoe ze hem vast moet houden, ze tilt hem in het midden op en daar heeft hij zo'n hekel aan. Hij worstelt zich meteen los en het duurt niet lang of hij zit op de vieze oude vloer. Maar hij lijkt gelukkig en begint zichzelf schoon te likken.

Lexy klopt op haar schoot, in een poging Kater weer terug te krijgen. Maar hij is niet geïnteresseerd.

'Ik weet waar jij zin in hebt, poes,' zegt ze en ze frutselt aan haar hals. Ze trekt een lint uit haar jurk, met een houten kraaltje aan het eind. Dat is een talisman tegen koorts, zoals Grootje mij in bed liet dragen.

'Hier poes. Iets om mee te spelen.' Ze tilt het lint boven haar hoofd en laat de kraal op de planken stuiteren. Tik, tak, kletter, kletter. Kater steekt zijn oren op bij het geluid en als hij het kraaltje over de door het vuur verlichte duisternis ziet dansen, begint zijn kop mee te stuiteren. En hij zwaait met zijn staart en zet zich schrap, een poot komt voorzichtig naar voren... en dan, plats! Hij heeft het kraaltje en stoot verzaligde gromgeluiden uit terwijl hij probeert erop te kauwen.

'Je mag het niet hebben, hoor poes!' lacht Lexy en ze trekt een beetje aan het lint, waardoor het kraaltje uit Katers klauwen schiet. Hij jaagt erachteraan, springend en tuimelend terwijl hij speelt.

'Moet je hem zien rollen!' zegt Lexy.

'Hij kan veel meer dan rollen. Hou het maar boven zijn kop.'

Ze tilt het lint op, zodat het kraaltje boven Katers opgeheven kop zwaait.

'Mriauw!' zegt hij gelukzalig en hij tilt een poot op om het te pakken.

Lexy houdt het lint nog iets hoger. Kater gaat nog verder met zijn kop achterover, tilt zijn andere poot op en dan staat hij op zijn achterpoten, hij laat zijn lange rechte buik zien, zijn grijze poten wuiven boven zijn zwarte kop terwijl hij probeert het kraaltje te pakken.

'Nu danst hij,' zeg ik. Lexy lijkt gelukkig. Ze glimlacht alsof ze thuis is, spelend met haar huisdier, niet alsof ze een slaaf is die in het donker vastgeketend is.

'Hij is gek op dansen,' zegt ze. Dat is ook zo, dingen boven zijn hoofd vangen is een van zijn leukste spelletjes. Ik heb hem zelfs zien opspringen naar vogeltjes die over zijn kop heen vlogen, hoewel hij ze nooit kon pakken. Dus Lexy laat het kraaltje stuiteren en Kater danst eronder rond en we gaan zo op in het spelletje dat we niet in de gaten hebben wat er om ons heen gebeurt. We merken niet dat andere mensen komen kijken. Niet tot er een heel groepje om ons heen zit. Een groepje slonzige, gebroken mensen, die naar Lexy en mij en Kater staren. Slaven, door de oranje getinte duisternis geslopen om Kater te zien dansen.

Lexy laat het lint vallen. Kater verstopt zich achter mij.

'Die kat van je is mooi,' zegt een van de slaven.

'Hij kan zo mooi dansen,' zegt een ander.

'Ik heb ooit een kat gehad,' zegt een vrouw met lang zwart haar. 'Het was een schattig beest, gevlekt met witte pootjes. De beste muizenvanger in de straat, dat zei iedereen.'

'Ik heb nog nooit een kat zien dansen,' zegt een krom mannetje. 'Werd jij gevangen op een kermis of zoiets?'

'Ik heb eens een varken op een kermis gezien dat kon tellen.'

'Elke zomer kwam er een kermis naar ons dorp, maar ik heb nog nooit zoiets gezien.'

'Nou, hier heb je een dansende kat, heb je dat ooit gezien?'

'Kun je hem niet nog eens laten dansen?' vraagt een vermoeid uitziende vrouw met een groot, kartelig litteken over haar gezicht. 'Ik heb nog nooit zoiets hartverwarmends gezien in de vijf jaar dat ik hier zit.'

'Ja! Laat de kat dansen!'

'Alsjeblieft.'

Maar Lexy zit nu ineengedoken en kijkt een beetje angstig. En Kater zit achter mij.

'Geef mij het lint maar,' zeg ik tegen Lexy. Maar als ik probeer de kraal op de planken te laten stuiteren, wil Kater niet meer spelen. Hij wil alleen uit de buurt van al die vreemdelingen blijven. En dat kan ik hem niet kwalijk nemen, na alles wat hij heeft meegemaakt.

'Hij wil niet meer dansen,' zeg ik en de mensen om ons heen beginnen te kreunen.

'Kun je hem er niet toe dwingen?' vraagt iemand.

'Hoe zou dat kunnen? Hij is een kat, hij doet wat hij wil. Denk je dat ik hem moet slaan of zoiets?'

'Nee!'

'Nooit. Geen slaag. Niemand zou slaag mogen krijgen.'

Daarop knikken ze allemaal instemmend en volgens mij hebben ze daar alle reden toe.

'Ik heb je kat zien dansen,' klinkt een stem, hard en krakend. 'Het vuur heeft zijn schaduw pal op de muur geworpen. Hij zag eruit als een grote tijger of zoiets.'

Het is de oude vrouw, die naar ons toe komt. Ze baant zich een weg en de anderen proberen aan de kant te gaan, alsof ze haar respecteren. Of bang voor haar zijn. Ze knikt naar Lexy. 'En ik ben blij dat het kleine ding gelukkig is.' Ze knielt, onhandig en stijf, en kijkt achter mij om Kater te zien.

'Mijn kat verveelde zich snel,' zegt de oude vrouw. 'Als hij een paar minuten geen muis kon vangen ging hij gewoon weg. Misschien verveelt jouw kat zich met dat lint?'

'Ik heb niks anders,' zegt Lexy rustig.

'Maar ik wel!' kraait de oude vrouw. Ze frunnikt in een plooi van haar zakkige jurk en haalt er een lange leren veter uit. Aan het eind zit een metalen ring met twee sleutels. De sleutels van onze boeien.

'Ze maken zo'n mooi tinkelend geluid. Volgens mij vindt een kat dat het leukste.'

Wat Kater het leukste vindt is een warm vuur en een volle buik, maar ik kan haar er niet van weerhouden het te proberen. De oude vrouw pakt de leren veter en laat de sleutels op de vloer ketsen. Tinkel, tinkel, tinkel. En dat trekt de aandacht van Kater, want hij kan nooit weerstand bieden aan dingen die glimmen

– waarschijnlijk doen die hem aan vis denken. Hij steekt zijn kop achter mijn rug uit, dan zijn klauwen en dan voel ik hoe zijn staart tegen mijn rug klapt. Dan springt hij op de sleutels af en iedereen om ons heen begint te lachen.

'Vooruit Nancy,' zegt de kromme man, 'je hebt hem aan het dansen.'

En dat is zo. Ze krijgt hem aan het dansen en aan het springen en aan het rollen en het tuimelen, net alsof er niemand toekijkt. En alle slaven juichen en Lexy lacht en Kater springt maar en grijpt maar. En dan, net als de sleutels pal boven zijn kop hangen, haakt hij zijn klauwen in de metalen ring. De oude vrouw zegt: 'Oei! Laat los. Die sleutels zijn niet van jou!' En iedereen begint te lachen. Maar Kater laat niet los, hij blijft maar aan de ring trekken. De vrouw trekt aan haar sleutels en rekt daardoor Katers poten terwijl hij zijn uiterste best doet om vast te houden wat hij heeft gevangen.

'Dat is pas een echte touwtrekker, Nancy!' zegt de zwartharige vrouw.

'Je zult hem nog pijn doen!' roept Lexy.

De oude vrouw blijft trekken en Kater trekt terug en opeens is er een ruk, een scheurend geluid en knapt de leren veter in tweeën, waardoor de metalen ring met de sleutels uit de greep van de kat schiet, de rokerige lucht in. Er klinkt getinkel als ze neerkomen en geklater als ze over de met modder bedekte vloer glijden en dan stilte, als ze verdwijnen.

'Mijn sleutels!' gilt het oude wijf en ze staart naar de kapotte leren veter die ze nog in haar hand heeft.

Ze valt op handen en voeten, zoekt met haar ogen en handen naar een spoor van de twee sleuteltjes. Alle anderen slaven doen hetzelfde, met een paniekerige blik op hun gezichten. En ik zoek ook, want ik wil niet met ijzeren boeien rond mijn enkels op Roba zitten wachten! Maar het heeft geen zin. De hal is donker, het vuur geeft niet zoveel licht dat je echt iets kunt zien en de vloerplanken zitten vol scheuren en gaten, en zijn bedekt met klonten vuil en resten stro. Niemand kan de sleutels vinden.

Na een poosje gaat de oude vrouw zitten en begint in haar handen te wringen.

'O, wat zal Ims boos zijn. Hij houdt niet van rommel en dingen die fout gaan.' Ze kijkt Kater boos aan. 'Schurftig beest! Moet je kijken wat je hebt gedaan!'

Kater kijkt haar alleen maar aan en mauwt liefjes.

'Ik zou je meteen naar Ims moeten brengen, zodat hij je in zee kan gooien!' zegt ze.

'Nee!' schreeuwt Lexy. 'Je mag die poes niks doen!' En ze grijpt Kater in haar armen en drukt hem tegen zich aan terwijl hij zijn best doet los te komen en boos kijkt omdat hij wordt opgetild.

'Het was niet zijn schuld,' zeg ik boos. 'Hij was met jou aan het spelen. Jij hebt hem die sleutels gegeven.'

'Het mocht wat. Nou zal ik er waarschijnlijk voor moeten betalen met de huid van mijn rug.'

'Komen wij ook in de problemen?' vraagt de zwartharige vrouw angstig.

De oude vrouw fronst. 'Maak je gaan zorgen, Ada. Ik ben hoge slaaf en ik krijg de slaag als er slaag komt. Ik zal Ims vertellen dat de veter gebroken is en dat de sleutels op de vloer gevallen zijn. Dat is dicht genoeg bij de waarheid om eronderuit te komen.'

De andere slaven lijken daardoor gekalmeerd. Ze kruipen stilletjes weg naar hun plek, gaan liggen, hullen zich in dunne dekentjes en voeren fluisterend stille gesprekken.

'En wat gaat er nou met ons gebeuren?' vraag ik. 'Hoe komen wij uit die boeien?'

De oude vrouw begint kakelend te lachen. 'Je moet het als een zegening zien, meisjesjongen. Ik zal de smid erbij moeten halen om jullie los te breken. En met al dat oorlog voeren dat er gaande is, zal hij het te druk hebben met zwaarden en wapentuig en speren en wat al niet om zich te bekommeren om een paar gevangenen. Dus ze kunnen je tenminste niet meenemen om je te doden, niet? Je bent in elk geval in veiligheid totdat het gevecht voorbij is.'

Hier blijven tot na de slag? Maar die wilde ik juist voorkomen! Als ik Lexy naar haar vader had kunnen brengen, zou die slag niet eens plaats hebben gevonden en zou Andy veilig zijn. Nu kan ik niet meer dan ongeveer een meter elke kant uit bewegen.

Ik en Lexy en Kater gaan na een poosje liggen. Zelfs al zijn het harde planken en heb ik maar een dunne deken om me in te wikkelen, ik ben zo moe van alles dat mijn ogen vanzelf dichtvallen. Ik begin weg te doezelen, maar als ik bijna slaap, word ik wakker door een schrapend, klauwend geluid. Muizen? Ratten? Mogelijk zijn er hier ook nog andere dingen. Ik draai me om, probeer te slapen, maar het schrapen gaat verder. Ik heb het idee dat er een kat over me heen rent en dan slaap ik helemaal niet meer, ik wacht gewoon op het volgende schrapende geluid. Ten slotte ga ik zitten. Naast mij ligt Lexy diep te slapen, met een vredig gezichtje, in plaats van bang.

'Kom op dan, ratten,' fluister ik, 'waar zitten jullie?' Maar hoe ik ook om me heen kijk, ik zie niks. Ik zie modder en stro op de vloer, ruwe gepleisterde muren achter mij, een rokerige gloed van het vuur in het midden van de hal. Maar geen ratten. Misschien heeft Kater ze allemaal weggejaagd? Ik zoek hem en na een poosje zie ik zijn grijze poten, die ergens naar zitten te klauwen. Om de paar minuten verdwijnt er een van in de muur.

'Heb je een muis?' fluister ik hem toe. Hij werpt me een blik toe en gaat dan door met waarmee hij bezig is. Schraap, schraap gaan zijn poten. Het was geen rat die me wakker hield, het was Kater.

'Wat doe je?'

Ik schuif naar hem toe. Zijn staart zwiept als een zweep en zijn kop zit pal tegen de muur aan gedrukt. Zijn poot komt terug en ik zie iets flitsen. Iets van metaal.

'Je hebt de sleutels gevonden!' fluister ik en ik moet mijn hand voor mijn mond slaan om niet in lachen uit te barsten. Kater kijkt me aan en glimlacht me toe vanuit zijn zeegroene ogen.

'Prup,' zegt hij tevreden en met een beweging van zijn poot trekt hij de metalen ring met de sleutels uit de scheur. Hij tikt er tegen, alsof hij ermee wil spelen, dan lijkt hij verveeld en slaat ze naar me toe.

'Kater,' zeg ik, 'je bent een genie. Ik begin bijna te denken dat je dit allemaal zo bedacht hebt!'

22
Klaar voor de slag

Vader staat te schreeuwen. 'Hoe bedoel je, hij is weggelopen! Ik ga het volgende tij slag leveren en jij bent mijn viskat kwijt?'

Geir, de oude snuiver, staat met zijn voeten te schuifelen en verzint smoesjes.

'Baas, zodra ik de mand opendeed, was hij net een wriggelende inktvis met klauwen. Ik heb geprobeerd om hem tegen te houden, maar hij beende rechtstreeks de kamer uit en weg was-ie. Ik heb tot zonsondergang naar hem gezocht. Hij moet in het moeras zijn gevallen en zijn verzopen.'

'Donder op! En vind mijn viskat voor me!'

Geir schuifelt weer, beent dan vaders Praatkamer uit en Ims steekt zijn hoofd om de hoek van de deur.

'Ik heb boodschappers uitgezonden naar alle wachtschepen,' zegt hij, 'en naar alle lagere Families om hun krijgers en schepen in gereedheid te brengen. Maar het is pas laat vanavond hoogwater, dus is het al volop dag voordat ze bij de rand van de moerassen kunnen aankomen.'

Mijn vader haalt zijn schouders op.

'Geen probleem. Wij hebben de raketten.' Vader glimlacht. 'Het werd toch eens tijd om op te houden met die moerasgevechten, er dan weer in, er dan weer uit.'

'Randall wacht een verrassing,' zegt Ims. 'Nu hebben we iets wat tegen zijn kanonnen op kan.'

'We verslaan ze met gemak!' zeg ik trots en mijn vader grinnikt.

'Je hebt gelijk,' zegt hij. 'Weet je, in Londen heb ik me weleens afgevraagd of die raketten al dat gesjacher met die smokkelende varkenszoon Daniels wel waard waren. Hij deed alsof hij zoveel beter was dan ons, omdat hij Schots was, terwijl zijn eigen mensen hem naar het eerste het beste gevangenkamp zouden sturen als ze hem ooit te pakken zouden krijgen. Maar ons geld was hem niet te min, dat Schotse geld dat we hebben gekregen voor het overvallen van dat dorp. Dus nu heb ik raketten, het meisje en het juweel.' Hij begint te lachen. 'Ik heb alles!' Hij woelt met zijn hand door mijn haar. 'En dat dankzij jou. Mijn hooggeboren zoon, die volwassen wordt. Ik dacht dat jij nog een stom joch was toen je in Londen vermist raakte, maar je hebt je kranig geweerd. Als je zo doorgaat, word je binnenkort krijger. Trouwens, volgens mij heb je laten zien goed genoeg te zijn om schilddrager te kunnen worden.' Hij geeft me een knipoog. 'Zin?'

Ik zin? Ik kan amper praten, zo trots ben ik!

'Dank u! U zult er geen spijt van hebben.'

'Daar kun je maar beter voor zorgen ook.'

Ims legt zijn hand op mijn schouder.

'Je doet het goed hoor, Zeph,' zegt hij en ik ben zo trots dat ik het gevoel krijg alsof mijn hart barst. Behalve dan... er zijn van die dingen die ik niet uit mijn hoofd kan krijgen. Dingen als Lexy, opgerold in de slavenhal. En Lilly die zo bang keek. Het is niet eerlijk! Waarom zitten die in mijn hoofd en geven ze me een slecht gevoel?

Roba steekt zijn hoofd om de hoek van de deur.

'Wat doet dat ettertje hier?' vraagt hij. 'Ik heb gehoord dat hij in zijn broek heeft gepiest toen hij erachter kwam dat we Londen zonder hem hadden verlaten.'

'Dat is niet waar!'

'Genoeg!' snauwt mijn vader. 'Zeph heeft het uitstekend gedaan door zo snel uit Londen terug te komen, en met een boot vol buit ook nog.' Het lijkt alsof Roba iets wil gaan zeggen, maar vader heeft een harde blik op zijn gezicht.

'Sorry, *broertje*,' mompelt Roba. 'Ik mag jouw *tere* zieltje natuurlijk niet kwetsen.'

Er komt nog een dag dat ik mijn stinkende, laaggeboren halfbroer ga afmaken.

'Zeph wordt schilddrager in de slag,' zegt Ims rustig. Wat op Roba de uitwerking heeft alsof hij een dreun krijgt.

'Waarom, vader? U wilt toch niet dat dat ettertje iemand voor de voeten loopt.'

'Ik ben geen ettertje!'

Mijn vader houdt die gemene blik op zijn gezicht.

'Nee, Roba. Hij is geen ettertje. Hij is mijn hooggeboren zoon, dus staat hij boven jou, voor het geval je dat vergeten bent.'

Nu kijkt Roba echt alsof hij een dreun heeft gekregen. 'Maar hij heeft nog helemaal niks gedaan,' zeurt hij, 'hij heeft alleen maar een of ander stinkend vissertje meegebracht. Ik ben de oudste, ik ben voor u mee geweest op overvallen.'

Dit wordt een van de beste dagen die ik mij ooit zal herinneren!

Vader kijkt eerst mij aan, dan Roba.

'Soms vraag ik me af wie jullie het eerst gaan vermoorden, elkaar of mij. Wel, ik heb nu geen tijd voor jullie gekibbel. Naar buiten. Allebei.'

'Maar ik ben hier net!' zegt Roba.

'En nu ga je weer weg,' zegt Ims met zijn zwaarddragersstem. 'En jij ook, Zeph. Wij moeten de strategie uitwerken.'

Roba. Het is zijn schuld. Hij verpest alles. Als hij niet binnengekomen was, hadden ze me laten blijven. En zodra we buiten staan, op de gang, draait hij zich naar me om en snauwt: 'Etter, jij denkt dat je héél bijzonder bent, hè? Omdat je moeder Hoge Familie is en zo. Nou, geniet er maar van, je roem houdt niet aan. Ik ben nu krijger en jij bent niks dan een kruipend rattenjong. Laaggeboren zoons zijn wel vaker Baas geworden en dat zal deze keer ook gebeuren. En als het niet gebeurt, nou, je kunt alleen Baas zijn als je leeft...' Hij geeft me een harde duw tegen mijn borst, niet voor het eerst, maar op de een of andere manier is het vandaag anders. Hij lijkt niet meer zo angstaanjagend.

'Ik sta boven jou, laaggeborene, net als vader zei. Dus je kunt maar beter ophouden mij langer te bedreigen, want dat zou verraad betekenen. En als jij op Galgeneiland een speer in je donder krijgt, zul je nog tijd genoeg hebben om na te denken over die stinkende, laaggeboren zoons die Baas moeten worden.'

De vlekken op Roba's gezicht worden vuurrood.

'Ik bedreigde je niet, etter. Ik stelde gewoon iets vast. En als jij ooit iets anders beweert, dan zul je daar spijt van krijgen.'

Hij geeft me weer een duw en stampt dan weg, de gang door. Wat ik wil is teruggaan naar de Praatkamer, maar dat kan niet, dus ga ik mijn leer uitzoeken voor de slag. Ims zegt dat mijn pantsering te klein wordt, dus moet ik nieuwe laten aanmeten.

Ik loop de hal uit en over de nachtelijke vlonder naar de smidse. Als ik daar aankom, lijkt het alsof iedere krijger in de hal mij voor is geweest. Ze proberen allemaal binnen te komen, want ze willen hun zwaard laten slijpen of hun speer laten scherpen. Ik kan binnen niet eens wat zien, er staan te veel krijgers bij elkaar bij de ingang.

'Laat me door,' zeg ik. 'Ik moet mijn wapenrusting laten bijwerken.'

De zes dichtstbijzijnde krijgers draaien zich om. Een van hen is Gandy, de maat van Roba.

'En waarom moet jij je wapenrusting laten bijwerken?' vraagt hij. 'Naar wat ik hoor, mag jij al blij zijn als je ooit schildknaap kunt worden.'

Normaal gesproken zou ik een confrontatie met Gandy uit de weg zijn gegaan. Maar niet nu, niet vandaag.

'Laat me door, Gandy, anders kom je er wel achter wat er met je gebeurt.' Ik kijk hem recht in de ogen. 'Jij zou met mij bevriend moeten zijn, niet met mijn lage broer Roba. Daar kom je nergens mee.'

Want de dingen veranderen hier. Ik verander.

In de smidse zijn de smid met zijn jongens druk in de weer.

Allemaal hameren ze op wapens, blazen in het smidsvuur, scheppen er kolen in, dragen water en doen al het andere wat nodig is om de krijgers voor morgen klaar te krijgen. Dus ik sta pas weer buiten als de klok twee keer heeft geluid. En zelfs dan staat er nog een hele bende krijgers te wachten. Terwijl ik wegloop met mijn wapenrusting, staan ze allemaal de werkplaats in te roepen.

'Kom op, Shen, mijn zwaard is zo bot als de billen van een baby.'

'De klokken hebben twee keer geluid! Drie keer en de schepen vertrekken.'

Ik moet me gaan klaarmaken en ga op weg naar mijn barak, om mijn nieuwe wapenrusting aan te passen aan mijn gevechtsleer. Ik kom langs de hoofdhal. Alle lichten zijn aan, de veranda's zijn vol. Er rennen krijgers naar hun schepen, vrouwen leggen de laatste hand aan vlaggen en vullen etensmanden, slaven dragen hele bundels pijlen en lansen en vanuit de feesthal klinkt geroep en gejuich van krijgers.

Maar ik heb geen tijd om naar ze toe te gaan. Ik loop de vlonder op naar beneden, langs het slavenhuis, en ga dan naar de barakken van de schildknapen.

Het slavenhuis is donker. Lilly zit daar. Ik zie in een flits het mes vlak bij haar hand op het wiel, haar gezicht bleek en misselijk. Ze zei dat ze gewoon probeerde haar dorp te helpen, en nu zit ze vastgeketend in de slavenhal. Maar dat spook dan? Ze was echt met een spook aan het praten. Ik schud mijn hoofd. Ik kan haar niet helpen. Niet nu. Maar als vader Randall op zijn donder heeft gegeven, zal hij in een goed humeur zijn, en misschien kan ik dan wat regelen.

Voor mij uit rennen twee mensen die elkaars hand vasthouden. Een van hen is ongeveer mijn lengte, de andere is kleiner. Naast hen loopt een kleine gedaante, die een lange staart achter zich aan sleept. Als ze bij de hal komen staan ze stil. De lange kijkt om zich heen, alsof hij niet weet waar hij naartoe moet. Als ik dichterbij kom, zie ik dat de langere op een jongen lijkt, de kleinere op een meisje.

'Hé!' roep ik. 'Wat doen jullie?'

Ze schrikken allebei en kijken om. Ze antwoorden niet, maar beginnen te rennen zodra ze me zien. Ze rennen over een bruggetje dat hen naar de zuidelijke veranda brengt en dan lopen ze pardoes door de volgende deur de hoofdhal in. Recht naar de slaapkamers van mijn vader! De kat volgt, paraderend alsof hij zich kostelijk vermaakt.

'Wat moeten jullie daar?' roep ik, maar ze kijken niet eens om. Hoe kunnen Lilly en Lexy hierbuiten zijn? Hoe komt het dat ze niet zijn vastgeketend? En ze rennen mijn vaders kamers in en als ze mijn vaders kamers binnen rennen, worden ze zeker gedood als iemand ze betrapt!

'Stop!' roep ik en ik ren achter ze aan. 'Daar niet naar binnen gaan!' Maar ze luisteren niet, ze smijten alleen de deur achter zich dicht. Mijn voeten stampen op de veranda en ik gooi de deur open, naar een gang die verlicht wordt door walmende vetlampjes. Verderop verdwijnt een bloot voetje om een hoek. Ik ren erachteraan, kom dan glijdend tot stilstand en kijk om me heen. Daar zijn ze, aan het eind van de gang. Als ze zo doorlopen, komen ze in mijn vaders Praatkamer. En dan worden ze zeker gedood.

'Waar gaan we naartoe?' vraagt Lexy.

'Ik weet het niet. Ik weet niet wat ik moet doen!' zegt Lilly.

Ik moet ze hier weghalen voordat ze worden gespietst. Ik sta op het punt ze te roepen als er een deur opengaat.

'Hé! Wat moeten jullie hier?'

Er komt een arm naar buiten, die Lilly grijpt en haar naar binnen sleept. Lexy en de kat tuimelen erachteraan.

23
Plannetjes en middelen

'Wil je soms dood, Lilly? Samen met dit meisje. Wat denk je dat je aan het doen bent, zo rondrennen in Medwins kamers?'

Het is de roversvrouw, van eerder, toen ze me ondervroegen. Medwins vrouw of zoiets.

'We lopen weg,' zegt Lexy. 'Lilly neemt me mee naar haar boot en dan varen we naar huis.'

'Hou je mond,' zeg ik, maar het is al te laat. De wenkbrauwen van de Schotse vrouw schieten omhoog; ze gaat voor me staan en vouwt haar armen over elkaar.

'Is dat echt waar? En waar denk jij je boot te zullen vinden? In Medwins bed?'

Ze draagt een soort ruime kamerjas, helemaal glanzend en roze, sprankelend in het lamplicht. En de kamer waarin we zijn is net als zijzelf: pluchen, gestoffeerd, glimmend. Er hangt fluweel tegen de muren in uiteenlopende tinten rood, er is een ladekast met een draaispiegel erop, een grote gegraveerde klerenkast en een fauteuil met kussens waaraan kwasten hangen. Maar het bed! Het is het grootste, zachtste dat ik ooit heb gezien. Het eerste wat Kater doet is erbovenop springen en voor zichzelf een slaapplek kneden, waarna hij begint te spinnen zoals hij in geen weken heeft gedaan. Maar Kater denkt niet na of

het veilig is te gaan slapen, hij doet gewoon zoals het hem uitkomt.
'Wat ga je met ons doen?' vraag ik.
De vrouw bekijkt Kater eventjes, haalt dan haar schouders op.
'Geen idee. Wat ik zou moeten doen is Medwin roepen, want ik kan zelfs niet de minste verdenking tegen mij riskeren.' Ze haalt diep adem en opent haar mond. Ik en Lexy deinzen allebei terug, in de verwachting dat ze Medwin zal gaan roepen. Maar wat eruit komt is een grote, diepe zucht.
'Maar ik kan niet zeggen dat ik er echt naar uitzie twee meisjes gespietst te zien worden. Ik was ooit een meisje als jullie, thuis in Leeds. Rovers konden me niks schelen, dat waren gewoon boemannen, verhaaltjes om ons braaf te houden. Destijds dacht niemand dat rovers zo ver noordelijk zouden toeslaan. Maar toen kwam er een roversbende en al snel leerde ik meer over ze dan ik ooit wilde.'
Ze kijkt Lexy aan. 'Ik moet nadenken.'
Ze neemt Lexy mee naar het bed en laat haar erop zitten. Kater komt aanstappen over de zachte matras en nestelt zich op Lexy's schoot. Ze glimlacht en begint hem te aaien.
'Dit is net als het bed van mama.' Ze kijkt met haar lichtblauwe ogen op naar de vrouw. 'Laat me alstublieft naar huis gaan, mevrouw Medwin.'
De vrouw schrikt. 'Noem mij niet met de naam van die vent. Ik ben Aileen en zo zul je me moeten noemen.'
Aileen wendt zich nu tot mij.
'Ga maar zitten.' Ze wijst op het bed. Ik ga op het randje zitten, klaar om weg te rennen als dat nodig is. Maar het bed is zo zacht, het is net alsof mijn lichaam een eigen wil heeft en mij naar beneden trekt, de kussens in.
Aileen zet de stoel voor de deur en gaat dan met haar armen over elkaar zitten.
'Weet je, als ik jullie niet had gezien, dan waren jullie gedood voordat je nog tien meter had kunnen doorlopen. Jullie waren regelrecht in de armen van Medwins oorlogsraad gelopen. Wat dachten jullie in hemelsnaam?'

‘We zagen Zeph,’ zegt Lexy, voordat ik haar kan tegenhouden. ‘Toen we wegliepen.’

Aileen spert haar ogen open. ‘Zeph? Heeft die jullie gezien? Volgde hij jullie? Want dan hebben we een probleem. Hij is in staat rechtstreeks naar zijn vader te lopen.’

‘Ik weet het niet,’ zeg ik en ik denk aan zijn ogen die iets opengingen en het mes dat net miste. ‘Trouwens, volgens mij hebben we hem afgeschud.’

‘Maar hij zal alarm slaan. Iedereen gaat naar jullie op zoek. Tenminste, iedereen die Medwin kan missen in de voorbereidingen voor de slag.’ Ze kijkt mij met toegeknepen ogen aan. ‘Dit verandert de zaak.’

Ik maak me op om weg te rennen. ‘Laat ons gaan. Alstublieft. Laat ons naar mijn boot gaan. Niemand zal ooit weten dat we hier zijn geweest.’

Ze fronst haar wenkbrauwen, schudt haar hoofd. ‘Al zou ik dat willen, er is geen enkele manier waarop jij nu bij je boot kunt komen – de hele oostpier ligt vol drakenboten en er zullen een paar honderd krijgers klaarstaan om jullie in mootjes te hakken zodra ze jullie zien.’

Ik voel een prop in mijn keel. Ze gaat ons aan Medwin uitleveren, ik kan het aan haar gezicht zien. Ik kijk om me heen, maar er is geen andere deur, geen uitgang. Alleen de klerenkast om ons in te verstoppen.

Dan klinkt er een geluid. Als een zingende vogel of een rinkelende bel. Aileen schrikt. Kater houdt zijn oren naar achteren.

‘Wat is dat?’ vraagt Lexy.

‘Niks,’ snauwt Aileen. Maar het rinkelende geluid gaat door. Het komt uit de ladekast, uit een zilveren doosje dat helemaal staat te trillen en te beven.

‘Wat is dat?’ vraag ik.

Aileen steekt haar hand ernaar uit. ‘O, dat is niks, dat is alleen... een muziekdoosje.’

‘Een muziekdoosje?’ roept Lexy. ‘Daar ben ik gek op!’ In een oogwenk zet ze Kater van haar schoot en springt ze over het bed heen op de kast af. Ze heeft haar handen op het doosje voordat Aileen maar een kans krijgt op te staan.

'Hoe werkt het? Hoe kun je het wijsjes laten spelen?'

Het doosje blijft rinkelen.

'Blijf af!' sist Aileen en ze staat op uit haar stoel. Maar Lexy probeert al te kijken of het open kan, zit te frutselen aan een slot en het doosje springt open in twee platte helften.

En plotseling weet ik wat het is.

Aileen grijpt het doosje, slaat het uit Lexy's handen.

'Ik wilde alleen maar luisteren!' roept Lexy.

En dan klinkt er een andere stem, een mannenstem.

'Hallo? Hallo? Aileen, ben je daar?'

Lexy en ik springen allebei op en kijken naar de deur.

'Aileen, kun je mij horen?'

Maar die stem kwam niet van de deur. Die kwam uit het doosje. Aileen kijkt ons boos aan, met een gezicht waaruit valt af te lezen dat zij ons voor de voeten van Medwin zal smijten zodra ze daar de kans toe krijgt. Dan frutselt ze wat met het doosje en houdt het tegen haar hoofd.

'Het komt nu slecht uit,' zegt ze schor. Lexy staart haar met open mond aan.

'Ja, ik weet dat ik je heb gezegd dat ik alleen zou zijn. Maar toevallig ben ik dat niet.'

Lexy kijkt mij aan met wijd open ogen.

'Natuurlijk is het Medwin niet. Als dat zo was, zou ik toch niet opnemen, wel? Dan zou ik eerder op de vloer liggen met een doorgesneden keel.'

'Tegen wie praat ze?' vraagt Lexy. 'Is dat een spook?' Aileen kijkt Lexy boos aan. 'Als je begint te gillen, komen er zo tien krijgers naar binnen rennen.' Ze schudt haar hoofd. 'Nee, ik had het niet tegen jou!'

Ik schuif naar Lexy toe en pak haar hand.

'Het is een praatdoosje,' fluister ik. 'Ik heb er een gezien in de studeerkamer van je tante. De Schotse ambassadeur heeft er ook een.'

Lexy kijkt doodsbenauwd. En ik ben ook niet al te gelukkig met deze hele toestand.

'Ik kan nu echt niet praten,' zegt Aileen. 'Alexandra Randall verbergt zich in mijn kamer, met een of ander idioot kind dat haar wil redden.' Ze houdt het doosje nu in de andere hand.

'Er is niet veel wat ik kan doen,' zegt ze. 'Medwin is al bijna slagvaardig.' Ze trekt de bovenste la van de kast open en haalt er het juweel van mevrouw Denton uit. Het stuurt vonken door de hele kamer, maar er is geen spoor van de kop.

'Nee, ik weet niet wat zijn plannen zijn! Medwin laat zijn slaven niet in zijn Praatkamer.' Ze wacht even. 'Maar ik heb de computer. Dus dat kun je Edinburgh melden, als je wilt.'

Ze weet wat het juweel is!

'Natuurlijk heb ik dat geprobeerd. Maar hij doet het waarschijnlijk niet, ik kan hem niet aan de praat krijgen. Luister eens, ik moet nu weg. Ik moet bedenken wat ik met die kinderen ga doen.' Ze klapt de twee helften van haar praatdoosje dicht, draait zich om en kijkt mij en Lexy kil aan.

'Het lijkt erop dat jullie geluk zich keert, hoewel ik niet weet of dat ten goede of ten kwade is. Ik heb overwogen jullie gewoon aan Medwin over te leveren. Maar jullie weten nu te veel voor mijn eigen veiligheid.'

'Te veel? Wat weten we dan?' vraagt Lexy.

'We weten nu dat ze een Schotse spionne is. Net als de ambassadeur.'

'Nee!' snauwt ze. 'Ik ben niet zoals hij, met zijn loze beloften dat hij zal helpen me te bevrijden, me naar huis zal halen, zonder ooit iets te doen. Ik ben niet zoals Jasper.'

'De rovers zouden er niet al te blij mee zijn als ze erachter zouden komen waar jij mee bezig bent,' zeg ik en ik krijg een beetje hoop, alsof we een kans hebben.

Aileen gaat bij de deur staan. Ze lijkt langer te worden en ziet er gevaarlijker uit, ook in haar mooie kamerjas.

'Niemand zal jullie geloven,' zegt ze. 'Ik ben misschien slechts een slavin, maar ik ben nog altijd Medwins favoriet.'

‘En hoe zit dat dan met het juweel?’ vraag ik. ‘Dat verstop je.’

‘Nee, dat verstop ik niet. Ik mag het van Medwin een poosje houden. Ik doe niks verkeerd. Hoe dan ook, het is maar een juweel. En Medwin heeft er zat.’

‘Het is niet maar een juweel en dat weet je donders goed!’ roep ik en voordat ik mezelf ervan kan weerhouden zo stom te zijn, grijp ik ernaar. Aileen trekt haar hand terug, maar niet snel genoeg om te voorkomen dat mijn handpalm langs het juweel strijkt.

Er volgt een kleine flits, een klik, en een stem spreekt: ‘Primaire gebruiker geïdentificeerd. Welkom, Lilly Melkun.’

De kop verschijnt in de lucht en kijkt chagrijnig. Lexy gilt en Aileen schrikt.

‘Hoe heb je dat gedaan?’ sist ze.

‘Helaas voor mij is het meisje mijn primaire gebruiker,’ zegt de kop. ‘Ik ben geprogrammeerd om in actie te komen in contact met haar DNA.’ De puntjes op het juweel beginnen nu te gloeien en Aileen raakt ze voorzichtig aan met haar vingertop.

‘Zo werkt het niet,’ zegt de kop. ‘Ik moet worden bediend door dat irritante kind.’

Ik voel dat Lexy naast mij begint te trillen.

‘Wat is dat?’ vraagt ze.

‘Ik ben Play System AI van Sunoon Technologies. Je mag me PSAI noemen als je wilt.’ Lexy piept en Aileen kijkt alsof ze verliefd is.

‘De militaire computer,’ fluistert ze. ‘Die bestaat dus echt. Ik heb nooit gedacht dat iemand er een zou vinden die nog werkte. O, jij maakt bijna alles wat ik heb doorstaan in één klap goed.’ Ze zucht eventjes. ‘Er zijn een hoop mensen naar jou op zoek.’

De kop lijkt dat een genoegen te doen.

‘Ik voel me vereerd. En ben blij dat je inziet hoe vreselijk belangrijk en waardevol ik ben.’ Hij kijkt mij zuur aan. ‘Dat ligt bij sommigen wel anders. Je moet me helpen. Dit kind wil mij overleveren aan een paar wilden die bekendstaan als rovers.

Maar ik moet in feite zo snel mogelijk naar het dichtstbijzijnde technische steunpunt van Sunoon Technologies.'

Aileen glimlacht.

'Ik ben bang dat je al bij de wilden bent,' zegt ze.

De kop kijkt verschrikt. 'Al bij de rovers? Waar zijn ze dan?'

'Maak je geen zorgen,' zegt Aileen. 'Bij mij ben je veilig. En hoewel ik je nu niet naar je technische steunpunt kan brengen, kan ik je wel meenemen naar Groot-Schotland. Wil je dat? Dat zit niet vol wilden, zoals hier, of de Laatste Tien Districten. Zij hebben geleerden die alles weten over oude machines zoals jij.'

'Nou ja, dat klinkt beter dan niets. Ik probeer al de hele tijd het meisje zover te krijgen dat ze mij meeneemt naar Schotland, maar dat wil ze niet. Wanneer kunnen we gaan?'

'Zodra Medwin weg is om slag te gaan leveren. Ik was sowieso van plan om dan te gaan, het is de beste kans die ik ooit zal krijgen. En met jou zeker...' Ze fronst. 'Behalve dan dat ik je niet aan de praat kan krijgen. Hoe heeft dat vissersmeisje dat voor elkaar gekregen terwijl ik het niet kan?'

'Zoals ik al eerder zei, ik word DNA-geactiveerd door de primaire gebruiker.' Hij knikt in mijn richting. 'Zij dus.'

Aileen wacht even. 'Alleen zij kan jou aan de praat krijgen?'

De kop knikt. 'Jíj zou niet eens de screensaver aan kunnen zetten.'

Aileen lijkt geïrriteerd. 'En moet zij in leven zijn?'

Ik versteen helemaal, Lexy piept weer en zelfs de kop lijkt geschrokken.

'Ja natuurlijk,' zegt hij, 'het DNA moet gevat zijn in levend weefsel. Dat is een veiligheidsmaatregel.' Aileen kijkt boos en de kop een beetje verschrikt. 'Ik zou je toe kunnen voegen als secundaire gebruiker. Met haar toestemming. Dan zou je op een elementair niveau kunnen interfereren.'

Aileen draait zich naar mij om.

'Geef die computer toestemming om mij als gebruiker toe te voegen,' beveelt ze.

'Nee,' zeg ik, hoewel ik nu bijna net zo hard zit te trillen als

Lexy. Want volgens mij is die computer mijn beste kans ons allebei hier weg te krijgen.

'Ik lever je over aan Medwin als je niet helpt,' zegt Aileen, 'en bedenk dan maar eens wat hij zal doen omdat jij een poging hebt gedaan om te ontsnappen.'

'Nee,' lukt het mij te piepen. 'Als je ons laat gaan, dan zal ik je helpen.'

Aileen leunt tegen de deur.

'Denk hier goed over na,' zegt ze. 'Jij kunt nergens heen buiten deze kamer. En als Medwin je hier vindt, met die kop in de lucht, dan laat hij ons allemaal spietsen omdat we heksen zijn. Maar als ik hem kan bedienen, kan ik ons allemaal redden.'

Ik schud mijn hoofd.

'Medwin wil dit ding net zo hard hebben als ieder ander,' zegt ze. 'Een militaire computer van vóór de Ineenstorting – wat denk je dat hij met jou uit gaat halen om zo iets waardevols in handen te krijgen?'

'Dat weet ik niet,' zeg ik, maar ik weet het wel. En ik word niet goed als ik eraan denk.

Plotseling kijkt Aileen verrast en springt op. De deur achter haar vliegt open en Aileen valt op de vloer; haar glimmende kamerjas wikkelt zich om haar heen en het juweel vliegt uit haar hand. Zeph komt de kamer binnen rennen.

'Ik heb altijd al geweten hoe slecht je was! En nu weet ik dat je een Schotse spionne bent!' schreeuwt hij tegen Aileen met een kort zwaard in zijn hand dat hij op haar richt. Hij blijft zijn hoofd draaien om naar de computer te kijken, alsof hij verwacht dat die zal toeslaan, maar hij houdt zijn zwaard stevig vast.

Iedereen staat doodstil, dan zegt de kop: 'Ik ben verplicht jullie er op dit punt aan te herinneren dat het op de vloer werpen van mijn eenheid geen verantwoordelijk gebruik is en de garantie ongeldig maakt.'

Iedereen staart naar hem en hij kijkt een beetje beschaamd. 'Ik kan het niet helpen, ik ben geprogrammeerd jullie dat te vertellen,' zegt hij.

En terwijl wij allemaal naar hem staan te kijken, maakt Aileen een plotselinge draaibeweging. Voordat we doorhebben wat er gebeurt, heeft ze het zwaard al uit Zephs hand geworsteld en nu ligt hij op de vloer met het zwaard op zijn buik gericht en een blik vol ongeloof op zijn gezicht.

'Hoe heb je dat gedaan?' vraagt hij, en Aileen snuift.

'Mijn hele leven lang al heb ik geleerd hoe ik mezelf tegen jullie rovers moet verdedigen. En jij bent nog niet eens een schilddragertje.' Ze haalt naar hem uit met het zwaard.

'Dat durf je niet,' sist Zeph. 'Als je mij doodt, zal vader je spietsen wegens verraad.' Aileen glimlacht en begint dan met hoge, zenuwachtige stem te praten.

'O Medwin,' zegt ze, 'het was vreselijk. Eerst drongen die twee gemene Engelse meiden bij mij binnen en toen kwam Zeph achter ze aan. Er volgde een vreselijk gevecht en ze werden allemaal gedood. Ik werd alleen maar gespaard omdat ik een arme hulpeloze vrouw ben en ik me in de kast heb verstopt.' Nu wordt haar stem weer normaal. 'Of iets dergelijks.' Ze zwaait met het zwaard naar Zeph en beveelt hem te gaan staan. En dan, als ze ons allemaal bij elkaar in de hoek van de kamer heeft gedreven, raapt ze het juweel weer op. De kop hangt er nog steeds boven en kijkt heel ongelukkig.

Aileen kijkt mij aan. 'Zeg die computer dat ik hem ook kan gebruiken.'

'En dan wat?' zeg ik. 'Dan vermoord je ons allemaal?'

Aileen zucht eens. 'In tegenstelling tot jullie zuiderlingen ben ik geen wilde die kinderen vermoordt. Maar dit is mijn kans om uit deze hel te ontsnappen. Wat denk je dat mijn vooruitzichten als slavin van Medwin zijn? Of hoe lang ik nog zal leven als hij genoeg van me heeft? Dus zeker, ik zal doen wat ik moet doen.' Ze kijkt nu ook bang, alsof ze verder is gegaan dan de bedoeling was, maar zij heeft een zwaard en wij niet.

'Ahum,' zegt de kop. 'Ik vrees dat ik een extra veiligheidsprogramma heb. Ik ben niet in staat een extra gebruiker toegang te verlenen als ik geloof dat er enige dwang of criminele activiteit bij betrokken is.' Hij schokschoudert min of meer. 'En dreigend gedrag met een zwaard is beide.'

Aileen kijkt woest.

'Bedoel je dat ik dit meisje bij de hand moet hebben om jou überhaupt te laten werken?'

'Ze moet uit eigen vrije wil toestemming geven, anders zal ik niet in staat zijn voor jou te werken.'

'Goed dan,' zegt ze. 'Als ik je per se mee moet nemen, dan zal ik dat ook doen.' Ze zwaait weer met het zwaard. 'Ga zitten. We wachten tot de vloot is uitgevaren, dan gaan we naar buiten. Ik neem Lilly en Alexandra met mij mee naar Schotland, en Zeph, jij kunt een kansje wagen als we eenmaal in het moeras zijn.'

'Ik ben schilddrager in de slag,' zegt Zeph. 'Mijn vader zal zich afvragen waar ik ben. Hij komt me zoeken.'

'Zoals hij ook in Londen deed, zeker?' vraagt Aileen, en Zeph wordt nu heel rustig en stil. Aileen klampt zich vast aan het juweel, ze heeft nu bijna een glimlach op haar gezicht, alsof er iets is wat ze niet voor zich kan houden. Ze kijkt naar de kop, die nog steeds boven ons zweeft, en zegt: 'Dus, waar heb jij je verstopt? Dat moet een goeie plek geweest zijn, want mensen zijn sinds de Ineenstorting al op zoek naar computers.'

'Ik heb 147 jaar uit gestaan, als mijn klok tenminste goed functioneert. De laatste data-invoer was in de Sunoon-testfabriek in Cambridge. Ik had wat problemen met uploads en de technische staf suggereerde dat ik moest worden uitgezet voor herstel.' De kop hapert even. 'Niemand heeft me iets verteld over ineenstortingen of overstromingen of roversbendes of rondzwervende computerkillers. Hoewel, nu ik erbij stilsta, er was wat stroomuitval en mijn uitgiftedatum bleef maar uitgesteld worden. Wat de vraag betreft waar ik heb gezeten, wie weet wat er met mij is gebeurd terwijl ik hopeloos stillag?'

Aileen wordt stil, lijkt na te denken en zegt dan: 'En waarom ben je dan nu aan dit kind gebonden?'

De kop kijkt geërgerd.

'Het schijnt dat zij een afstammeling is van mijn geprogrammeerde primaire gebruiker. Er is genoeg DNA-overeenkomst voor succesvolle activering.'

'En wie was jouw primaire gebruiker dan wel? Een generaal? Je werd toch gemaakt voor het leger, of niet?' Ze zucht eens naar de kop. 'Jij moet alle kennis bezitten van voor de Ineenstorting!'

De kop kijkt een beetje geniepig. 'O ja. Beslist, alles.'

Aileen ziet eruit als Kater wanneer hij een grote vis heeft gegeten. Dan kijkt ze mij aan.

'Hoe zet ik dit ding af?'

'Hé,' zegt de kop. 'Waarom vraag je mij niet of ik wel uitgezet wil worden?'

'Ik kan je toch moeilijk naar Schotse geleerden brengen als jij blijft ronddrijven als een van die spoken waarvoor die rovers zo bang zijn.' De kop kijkt chagrijnig, maar knikt. 'Ik denk dat dat logisch is. Ik kan het zelf wel.' En hij verdwijnt.

Drie klokken luiden ergens in de verte, gevolgd door geschreeuw en hoerageroep en het geluid van trommels die een gestaag ritme beginnen te slaan. Zeph kreunt. 'De vloot vaart uit,' zegt hij. Hij wordt steeds zenuwachtiger, wil opstaan en wegrennen, achter de boten aan.

Aileen is gespannen en luistert ook, maar ze ziet er steeds gelukkiger uit als de geluiden wegsterven en het rustiger wordt. Na een poosje, als er al een tijd niets meer te horen is, knikt ze en zegt: 'Goed dan, we gaan. Wij nemen een boot en varen naar Schotland.' Ze kijkt mij en Lexy aan. 'Jullie zouden mij dankbaar moeten zijn. Jullie hebben een veel betere kans met mij dan je ooit op eigen houtje zou hebben gehad.'

Ze staat op en houdt het zwaard op ons gericht. 'Opstaan en naar buiten.' Dan opent ze de deur en duwt ons de gang op.

Alles is rustig en leeg.

'Hierheen,' zegt ze en we lopen weg van haar kamer. Ik neem Kater op een arm en houd Lexy's hand met de andere hand vast. Ik kan voelen hoe nat haar hand is. En hoe nat ook de mijne is.

Aileen leidt ons uit de door kaarsen verlichte hal het koude donker van de nachtelijke moerassen in. Een briesje strijkt langs ons gezicht, onze voeten stappen over de planken van de vlonder.

Dan hoor ik opeens een klossend geluid achter me. Ik kijk om, Zeph staat met Aileen te worstelen. Het zwaard ligt op de vlonder en Zeph schopt het het water in.

'Hou op!' roept Aileen, met hoge, woeste stem, terwijl Zeph al zijn gewicht tegen haar gebruikt. Ze wankelt, dan glijdt haar voet langs de rand van de vlonder. Haar lichaam kantelt en ze valt met een luide plons in het moeras.

'Rennen!' roept Zeph en meteen zijn we weg, onze voeten stampen op de planken en we rennen het duister in.

24

De Zwarte Wateren

Flapperdeflap. Het zeil klappert, net een spook in de nacht. Lilly trekt aan de schoot en het zeil blijft even hangen. Dan bolt het en zeilen we door het slingerende moeraskanaal.

'Waar gaan we heen?' vraagt Lilly me.

Maar ik heb geen antwoord. Ik weet waar we zijn – we zitten in de Zwarte Wateren. En die omvatten alle rivieren en overstroomde gebieden waaruit Angel Isling bestaat. Elke bochtige kreek, elk eiland, elke modder- en zandbank. Tot aan zee. En ik weet ook wat ons daar te wachten staat, het moet al gek lopen als dat niet gebeurt, want we zitten op een van de grootste rivieren, de Maulden. Daarom weet ik ook niet waar we naartoe gaan. Want de monding van de Maulden is de plek waar de Engelse vloot ligt. En ergens in de moerassen ligt de vloot van mijn vader verstopt, maar ik weet niet waar.

'Ik dacht dat je zei dat je wist waar je naartoe moest,' zegt Lilly.

'Het is niet zo makkelijk als de Theems afvaren,' snauw ik. 'De helft van deze moeraskanalen voert naar niets anders dan modder, aan de andere helft staan Familiehallen. Met deze boot komen we langs geen enkele. We worden zeker aangehouden. Als je hier weg wilt, moeten we goed uit onze doppen kijken.'

Het lijkt een hele tijd geleden sinds ik Lilly heb ontmoet en de hele tijd beland ik op plekken waar ik niet wil zijn. Ik wilde dat ik haar en Lexy niet was gevolgd naar Aileens kamer, maar toen leek het me een goed idee. En ze meenemen naar een boot en helpen vluchten leek ook een goed idee. Maar nu weet ik het niet zo zeker meer.

'Het wordt licht,' zegt Lexy opeens. Ze ziet er moe uit. Ze heeft de hele nacht onder in de boot gehurkt gezeten en ze lijkt blij dat de zon opkomt, maar ze is nog maar een kind. Ze weet niet dat de dageraad het tijdstip is waarop de gevechten gaan beginnen.

Toen ik Aileen van de vlonder af had geduwd, stond ze er natuurlijk vrij snel weer op en begon ons achterna te rennen. En doordat Lilly die stomme kat alsmaar moet meenemen en Lexy zo klein is, ging Aileen een stuk sneller dan wij. Omdat ik in paniek was, dacht ik niet goed na, dus besefte ik te laat dat ze ons opjoeg naar de oostelijke pier, waar alle drakenboten worden ingeladen. Alle schepen en krijgers waren op dat moment weg, maar er was nog voldoende volk in de buurt. En we renden er recht op af met Aileen achter ons aan die bleef roepen: 'Verraders! Hou de verraders!'

Iedereen liet vallen waarmee hij bezig was en een paar van de slaven deden een poging ons te vangen. Dus toen ik dat notendopje van Lilly zag, dat afgemeerd lag aan het eind van de pier, riep ik: 'Spring in de boot!'

Zoals ik al zei, op dat moment leek dat een goed idee. Maar nu...

Ik had moeten stoppen! Ik had moeten zeggen wat er aan de hand was. Ik ben vaders hooggeboren zoon, ik had die stomme koe van een Aileen te grazen moeten nemen! En nu is het te laat, want ze heeft uren gehad om iedereen haar leugens op de mouw te spelden en om ze te laten geloven wat zij maar wil. Mijn enige kans is bij vader te komen voor haar. Hem vertellen wat er echt is gebeurd. En vertellen dat Aileen een spionne is, ik heb bewijs genoeg. Want ik heb dat juweel van Aileen gegrepen voordat ik haar wegduwde. Ik heb het in mijn jas en als ik vader vind, zal ik hem dat spookding laten zien.

'Zeph!' zegt Lilly, die mijn gedachten onderbreekt. 'Waar moeten we heen?'

Ik heb nog steeds geen antwoord, maar in plaats daarvan wrijf ik mijn ogen uit. De hemel is niet zo donker meer, gedeeltelijk blauw, terwijl alles nog in duister en schaduw gehuld is. Maar er moeten in de buurt schepen liggen. Ik kan ze alleen niet zien.

De grote en kleine eilanden die overal in de Zwarte Wateren liggen zijn maar hoopjes grond die uit de rivier steken. Daarachter, op zee, ligt de rode veeg van de zonsopkomst. En aan die vlakke einder zijn vlekken wit. Zo klein dat je ze voor zeemeeuwen zou kunnen aanzien, als je slaperig was en niet beter wist.

'Daar komt de Engelse vloot,' zeg ik.

'Dan moeten we dus die kant op,' zegt Lilly. 'Als we Randall vinden, kan ik hem Lexy geven – en dan komt alles goed.'

Daar kun je uit opmaken wat ze van vechten weet.

'En denk jij dat Randall een boot uit de Zwarte Wateren bij hem in de buurt zal laten komen?'

'Maar we hebben een wit zeil.'

'Nou en? Het enige waar de Engelsen op letten is waar je vandaan komt. Als jij uit de Zwarte Wateren komt, dan ben jij de vijand.'

Lilly lijkt het maar niet te begrijpen. Soms is het raar te beseffen dat ze een meisje is, ze ziet er zo jongensachtig uit. Maar ze denkt niet als een jongen. Tenminste niet als eentje van de Familie.

'Wij zouden een valstrik kunnen zijn, nietwaar? Uitgerust met een wit zeil. De Engelsen nemen dat risico niet.'

'Dus wat jij beweert is dat de Engelse vloot zal denken dat wij rovers zijn en de rovers zullen denken dat wij Engelsen zijn. Dus iedereen zal ons willen afmaken?'

'Ja. Nou heb je het door.'

Maar met mijn vader kan ik dat risico wel lopen. Als ik maar dichtbij genoeg kan komen, kan ik hem aanroepen of met mijn leer zwaaien. Of zoiets. En als ik op vaders schip ben, dan kan ik alles uitleggen. Maar dat vertel ik Lilly en Lexy niet, want die willen alleen maar weg. We komen nu bij de Schaapskop en dat betekent dat ergens op de zuidoever...

'Daar.'

Ik wijs naar de monding van een smalle kreek, op beide oevers begroeid met wilgen. Het is er donker en leeg.

'Dat is de Ramsoogkreek. Als we daar heen gaan, kunnen we ons in de moerassen van de Verbrande Man verstoppen. Ik weet de weg.' Ik gok dat dat de plek is waar vader op Randall ligt te wachten.

Lilly knikt, gaat overstag en stuurt ons van de grote rivier af. Haar stomme vissersbootje gaat niet hard, het klotst en klappert op de golven. Het lijkt een eeuwigheid te duren om ter hoogte van de Schaapskop te komen. Als we eromheen zeilen verhindert het eiland het zicht op de zuidoever en Ramsoogkreek. Alles wat er te zien is, zijn de gele nazomergrassen die overal op het eiland staan en het opkomende water dat aan alle botten likt die langs de oever verspreid liggen. We gaan zo langzaam dat ik tijd genoeg heb om de schedels te tellen.

'Wat zijn dat?' vraagt Lexy.

'Dat zijn dooie Engelsen,' zeg ik.

'Stop je me daar als jouw vader mij vermoordt?' vraagt ze een beetje angstig.

'Zeph kletst uit zijn nek,' snauwt Lilly. 'Dat zijn geen mensen, dat zijn schapenschedels. Kijk dan naar de hoorns.'

Lexy kijkt me boos aan, alsof ik haar een klap heb gegeven of zoiets.

'Het was maar een grapje,' zeg ik. Maar ik heb er een rotgevoel over, dus vertel ik haar wat Faz over het eiland vertelt.

'Dit was boerenland. Maar toen de stormen kwamen en de zee het land opslokte, gingen de boeren ervandoor. Ze waren zo bang dat ze hun beesten niet eens meenamen. En die hadden niet genoeg sjoege om ervandoor te gaan, ze zochten alleen maar hoog terrein. En toen ze dat hadden gedaan, konden ze nergens anders meer heen. Ze wachtten tot het water zou zakken, maar dat deed het nooit. En toen ze al het gras hadden opgegeten stierven ze van de honger.'

Lexy kijkt naar het eiland. Naar de puntige, gehoornde, getande schedels die uit het gras steken.

'Waarom hebben die boeren niet geprobeerd ze te redden?'

Daar moet ik om lachen, of ik wil of niet. 'Omdat het Engelsen waren, zo zijn jullie allemaal. Jullie denken alleen aan jezelf. Daarom hebben de Families dit land gekregen toen ze Londen verlieten. Want het was leeg.'

'We denken niet allemaal alleen maar aan onszelf!' snauwt Lilly. 'En trouwens, ik durf te wedden dat de delen die niet leeg waren helemaal schoongeveegd werden.'

Ik haal mijn schouders op.

'Ja natuurlijk. Het is ons land, toch! Niemand hielp ons hoor, toen Londen onderliep en in brand stond. Toen wij van honger omkwamen en ons moesten verdedigen tegen kannibalen of stierven aan epidemieën. Wij werden gered omdat de windgeesten de eerste Families naar de verzonken landen voerden en lieten zien hoe ze hier moesten leven. En nu zijn ze van ons.'

'Mooi verhaal,' zegt Lilly.

Plotseling klapt het grootzeil naar de andere kant. Maar nu weet ik dat ik dan moet bukken.

Lilly zegt een poosje niks, fronst alleen terwijl ze langzaam langs het eiland zeilt. De zon klimt in de hemel, kleurt alles geeloranje en eindelijk zijn we voorbij de Schaapskop en kijk ik weer naar de zuidoever. Maar nu is de Ramsoogkreek niet zo leeg en donker meer. Er flitst iets roods. Een rood zeil dat de Maulden op vaart.

'Kijk! Daar!' roept Lexy. Maar ze wijst niet naar de Ramsoogkreek, ze wijst naar de andere kant, naar de noordoever. Naar een vloot drakenboten met rode zeilen die uit de kreken komt, de rivier op.

'Achter ons!' roept Lilly en als ik me omdraai, zijn er nog meer rode zeilen die ons de rivier op volgen. Elk kreekje en elk eilandje heeft een Angel Isling-boot uitgebraakt. En ze varen allemaal de Maulden op.

'Dat is de vloot van mijn vader!' En ik ben apetrots ze allemaal te zien. Want op al die schepen – grote en kleine – glinsteren wapens en schitteren schilden. Het is allemaal rood. En ze zijn overal.

'Moet je dat zien! Zoiets is in geen halve eeuw vertoond! Mijn vader gaat die Engelsen verpletteren!'

'Wat is dat?' vraagt Lilly. Ze wijst naar de Ramsoogkreek, naar een drakenboot. Maar ik zie niet alleen een gewoon oorlogsschip, ook iets anders. Een zwarte vlek, een zwarte dolk die naar de hemel wijst. Die door de lucht giert en een wit rookspoor achterlaat. Het spoort komt van het oorlogsschip. Moet je het zien vliegen!

'Wat is dat?' vraagt Lilly weer.

De raket splijt de blauwrode gloed van de ochtendhemel in tweeën. Het zou een kraai kunnen zijn die de dageraad tegemoet vliegt, maar hij heeft geen vleugels. Hij gaat zelfs sneller dan een vogel ooit zou kunnen vliegen. Op de drakenboot is veel geschitter van zwaarden en schilden. Daar moest ik zijn! Niet hier, op dit stinkende witte zeilbootje. De zwarte dolk duikt. Hij begint nu aan een neerwaartse bocht en giert uit de lucht op ons af. Prachtig.

'Wat is dat?' schreeuwt Lilly.

De raket raakt het water.

BOEM!

Bulderend, wit, kokend water. Boven ons, om ons heen, ik adem het in. Golven slaan als een storm, werpen de boot alle kanten op. Gegil. Lexy gilt. Ik probeer me vast te houden, maar het lijkt alsof de boot aan stukken wordt gereten. Meer water. In de boot, het klotst om me heen. Ik zie Lexy door de witte waternevel. Steek een arm uit door al die bulderende, krakende golven. Pak haar. Het water om haar heen is roze en schuimig. Het schudden wordt minder, de golven worden rustiger. Het water valt op ons neer als een stortregen, eerst als onweer, dan als druilregen, dan houdt het op. Ik zit tot mijn knieën in het water. Ik ben door- en doornat. Het zeil draait en klappert. Het is half verbrand, aan één kant weggeslagen. Erdoorheen zie ik Lilly. Zij zit aan de helmstok met die kat van haar. Hij lijkt net een rat. Lilly's bruine gezicht is grijs, ze zit te hijgen en te puffen. Naast mij probeert Lexy zich te bevrijden en huilt. Ze heeft een snee in haar arm. Ze ziet er kleiner en verfomfaaider uit dan ooit.

Ik probeer te praten, maar moet eerst een hoop water ophoesten.

'Raket,' zeg ik ten slotte. 'Mijn vader heeft raketten gekocht.'

Lilly's ogen worden zwart zoals ik ze nog nooit heb gezien.

'Waarom heb je ons hiernaartoe laten varen?' gilt ze. 'Wil je ons dood hebben?' Ze zwijgt, inspecteert haar boot, kijkt naar het water dat naar binnen stroomt. We varen langzaam, de golven spoelen bijna binnen over de boorden.

'Hozen!' schreeuwt Lilly. 'Ga hozen!'

Naast mij houdt Lexy op met huilen. 'Mijn arm doet zeer,' zegt ze.

Ik draai me om om haar wond te bekijken, maar Lilly roept: 'Eerst hozen. Daarna de rest, anders zinken we.'

En Lexy protesteert niet eens, hoewel er bloed over haar arm druipt. Ze pakt gewoon een emmer en begint water naar buiten te scheppen. Lilly helpt even, houdt dan op. Ze kijkt alsof ze aan iets staat te denken en dan begint ze aan lijnen te trekken. Het zeil zwaait om, met een hoop geklapper en een zuigend geluid als het bolt. Het zonlicht straalt op mijn gezicht terwijl de boot begint te keren. Ik krijg de zon in mijn gezicht, mijn ogen worden spleetjes, op het oosten gericht.

'Wat doe je?' Ik stop met hozen.

'Ik vaar naar de Engelse vloot.'

'Nee! Die kant kunnen we niet op!'

'Waarom niet?'

'We moeten naar mijn... Ze zullen ons aanvallen!'

'Dat is al gebeurd! En volgens mij heb ik een betere kans bij Randall dan bij jullie idiote rovers.'

Achter ons is de drakenboot de rivier op gevaren en keert om ons te achtervolgen. Er wappert een wimpel met een leeuwenkop boven in de mast. Dit is de drakenboot van vader! Mijn hart springt op. Ik moet naar hem toe. Ik moet hem vertellen wat er is gebeurd. Dan zinkt mijn hart in mijn schoenen. Want wat zou hij denken als hij mij recht op Randall ziet afgaan in een boot met een wit zeil?

'Je kunt niet naar de Engelsen!'

'Ik ga geen andere kant op!' Dan wijst ze naar het noorden, zuiden en westen, naar de rode zeilen die aan alle kanten op ons afkomen.

'Nee. We kunnen niet naar het oosten!'

'En of we dat kunnen!' zegt Lilly en ze draait me haar rug toe. Ik overweeg de helmstok te grijpen, maar ik herinner me wat deze notendop deed toen ik dat op de Theems probeerde. Nou ja, misschien maakt het ook niet uit. Lilly kan toch niet sneller varen dan vaders drakenboot, wel?

'Zeph,' zegt Lexy, 'mijn arm doet zeer.'

Ik zoek dus in de manden en de dozen, tot ik een beetje natte stof vind, dan maak ik Lexy's wond schoon en verbind die om het bloeden te stoppen. Het blijkt niet zo erg te zijn, niet echt een diepe snee. Maar Lexy is moe, huivert van de kou en heeft niets om zich te verwarmen, want alles is nat. Dus ik doe mijn leren jas uit en sla die om haar heen. Hij reikt bijna tot haar knieën.

Dan kijk ik achterom. Naar vaders vloot, die de Maulden vult met rode zeilen, elk schip vol met krijgers. Naar vaders oorlogsschip, de leeuw brullend boven het zeil, dat door het water snijdt als een mes door de boter. Elke slag op de trommel brengt hem dichterbij. Lilly's vissersbootje kan het beslist niet opnemen tegen een drakenboot van de Familie. Vader vangt ons met gemak. We halen niet eens het eiland Geen Genade, laat staan de Engelse vloot.

25

Op het nippertje

Vliegen, dat zou ik graag hebben gedaan. De zeilen uitslaan als vleugels en wegvliegen. Weg van hier, weg van de rovers, weg van deze moerassen en deze schedeleilanden. Maar we vliegen niet, we hinken amper. Ik heb dat verscheurde zeil zo strak mogelijk aangetrokken, in een poging recht op de wind te komen liggen, maar die scheur is funest. Het zeil puft en zucht, gaat slap hangen en telkens als de wind door dat gat blaast lopen die rovers op ons in. En die scheur is niet alles; de val, de lijn waarmee het grootzeil wordt gehesen en gestreken, is helemaal geblakerd en gerafeld door die raketontploffing. Ik blijf maar omhoogkijken om te zien of die het houdt of dat de rafels de lijn helemaal zullen laten breken.

Kater is nu droog en vliegt jankend van hot naar her. Als hij niet aan het rennen is, kijkt hij achterom naar al die roversboten met rode zeilen en die grote drakenboot die steeds dichterbij komt.

'Mrowow!' roept hij dan. Je hoeft geen kattenmaat te zijn om te weten dat hij bedoelt: sneller varen. Konden we dat maar. Niet met dat gescheurde zeil. Niet met al die rovers die krachtig aan hun dikke, brede riemen trekken. En die roverstrommels die slaan als mijn eigen hart.

Voor mijn gevoel duurt deze vlucht, zo vlak voor Medwin uit, al een eeuwigheid. Ik ben zo moe dat ik het idee heb dat mijn armen eraf zullen vallen. En nu zuigt het tij de rivier terug naar zee, waardoor brede stranden met dikke bruine modder droogvallen; er blijft steeds minder en minder kanaal over om door te varen. En al die tijd komt dat roversschip dichter- en dichterbij, om ons te overvaren.

De zon werpt een verblindende blik over het zeil heen en ik zit met mijn ogen te knipperen tegen het licht. Naar de gehesen zeilen van de Engelse schepen. Het zijn er wel dertig, met hun grote dikke rompen en hun witte masten die als torens naar de hemel wijzen. Ze wachten slechts, op de rovers en op ons. Ik hoop dat Zeph zich vergist en dat ze niet zullen denken dat wij een list van de rovers zijn. Misschien zal Andy me zien, misschien zal hij iemand vertellen dat ik geen rover ben. Ik weet het, het is een kleine kans, maar toch. Bij Medwin heb ik geen enkele.

Achter de Engelse windjammers liggen nog andere zeilen, kleinere, zilverachtig, glimmend als metaal. Zo te zien Schotse zonneschepen. Misschien zullen die ons helpen? Had ik maar zo'n praatdoosje als Aileen, dan kon ik ze oproepen en om hulp vragen.

Bonk, bonk, bonk. Het geluid van de roverstrommel. Zo hard. Pal achter ons is de drakenboot, met de gesneden drakenkop vol puntige gele tanden. En ze probeert ons ermee te bijten.

Waarom gaan we niet sneller? Mijn nek, rug, armen en benen zijn gespannen, verwachten pijlen, speren en kogels die zullen rondvliegen. Ik hurk neer, probeer een zo klein mogelijk doelwit te vormen. En Zeph helpt ook al niet, die kijkt gewoon strak naar die rode zeilen achter ons. Hij zei dat hij ons zou helpen vluchten, maar ik begin het me af te vragen. Ik weet niet wat ik met hem moet. Ik weet dat hij me heeft gered toen ik op het rad lag en me heeft geholpen bij Aileen weg te komen. Maar hij heeft me ook aan hen uitgeleverd. En tenslotte is hij een rover en zijn pa de Baas. Dus wie weet wat hij nou gaat doen?

Ik kijk gauw om naar de drakenboot. Daar is Zephs pa! Op de voorplecht staat hij boos op ons neer te kijken. Rondom hem staan zijn krijgers, allemaal in wapenrusting, allemaal met schrikwekkende zwaarden en allemaal met boze blik. Het rode zeil vult de hemel, de riemen slaan in het water. Medwin leunt naar voren om ons goed te bekijken en zijn gezicht wordt donker van woede.

'Jongen!' brult hij over het water. 'Wat doe jij op dat bootje? Met die Engelse spionnenheks en mijn gijzelares?'

Opeens kijkt Zeph geschrokken, alsof al het bloed uit hem weg is gestroomd.

'Dat was Aileens schuld! Zij is de spion! Zij zat achter ons aan!' Zijn stem klinkt klein en bang, je kunt hem amper horen boven het geluid van de golven uit, met het klappende zeil en de trommels die achter ons slaan.

'Wat sta je nou te kletsen?' brult Medwin. 'Wat heeft Aileen met jou te maken, met een wit zeil, terwijl je zou moeten vechten?'

'Het was niet mijn bedoeling...' jammert Zeph. 'Ik bedoel, het was een ongeluk. Ik bedoel...' Zijn stem verstomt tot niks. Volgens mij heeft Medwin hem niet eens gehoord.

'Vader gaat vast denken dat ik een anglofiel ben,' kreunt hij.

Weer schreeuwt Medwin, bulderend over de golven.

'Ik zou je uit het water moeten schieten! Verrader dat je bent! Jij bent niks! Jij bent geen zoon van mij!'

Zeph ziet eruit alsof iemand zijn hart door zijn keel heen eruit heeft gerukt.

'Nee, vader! Echt waar, ik zou u nooit verraden...' Maar zijn stem kraakt, hij spreekt amper nog. Zijn ogen puilen uit en hij kijkt paniekerig naar mij en Lexy en de boot waarin we zitten.

'Dit is allemaal jouw schuld!' schreeuwt hij mij toe en dan begint hij te huilen.

Maar alles waaraan ik kan denken is hoe Medwin zojuist heeft gezegd dat hij ons uit het water zal gaan schieten. We moeten sneller varen, maar ik weet niet of het met dit zeil zal lukken. Misschien kan ik niet zo hoog aan de wind zeilen, niet met die scheur.

'Hou je goed vast!' roep ik en ik geef een ruk aan de helmstok.

De boot helt zo ver over dat Lexy praktisch boven het water bungelt, haar arm strak om de mast. Het want giert en klappert als we vaart maken, het zeil kreunt en kraakt terwijl de wind probeert de scheur in het canvas te vergroten.

'Lilly, de andere boten!' roept Lexy.

Maar wat kan ik doen? Want zelfs nu mijn eigen boot zichzelf bijna aan flarden trekt, gaan we amper sneller dan Medwins oorlogsschip. En ik besef dat dit het einde is. Want we halen het nooit tot de Engelse vloot.

Ik doe mijn uiterste best de boot zo dicht aan de wind te laten varen als ik kan zonder ons te laten kapseizen. Medwins oorlogsschip zit ons op de hielen, maar hij blaast ons niet op met een raket. En hij haalt ons ook niet in. Het is alsof hij met ons speelt. En ik krijg een steeds killer gevoel vanbinnen, want wat voor spelletje zou deze roversbaas spelen? Het water spettert om ons heen met groen en grijs schuim, elke schok en elke golf brengen een sterkere zeelucht mee. Ten slotte zijn we voorbij het laatste eiland. En zodra we de rivier verlaten en op open zee varen, steekt de wind op, klopt de golven op. We beginnen door het water te hossen, de boot slaat hard in elk golfdal en tilt ons rechtop bij elke golftop. Lexy's gezicht staat star van angst en met haar magere armpjes houdt ze zich stevig vast. Zeph klemt zich ook vast en zijn gezicht is nat, of van de tranen of van het opspattende water. Hij staart nog steeds naar zijn vaders drakenboot.

Het want kraakt en zucht terwijl de wind probeert alles uit elkaar te rukken. Dan raakt een windvlaag het grootzeil. De giek schiet plotseling de andere kant op, waardoor het zeil slap en klapperend blijft hangen. De boot springt omhoog en nu dobberen we op de golven.

'Getver!' schreeuwt Lexy, die nu op haar gezicht onder in de boot ligt.

Ik begin lijnen te grijpen, probeer het zeil terug te krijgen, maar de wind speelt met ons en zwaait de boot alle kanten op. De lijnen zijn natte slangen, ze slaan en draaien uit mijn vingers.

'Hiss!' zegt Kater, springt rond en probeert die losse lijnen te grijpen. Maar hij heeft alleen klauwen en dit zijn geen muizenstaarten.

Er klinkt een scheurend geluid boven ons en de verschroeide en gerafelde val knapt. Het grootzeil wappert los van de mast.

'Kijk uit!' roep ik, want er is niet veel tijd voor iets anders. Lexy gilt, het zeil valt. Met een geruis, een klapperend geluid als het vallen van natte bladeren, valt het over de boot heen en begraaft ons half in grijswitte plooien.

We liggen nu doodstil, ik durf niet eens achterom te kijken.

'Waarom heeft je vader niet op ons geschoten?' vraag ik Zeph.

Hij kijkt achterom, zijn gezicht is bleek en vol angst.

'Hij wil me waarschijnlijk vangen. Om me ten voorbeeld te stellen...' Meer wil hij niet zeggen.

En nou liggen we daar, als dooie vissen en met de rovers overal om ons heen. Alles waarmee we nu nog kunnen zeilen is de fok, waarmee we niet heel veel vaart zullen kunnen maken. We moeten het grootzeil weer kunnen hijsen. Maar daarvoor moet ik in de mast klimmen en ik heb niet zoveel zin een mooi doelwit voor rovers te worden.

'Kijk!' roept Lexy en wijst naar voren. En daar, pal voor ons, op alle stukken zee die niet met rood zijn gevuld, liggen de witte zeilen van de Engelse vloot. Ze zeilen recht op ons af! We zijn gered!

Hoop ik.

'Wat zijn ze groot,' zegt Zeph met wijd open ogen.

De Engelse schepen torenen boven ons uit. Als ik omhoogkijk naar het dichtstbijzijnde, een met een bruingrijze romp, helemaal beplakt en bevlekt, doet het me denken aan die gebouwen in Londen, maar dan met zeilen erop.

'... vierentwintig, vijfentwintig,' zegt Zeph.

Het lijkt een hele straat met van die gebouwen, die de benen hebben genomen en hierheen zijn gevaren.

'Daar is mijn vader!' roept Lexy, naar een van de schepen wijzend. 'Pappie! Pappie!' roept ze. Daar is hij, op het dek van het grote schip. Als een vette pruim in zijn blauwe vest. Hij houdt een verrekijker in de hand, het glas glinstert als hij hem onze kant op richt.

Ik probeer Andy te vinden tussen al die mannen die rondrennen op de schepen. Maar er is te veel aan de hand: zeelui die het want in en uit klimmen, geschutpoorten die opengaan, soldaten die laden en hun geweren controleren aan dek.

Vanachter komen kreten en het slaan van riemen. Medwins drakenboot! En de rest van de drakenboten vaart daar in een waaier achteraan. Vullen de monding van de rivier. Het lijkt alsof ik alleen nog maar scheepsrompen zie, allemaal groter dan wij. En overal wenden schepen de boegen van elkaar af of juist naar elkaar toe, kloppen met veel lawaai het water op; de lucht is gevuld met geschreeuwde bevelen en het klapperen van bollende zeilen. Ik gebruik de fok zo goed als ik kan om ons uit het gedrang te houden en denk de hele tijd dat ik door een of andere grotere boot te pletter zal worden gevaren.

Beide vloten varen op elkaar in, rode zeilen mengen zich met witte, maar er wordt geen schot gelost. De rovers staan te roepen en te schelden naar de Engelsen en de Engelsen richten hun geweren. Maar er gebeurt niks. De strijd ontbrandt niet. Het is alsof de ene partij de andere op de korrel zit te nemen. Zo snel als ze aan zijn komen varen, wenden de rode zeilen en trekken ze zich terug, terwijl de witte zeilen op afstand blijven. Beide vloten loeren op elkaar en dat gebeurt allemaal om ons heen en nog steeds wordt er geen schot gelost. Medwins drakenboot en Randalls vlaggenschip voeren telkens precies dezelfde manoeuvre uit en blijven zo dicht mogelijk bij ons bootje. Wij drijven daartussenin als een vlieg die erop wacht geplet te worden.

'Randall!' buldert Medwin. 'Randall, jij laag-bij-de-grondse Engelse etterbak! Wat heb je met mijn zoon gedaan? Heb je een heks op hem afgestuurd om een verrader van hem te maken?'

Randall staat op het voordek van zijn vlaggenschip, hangt over het dolboord en probeert ergens een lijn te grijpen om zich in evenwicht te houden. Naast hem staat een man in het zwart, Jasper. De Schotse ambassadeur.

'Jij zwarthoofdige terrorist!' schreeuwt Randall. 'Jij kidnapper! Wat doe je met mijn dochter?'

Kater slaakt een angstige, klagelijke kreet. Ik pak hem en houd hem stevig tegen me aan.

'Wat gaat er nu gebeuren?' vraagt Lexy en dat zeg ik haar maar niet, want het is waarschijnlijk niet veel goeds. Ik kijk naar Zeph, maar hij is verdiept in zijn eigen gedachten en staart naar zijn vader.

'Het komt wel in orde,' zeg ik. Ik trek Lexy naar beneden, de boot in, onder het gevallen zeil, en probeer ons zo klein mogelijk te maken. Kater drukt zich zo dicht mogelijk tegen mij aan. We dobberen hulpeloos op het water, met twee vlaggenschepen om ons heen. Een muis tussen twee tijgers.

Verderop beginnen de rovers met hun zwaarden op hun schilden te slaan. Dat heeft ongeveer het effect van trommels, maar het is dreigender. Als reactie klinkt er een kwetterend en krakend geluid als alle soldaten op de Engelse schepen hun geweren ontgrendelen. Van Medwins oorlogsschip komt een hard ratelend geluid. Op het dek begint een grijze, metaalachtige machine langzaam te draaien. In het midden, naar de hemel wijzend, zit een slanke, zwarte raket.

Plotseling springt Lexy op.

'Pappie! Help me!' roept ze en haar stem is net een vogeltje.

Daarop begint Randall bevelen te schreeuwen. Zeelui beginnen rond te rennen, een van de roeiboten die aan de boeg hangen komt ratelend naar beneden, naar het water toe.

Er klinken reacties van Medwins drakenboot. Op het dek beginnen twee rovers aan de wielen van de raketlanceerinstallatie te draaien en de puntige neus van de raket draait, gaat omlaag, tot hij pal op ons is gericht.

'Randall,' roept Medwin en zijn stem draagt over het water. 'Hou daarmee op of ik blaas je dochter het water uit!'

'Vader!' roept Zeph, alsof hij niet kan geloven wat zijn vader aan het doen is. Maar Medwin kijkt niet eens naar hem.

Boven op de Engelse windjammer hoor je het geratel van kanonnen die op hun plaats worden gerold. Zij worden op de rovers gericht. Zou een kanonskogel het bovendek kunnen bereiken voordat ze tijd krijgen die raket af te schieten? Op de drakenboot begint Medwin te lachen.

'Jij wilt knokken, hè Randall?' buldert hij. 'Wel, daarom ben ik hier ook gekomen!'

Zeph kijkt naar zijn vader alsof hij probeert diens gedachten te lezen. Dan draait hij zich met een ruk om en hij kijkt mij aan.

'Dit is allemaal jouw schuld!'

'Jij hebt ons hierheen gebracht,' zeg ik.

'Jij bent rechtstreeks op de Engelse vloot afgevaren!'

'Omdat jouw vader raketten op ons afvuurde!'

Zeph en ik staan elkaar boos aan te kijken. Nog één woord en we vliegen elkaar in de haren.

'Hou op!' roept Lexy. 'Wat gaan we doen? We moeten iets doen!'

De sloep aan de windjammer is halverwege blijven hangen. Er staat een groepje soldaten in het blauw rond Randall en Jasper. Op de drakenboot staan in het rood geklede rovers nog steeds beledigingen over het water te slingeren. Een van hen, een lange magere met rood haar, staat met een speer te zwaaien, strekt zijn arm achteruit en smijt hem weg. Het glinsterende staal schiet vonken als het door de lucht vliegt.

'Bukken!' roept Zeph en hij trekt mij en Lexy onder het gevallen zeil. Ik kan amper ademhalen, amper zien, want ik word bedolven onder canvas. Iets valt in het zeil en opeens is er licht tussen mij en Zeph. De speerpunt dringt zich in het canvas naast mijn hoofd, schiet erdoorheen en slaat in het hout. Vlak naast mijn voeten. Gejuich klinkt op van de drakenboot, en wordt onderbroken door het kraken van drie of vier geweren die vanaf het Engelse schip vuren.

'We gaan eraan!' zeg ik.

'Mijn vader vecht om mij te redden,' zegt Lexy.

'En de mijne maakt ons af voordat hij kans ertoe krijgt,' zegt Zeph.

'Dan moeten we ze weerhouden van vechten,' zeg ik. 'Want ik

denk niet dat wij het twee minuten zullen uithouden als de slag eenmaal begint.' En dan bedenk ik iets, want het is niet waar wat Lexy zegt, ze vechten niet alleen om haar. Niet echt.

'De Schotten zijn hiermee begonnen,' zeg ik. 'Zij hebben jouw pa op ons dorp afgestuurd. Ze wilden Lexy niet hebben, ze wilden de juweelputer hebben. En als we iedereen zouden kunnen laten zien wat er eigenlijk aan de hand is...' Maar dan houd ik mijn mond, want ik heb geen idee hoe ik dat moet doen. Zephs gezicht verandert, alsof hij een flintertje hoop krijgt.

'Dan zal mijn vader geloven dat Aileen een spionne is, want zij zat altijd om dat juweel te zeuren. En zij was heel boos toen vader in plaats daarvan met Lexy thuiskwam.'

Boven ons hoofd houdt het geschreeuw aan en er klinkt nog wat geweervuur.

'Jij kunt het spook eruit halen,' zegt Zeph. 'Laat het aan ze zien.'

'Dat zou ik ook doen als ik het had!' snauw ik.

'Dat heb je,' zegt Zeph en lijkt erg met zichzelf ingenomen. Dan steekt hij zijn hand in zijn zak en haalt het juweel eruit.

'Hoe kom je daaraan?' vraag ik en hij kijkt nog meer zelfingenomen.

'Haal dat spook er nou maar uit,' zegt hij en ik pak het juweel uit zijn hand.

Het voelt warm en tintelend aan als ik het aanraak en plotseling is die kop er. Maar onder het zeil is zo weinig plek dat de kop zich tegen het canvas boven ons stoot en zich moet bukken en uitspreiden, zodat één oog in zijn haar wordt uitgesmeerd.

'Primaire gebruiker geïdentificeerd. Welkom, Lilly Melkun.' Hij klinkt opgewonden. 'Zijn we er nou eindelijk? Waar zijn de geleerden?'

Dan kijkt hij naar mij, Lexy, Zeph en Kater, weggekropen onder het canvas. 'Toch niet weer?' kreunt hij. 'Waarom blijven jullie mij activeren in totaal verkeerde omstandigheden? Waar zitten we nu, in een tent?'

'We zitten gevangen tussen twee oorlogsvloten, schuilen onder een zeil en worden aan flarden geblazen als jij ze daar niet van weerhoudt,' zeg ik.

De kop tilt een wenkbrauw op. Wellicht ook de andere, maar dat kan ik niet zien, want hij is langs de onderkant van het zeil uitgerekt. 'Je weet zeker dat jullie geen hackers zijn?' vraagt hij.

'Ik weet niet eens wat een hacker is!' roep ik. 'Maar jij moet naar buiten.'

'In een zeeslag? Besef je wel hoe kwetsbaar ik ben in zeewater?'

'Nou, je krijgt er ladingen vol van als wij door een raket worden geraakt!' snauw ik. 'Jij zegt steeds dat je naar Schotland wilt. Wel, Randall heeft de Schotse ambassadeur aan boord. Maar hij zal niet eens weten dat jij hier bent als we allemaal verzuipen.'

'Al goed, al goed,' zegt de kop. 'Je hoeft niet zo dramatisch te doen!'

Ik steek mijn hoofd naar buiten, knipper tegen het heldere licht dat door de zee wordt weerkaatst. Alles is nu bulderend luid nadat ik onder dat zeil heb gezeten. Op de boten loopt iedereen in het rond en er worden bevelen geschreeuwd. Mijn hart klopt als een hamer, wachtend op een geweerschot dat een fluitende kogel over me heen zal sturen of een speer die door de lucht zal zoeven. Ik steek mijn hand op, die waar het juweel in zit, en de kop komt naar buiten en hangt erboven.

'Toe dan,' zeg ik. 'Je zei tegen Aileen dat je een of andere superoorlogsputer bent. Doe iets.'

Het hoofd kucht, kijkt dan de andere kant op. 'O ja. Dat heb ik gezegd, hè?'

'Probeer dan nou eens om die raketten en die kanonnen het zwijgen op te leggen. Kun je dat?'

'Hmm, nee.'

'Kun je niet iedereen in slaap laten vallen zodat ze niet gaan vechten?'

'Niet echt.'

'Kun jij die raketten uit de lucht schieten voordat ze ons raken?'

'Ja zeg, luister eens, je hebt wel hele hoge verwachtingen! Je kunt mijn eenheid in je hand houden, dus waar denk je nou dat ik wapens zou moeten verstoppen?'

'Nou, wat kun je dan?' roep ik. De kop kijkt eens om zich heen naar al die windjammers die boven ons liggen te kraken en naar die drakenboten met schreeuwende krijgers aan boord.

'Ik weet wat!' zegt hij. 'Ik kan interactief worden!'

En de kop begint te zwellen, wordt groter en groter en stijgt op en vult de lucht boven ons. Het duurt niet lang of hij is veel groter dan het bootje, veel groter dan de drakenboot en dan opeens is hij zo groot als een van de windjammers. De monden van de matrozen vallen open, degenen die in het want hangen klemmen zich doodsbenauwd vast aan de lijnen. Soldaten laten hun geweren zakken en deinzen terug op het dek.

Een van de rovers op de drakenboot begint te roepen: 'Het is de zeegeest, hij komt ons halen!'

De kop stuitert en zwaait wat in de lucht, wordt nog steeds groter en groter, sprankelt en glinstert, alsof hij van zeewater is gemaakt. Andere koppen komen in de lucht en beginnen te groeien naast elke drakenboot, naast elk Engels schip. Al snel zijn er zoveel drijvende reuzenkoppen dat iedere matroos of rover ze kan aanraken als hij dat zou durven. Als de ruimte tussen de vloten met koppen is gevuld, gaan al hun monden opeens open en beginnen als met één stem te spreken.

'Ik ben het Sunoon Technologies Play System AI,' dreunt het, zodat ons bootje helemaal begint te trillen. 'Maar jullie kunnen mij PSAI noemen als jullie dat willen.' Matroos of rover, iedereen kruipt doodsbenauwd weg als dat geluid over ze heen dondert.

'Ik begrijp dat jullie op een of andere zeeslag uit zijn. Ik denk echter niet dat dat een goed idee is. Mijn primaire gebruiker zou daarbij kunnen verdrinken en wat moet ik dan?'

Op het Engelse oorlogsschip heft een soldaat zijn geweer op. Er klinkt een gekraak en een kogel fluit door de lucht. In een oogwenk is de lucht gevuld met heldere, glinsterende schilden. Ze glimmen als gepolijst staal, honderden ervan draaien en dansen voor het oog van iedere soldaat en iedere rover.

'Jullie primitieve wapens betekenen niets voor mij,' dreunt de enorme stem van de koppen. 'Zij zullen niets bereiken en zijn heel irritant.' Om de een of andere reden kijkt de kop boven ons even naar mij en knipoogt met een van zijn enorme ogen.

Iemand begint te gillen. Het is vreemd een man zo te horen gillen.

'Dus misschien kunnen we een poging doen een oplossing te vinden voor deze zeer onaangename situatie? Persoonlijk geef ik de voorkeur aan gedachtespelletjes, zoals schaken, boven brute kracht.'

De kop naast Medwins drakenboot gaat scheef hangen, zodat hij Medwin beter kan aankijken.

'Je kunt mij vermoorden,' schreeuwt Medwin, 'maar er zullen honderden rovers opstaan om jou te verwoesten!'

Hoewel ze momenteel niet erg aan opstaan lijken te denken.

'Geen schaken dan?' dreunt de stem. 'Nou ja, dat was misschien ook wat te veel verwacht.' De koppen draaien zich allemaal langzaam om in de lucht. 'Welnu, waar is die meneer uit Schotland?'

Op de windjammer schuift Randall Jasper voor zich uit. 'Hier is hij!' roept Randall. 'Eet hem maar op als je wilt, maar laat mij met rust!'

'Wat een walgelijke gedachte,' zegt de kop. 'Ik verzeker je, ik wil slechts praten.' Dan klinkt er een enorme zucht, als de wind door een bos. 'En kunnen we daartoe niet ergens op een droge plek gaan zitten?'

26

Geen Genade

Mijn vader komt eraan! Het ene ogenblik ben ik blij, want nu heeft hij die spookkop gezien en moet hij me geloven als ik hem vertel wat er gebeurd is. Het volgende ogenblik heb ik het gevoel dat mijn darmen binnenstebuiten worden gekeerd. Want als hij me niet gelooft, dan laat hij me spietsen als een verrader.

We zitten op Geen Genade. Dat is een eiland. Ik, Lexy en Lilly. Het is tamelijk groot en grotendeels bebost – wilg, els en dergelijke. De kat vond het fijn, hij liep meteen de heuvel op zodra we aan wal gingen. Rechtstreeks de bosjes in, we hebben hem niet meer teruggezien. Maar wij zitten beneden aan het water, in de modder en de kiezels, te kauwen op wat dunne droge beschuit die Lilly uit haar rantsoendoos heeft gehaald.

Er is nu nog maar één spook en dat is weer helemaal geschrompeld. Het drijft nu hoger boven het strand, want het wil niet in de buurt van water zijn. Lilly zit in haar boot en doet haar best het grootzeil te repareren. Waardoor Lexy en ik liggen te kauwen en te wachten. Te wachten op mijn vader en op die Engelse rotzak van een Randall. Want zij komen hiernaartoe. Om te praten, zoals het spook ze heeft opgedragen. En toen het ze opdracht gaf ons te laten gaan, zijn de boten gewoon vertrokken en heeft Lilly ons met de fok gevaren.

De Engelse schepen en de drakenboten liggen nog steeds te wachten in de baai, boeg tegen boeg. Het wordt kouder, het gaat waaien. Wolken pakken zich samen, eerst wat slierten, dan grote stapelwolken erachter. Ik kauw op mijn beschuit, daar heb je wat kauwwerk voor nodig, en kijk naar Lexy. In haar voddige, natte jurk, met mijn leer eroverheen en haar haar helemaal in de war.

'Het spijt me,' zeg ik, 'voor de manier waarop mijn vader jou heeft gevangengehouden.'

Lexy kijkt verrast, dan lacht ze en trekt mijn jas uit.

'Je kunt deze maar beter weer aantrekken. Ik denk niet dat papa erg blij zal zijn als hij me dat ziet dragen.'

Lilly stapt uit haar boot en kruipt het zand op, naar mij en Lexy.

'Nou,' zegt ze, 'de val is bijna klaar, zo goed als ik het kan maken. Ik hoop dat die het zal houden.'

'Daar is mijn pappie!' zegt Lexy en ze wijst op een sloep. Die komt van de Engelse vloot naar dit eiland toe. En er komt nog een andere sloep aan, vanaf vaders drakenboot. Randall is nu zo dichtbij dat ik hem zien kan, met een vent in het zwart naast zich. Maar Randall kan me niks schelen; wie mij wel iets kan schelen, is vader. Ik hoop dat hij naar me zal kijken, dan kan ik misschien hoogte krijgen van wat hij denkt. Maar hij blijft stokstijf naar Randall staren, die terugstaart. Als een meeuw nu tussen hen door zou durven vliegen, zou hij door al die haat ter plekke gebraden worden.

De boten schieten door de brekende golven en landen op het strand een eindje van ons vandaan, maar wel tegelijkertijd. Vader springt met zijn krijgers uit zijn boot voordat die stilligt en begint door de klotsende brekers naar de kust te waden.

'Rovers!' roept Randall. 'Sta stil of ik laat jullie neerschieten!' Dan hijst hij zichzelf het water in en waadt achter mijn vader aan. Vader blijft staan, zijn krijgers waaieren met getrokken zwaard achter hem uit. Lexy maakt een gebaar, alsof ze op Randall af wil rennen.

'Niet doen!' zeg ik tegen haar. 'Blijf staan.'

Het is niet veilig om wat dan ook te doen, niet totdat we weten hoe de vork in de steel zit. Je kunt de Engelsen niet vertrouwen. Wie weet op wie ze zullen schieten, misschien wel een kind dat op haar vader afrent. Er is er niet één die niet met twee gezichten en een hele trukendoos rondloopt.

Mijn vader en Randall staan elkaar boos aan te staren in de brekers. Achter hen staan mijn vaders krijgers boos naar Randalls soldaten te staren. Op één na. Die staart naar mij. Waarom heeft vader Roba meegebracht? Waarom is Ims niet meegekomen?

'Nou, Engelsen,' zegt mijn vader. 'Hier zijn we. Wat doen we nou?'

Allebei draaien ze zich om en kijken langs het strand naar het spook, dat ergens in de buurt van de bosjes zweeft.

'Demon!' roept mijn vader. 'We zijn er. Wat wil je van ons?'

'Hmm,' zegt het spook. 'Dat is een interessante vraag. Je moet begrijpen, ik heb 147 jaar uit gestaan, dus mijn begrip van jullie twist is helemaal gebaseerd op wat deze kinderen mij hebben verteld... Maar op basis daarvan en ervan uitgaande dat jullie geen volslagen vertekende waarheid zijn, veroorzaakt door mijn langgerekte slaap, zou ik graag naar jullie beste geleerden worden gebracht, omdat ik zeker weet dat ik een fikse beurt nodig heb.'

Wij staren allemaal het spook aan.

Na een poosje zegt mij vader: 'Is er iemand die deze flauwekul begrijpt? De demon probeert ons van de wijs te brengen.'

Randall snuift.

'Ik heb mijn zeeslag niet afgebroken om hier naar een hoop gezwets te komen luisteren. Dit ding is duidelijk een of andere gruwel van vóór de Ineenstorting. Als deze ambassadeur hier niet zo had aangedrongen, zou ik het de vergetelheid in hebben geblazen.'

'Aha, jij doet dus wat jouw Schotse poppenmeester jou zegt te doen?' spot mijn vader, met een knik in de richting van de in het zwart geklede man in de Engelse boot. Randalls gezicht wordt helemaal rood en opgezwollen.

'Niet zo brutaal, rovershond.'

'Beter hond dan poedel,' roept Roba. Vader kijkt hem boos aan.

Randall zegt: 'Heb je nog meer van die welpen van je meegenomen, Medwin? Ik hoor dat je er maar twee hebt. Wat roekeloos ze allebei in te zetten tegen een Engelse overmacht.'

'Ik heb ze meegenomen omdat ik geen enkel probleem heb met het bevechten van een paar scheepsladingen Engelse lafaards. Ik zag dat jullie zelfs Schotten achter jullie aan hebben varen. Die trekken aan de touwtjes, of niet?'

'Ik zou jou en al dat roverstuig van je moeten vermoorden om wat je zegt!'

De in het zwart geklede man stapt uit de Engelse boot.

'Wij zijn slechts onpartijdige waarnemers van de actie,' zegt hij, terwijl hij naar mijn vader en Randall toe waadt. 'Maar nu dit oeroude artefact is bovengekomen, stellen wij er belang in. Ik weet zeker dat u allebei beseft dat Groot-Schotland het meeste in huis heeft om zo'n fascinerend voorwerp goed te verzorgen. Onze museumcollecties zouden in staat zijn veilige opslag voor het welzijn van toekomstige generaties zeker te stellen.'

'O, een museum,' mompelt het spook. 'Dat klinkt wonderbaarlijk.'

'Waarom wil jij deze demon?' vraagt mij vader. 'En wel zo erg dat je een klein fortuin hebt uitgegeven om dit voor jou uit Engeland te laten roven?'

'Waar heb je het over?' zegt Randall, die naar de Schot kijkt. 'Wat bedoelt hij? Betaal jij rovers om ons te overvallen?'

Het gezicht van de Schot vertrekt niet, dat glimlachje blijft alsof het erop geschilderd staat.

'Groot-Schotland stelt belang in oude artefacten, zuiver omwille van het vergroten van kennis. Wat de beschuldiging betreft dat wij rovers zouden inhuren om die artefacten uit Engeland weg te roven, dat is natuurlijk volslagen flauwekul.'

'Het is waar!' roep ik. 'Aileen zei dat de Schotten dat ding wilden omdat het een oud wapen is!'

Het spook kijkt bezorgd.

'Hmm, volgens mij is hier sprake van een misverstand. Ik ben geen echt wapen, ingeval een van jullie zou overwegen een beetje met mij te gaan spelen.' Het wacht even. 'Hoewel ik buitengewoon waardevol ben.'

Maar mijn vader en Randall luisteren niet eens meer.

'Jij stroopt onze kusten af op zoek naar oude artefacten?' vraagt Randall. 'Wat heb je nog meer buitgemaakt?'

Mijn vader grijnst.

'Behalve je dochter?'

'Ik zal je, jij wilde!'

'Hou je kalm, Engelsman,' zegt mijn vader. 'Wij hebben je kostbare juweel niet meegenomen. Dat was dat meisje daar.' Hij wijst naar Lilly. 'Zij heeft het ons gebracht, zij beweert dat ze het van jouw zus heeft. Dus je zou haar eens moeten vragen hoe het nou precies zit.'

Zo langzamerhand staat Randall te schuimbekken.

'Werk jij voor de rovers?' schreeuwt hij tegen Lilly. 'Komt het daardoor dat ze wisten hoe ze mijn dochter moesten roven? Ik heb altijd al gedacht dat jullie dorp een slangenkuil was, maar ik had geen idee dat ik ook kinderen had moeten laten opsluiten.'

Lilly wordt zo wit als een doek.

'Nee! Zo zit het niet! Ik wilde alleen helpen. Ik wilde alleen Alexandra terugkrijgen, zodat zij zou kunnen vertellen dat wij geen verraders zijn. Dan zou u de kapiteins vrijlaten, zoals u zei, en Andy en de rest zouden niet hoeven te vechten.'

Dat stuk vuil van een Randall kijkt Lilly aan alsof ze een pad is die aan het praten is geslagen.

'Zo, dus jij maakte je zorgen om een of ander voddig vrijertje van je, dat misschien zou kunnen sneuvelen in de slag,' en hij lacht gemeen. 'Nou, dat hoeft niet hoor. Want ik ben niet zo achterlijk dat ik onopgeleide, verraderlijke boeren op mijn vloot zou loslaten. Dat wrakhout uit jouw dorp marcheert op dit moment.' Hij kijkt naar mijn vader. 'Met de rest van mijn leger op weg naar de roverslanden.'

‘Maar Andy kan niet eens vechten!’ zegt Lilly.

Randall grijnst haar toe. ‘Tegen de tijd dat ze hier aankomen zullen die halvegare dorpelingen tot soldaten gehamerd zijn.’

‘Dat zullen ze dan niet lang zijn,’ zegt mijn vader. ‘Niet als ze ons tegenkomen. Daarna zijn ze helemaal niks meer.’

Lilly schrikt. Alsof iemand haar een stomp heeft gegeven.

‘Als ze aankomen,’ snauwt Randall, ‘zal mijn leger jullie rovers van de kaart vegen.’

Mijn vader en Randall kijken elkaar aan alsof ze elkaar ter plekke aan het spit gaan rijgen, maar dan roept een stem: ‘Wacht!’

Het is de Schot. Hij heeft zijn handen opgestoken.

‘Alstublieft! U vergeet volkomen waarom wij hier op dit eiland bij elkaar zijn. Dat is niet om de slag te beginnen, maar omdat deze ongelooflijke machine ons gevraagd heeft te komen. Dus laten we erachter komen waarom hij ons hier wilde.’

Het spook begint nu een beetje paniekerig te kijken.

‘Wel, ahum,’ stottert het. ‘Ik kan niet zeggen dat ik een van jullie hier echt graag wílde. Het zou juister zijn te stellen dat ik uiteindelijk níét gewoon naar de bodem van de zee wilde zinken.’

‘Maar waarom zijn we hier dan?’ roept mijn vader. ‘Ik heb wel wat beters te doen dan rond te hangen met demonen en idioten. Ik heb Engelsen te doden!’

‘Geef me mijn dochter en ik begin met alle plezier weer te vechten. Dan zullen we eens zien wie er gedood wordt,’ roept Randall terug.

‘Wacht even,’ roept de Schot. ‘Kunnen we niet even rustig blijven? We willen hier allemaal iets, dus laten we er nou rustig over nadenken. Ik wil die oude machine, de Premier wil zijn dochter, en ik weet zeker dat u uw zoon veilig terug bij u zou willen hebben.’

‘Zodat we hem als een verrader kunnen spietsen,’ zegt Roba rustig, maar hard genoeg zodat ik het kan horen.

‘Ik onderhandel niet met een moordende piraat!’ roept Randall. ‘Ik ben van plan hem een lesje te leren dat alle rovers zal heugen.’

'Wat ze zal heugen is dat er geen Engelsman in leven wordt gelaten!' zegt vader.

Weer komt de Schot tussenbeide. 'Dat kan allemaal wel zijn, maar wij moeten de zaken hier nu regelen. Ik stel een eenvoudige wapenstilstand voor zolang het vergt om de kinderen uit de weg te krijgen en zolang ik nodig heb om dit artefact mee te nemen naar de zonneschepen.'

Randall opent zijn mond, maar doet hem ook weer dicht. Het is alsof er een glimlach op zijn gezicht wil komen, maar hij laat het niet blijken.

'Goed dan,' zegt hij. 'Tijdelijke wapenstilstand. Ik stel twee uur voor.'

Mijn vader lijkt verrast. Hij kijkt naar mij en dan naar Roba en knikt dan.

'Goed. En jullie Schotten kunnen die demon meenemen als jullie willen. Maar jullie krijgen je geld niet terug.'

'Ik heb geen idee waar u het over hebt,' zegt de Schot. Maar hij lijkt heel erg in zijn sas. Hij doet een paar stappen langs het strand en raapt het juweel op. Het spook hobbelt om hem heen en lijkt dolgelukkig.

'Ik wil niet naar een museum,' zegt het. 'Dat zou vreselijk vervelend zijn. En echt waar, ik moet wat technische ondersteuning hebben. Om te beginnen moet ik vast kunnen stellen of dit allemaal al dan niet een vreselijke hallucinatie is.'

'Dat komt wel goed,' zegt de Schot, alsof hij een kind sust, 'we zullen voor je zorgen. En dan kun jij voor ons gaan zorgen.'

Het spook kijkt naar Lilly.

'Dat kind zal natuurlijk wel met me mee moeten komen. Omdat zij nu eenmaal de achterachterachterachterachterkleindochter is van mijn bestemde gebruiker, heb ik nu een veiligheidsslot op haar. En voordat je me het kunt vragen: inderdaad, zij moet in leven zijn. Het zou voor jou echt vreselijk onhandig zijn als ze er niet was.'

De Schot kijkt naar Lilly alsof hij naar een vis kijkt die hij net heeft gevangen.

'Als dat noodzakelijk is, dan nemen we het kind ook mee. Wil jij dat, Lilly?'

'Ze kan niet mee!' zegt Randall. 'Ze is een verraadster! Ik ben van plan haar met de rest van haar dorp te laten ophangen.'

'Nee pappie, niet doen,' roept Lexy, terwijl ze aan Randalls arm trekt. 'Ze heeft me geholpen. Ze heeft me gered.' Hij kijkt boos en geeft haar een klap in haar gezicht.

'Hoe durf je me tegen te spreken!' En Lexy kijkt doodsbenauwd, maar niet verrast. Alsof ze dit gewend is.

'Wij hebben dat meisje nodig,' zegt de Schot en hij kijkt Randall boos aan. En omdat hij een schoothondje zonder ruggengraat is kijkt hij naar de grond en knikt.

'Ze kan met je mee,' zegt hij.

'Dus hebben we een regeling. Laten we dan vertrekken.'

En voor we het weten staat Lexy tussen een hele troep Engelse soldaten en ik tussen mijn vaders krijger.

'Vaarwel Zeph!' roept Lilly en ze wuift naar me. Ik glimlach wat, steek mijn hand op om te wuiven. Roba slaat mijn arm naar beneden.

'Je wuift niet naar die heks, jij verrader,' gromt hij.

'Ik ben geen verrader!' zeg ik en weer geeft hij me een stomp.

27

Kater verkiezen

Daar zit ik dan. Alleen. Zeph en Lexy zijn meegenomen door hun vaders. Ik ben bang voor hen allebei, maar wat kan ik doen? Ik ben ook bang voor mezelf, want wat gaat er gebeuren als ik bij de Schotten kom? Wat gaan die met me doen?

Jasper onderhandelt met de Premier, die knikt. Dan komt hij krakend langs het strand op me af. Hij heeft het juweel in de hand en de kop lijkt hier heel blij mee – zo zag hij er bij mij nooit uit.

'Wel, ga je mee dan?' Ik knik zonder een woord te zeggen, want ik voel me verloren. Ik heb de dochter van de Premier teruggebracht, maar hij wil toch doorvechten, hij wil ons zelfs ophangen. In het dorp zei de Premier dat als zijn dochter zou zeggen dat wij geen verraders waren, het dorp gespaard zou blijven. Ze heeft hem net verteld dat ik geen verraadster ben en hij geloofde haar niet. Dus wat nu? Hoe moet dat nu met Andy en de rest? Daar in het veld bij het leger? Marcheren en verslagen worden. Maar misschien hoeven ze niet te vechten? Misschien zal deze zeeslag alles regelen...

Jasper legt een hand op mijn schouder. 'Ik neem je mee naar het zonneschip. Daar ben je veilig tot het gevecht voorbij is. Moet je je voorstellen hoe mooi dat zal zijn. Een zonneschip van dichtbij.'

Ik krijg de kans niet te antwoorden, want er klinkt gekrijs, geroep, gekreun en geloei achter ons in de bomen. Het stijgt op van laag tot zo hoog dat het lijkt alsof er een zeemeeuw in de vlucht wordt doorboord. Iedereen – soldaten, rovers – kijkt om zich heen, om erachter te komen waar het geluid vandaan komt.

'Wel alle duivels, wat is dat?' vraagt de Premier.

Ik weet precies wat het is. Ik draai me om en daar komt Kater aan, die zich een weg tussen de struiken door boort. Hij gaat zitten en begint weer te janken, waardoor de koude angst in mijn buik toeslaat. Want al weet ik soms niet wat hij bedoelt, ik weet precies wat dit betekent.

'Er staat iets heel ergs te gebeuren,' zeg ik. 'Kater was net zo vóór die heel zware storm van vorig jaar, die waarbij de Grimmerstraat werd weggeslagen.'

'Natuurlijk staat er iets heel ergs te gebeuren,' lacht Jasper. 'Dat weten we allemaal! Maar als jij zo graag wilt geloven dat jij een magische "viskat" hebt, ga je gang.'

'Dat is helemaal geen viskat,' zegt Roba. 'Dat is gewoon een stomme kat!' Hij pakt een steen en gooit hem keihard naar Kater.

'Mriauw!' Zijn klaagzang breekt af met een gil en in een flits is hij terug de bosjes in.

Randall gebaart naar zijn mannen.

'Genoeg. We gaan.' Hij draait zich om naar Medwin. 'Vergeet de wapenstilstand niet.'

Medwin knikt, maar meer alsof hij ermee in zijn maag zit. Dan schieten hij en zijn krijgers terug de boten in en varen weg van de kust.

Jasper glimlacht naar me. Maar ik vind het allemaal maar niks.

'Op het zonneschip is er witbrood, cake en fruit. Er zijn allerlei heerlijkheden die je thuis nog nooit hebt gehad. Dat lust je toch wel, of niet?' Ik zou inderdaad best wat lekker witbrood willen eten, met jam of honing.

'Kater!' roep ik de bosjes in, maar ik hoor niks.

'Ik ga niet weg zonder Kater,' zeg ik. 'Hij is in de buurt – ik heb hem zo te pakken.'

'Snel dan! Waar wacht je nog op?' roept Randall vanaf de kust.

Ik ren de bosjes in, baan me een weg.

'Kater. Waar zit je? We moeten gaan.' Ik zie iets van grijs bont achter een groen uitlopende wilgenstam. Ik ga nog wat verder de bosjes in, maar als ik bij die wilgen ben is Kater weg. Nu zit hij op een steen, een eindje verderop langs de oever.

'Mowow,' zegt hij en hij doet zijn ogen dicht als hij me ziet. Dan zwaait hij met zijn staart en verdwijnt aan de andere kant van de steen.

'Kater! Wat doe je?' Ik loop nog verder, twijgjes grijpen mijn haar, slaan tegen mijn armen.

'Lilly, we moeten weg!' roept Jasper. Hij klinkt geërgerd.

Maar ik kan niet weg zonder Kater. Ik kan hem niet op dit eiland van de honger laten sterven zoals ze met die schapen hebben gedaan.

'Kom hier!' En dan zie ik hem nergens meer. Ik baan me een weg tussen de bomen, bramen haken aan mijn kleren, maar ik kom geen stap verder. En elke tak die ik in mijn gezicht krijg maakt me alleen maar koppiger.

'Goed dan!' roep ik. 'Ik ga!' Ik draai me om en loop de helling weer af. Want soms komt Kater me achterna als hij weet dat hij niet krijgt wat hij wil. Maar deze keer werkt het niet, ik kijk achterom, maar er is geen spoor van hem te bekennen.

Ik breek uit al dat groen, naar de kust, en Jasper grijpt me vast.

'Ik ga niet zonder Kater,' zeg ik.

De kop begint weer rond te dobberen.

'Ik kan nergens heen zonder het meisje,' zegt hij en hij klinkt bezorgd. 'Als jij me meeneemt en haar hier achterlaat, zal ik voor ik weet niet hoelang uitgeschakeld worden. Wat zijn de kansen een andere afstammeling te vinden van mijn bestemde gebruiker? Je moet haar meenemen!'

'Met die kat van je komt alles best in orde,' zegt Jasper en hij trekt aan me. 'Hij zal heus wel wat muizen of zoiets vangen. Maar als jij nu niet meegaat, is er geen tijd meer om de computer op het zonneschip te krijgen voordat de slag ontbrandt.'

'Ik kan Kater hier niet achterlaten, hij heeft mij gekozen. Ik heb een boot, ik kom wel achter jullie aan, dat beloof ik.'

'Als het kind niet gaat, kan ik niet gaan,' roept de kop.

'Stomme, eigenwijze trut!' snauwt Jasper. 'Als het alleen om jou ging, dan kon je hier blijven met je beest. Maar deze computer is belangrijker dan een van ons. Zeker belangrijker dan een kat.'

'Deze man heeft gelijk,' zegt de kop. 'Ik ben beslist belangrijker dan een kat.'

'Voor mij ben je dat niet!' roep ik.

Jasper begint mij mee te slepen langs het strand, naar de wachtende boot. Ik verzet me, maar hij heeft me zo stevig vast dat ik me niet los kan worstelen.

'Wacht!' zeg ik. 'De kop had het erover dat iemand anders hem ook zou kunnen opstarten, als ik zou zeggen dat dat mocht.' Ik wend me tot de kop. 'Weet je nog... dat heb je Aileen verteld.'

De kop schrikt, zegt dan: 'Ja natuurlijk! O hemel, er moet iets mis met mij zijn als dit kind de voor de hand liggende oplossing kan vinden terwijl ik die niet vind.'

Jasper begint weer aan me te trekken.

'Waar hebben jullie het over?' zegt hij.

'Ik zit aan dit kind vast omdat haar voorouder Sunoon Technologies voor de rechten over mij heeft betaald – een standaardcontract voor een AI zoals ik. En om te voorkomen dat ik gestolen of gekloond word of tegen mijn wil gebruikt, werd er een veiligheidscode gekoppeld aan het DNA-patroon van de voorouder van dit kind. Maar de primaire gebruiker kan iemand anders aanwijzen om toegang te krijgen. Het is geen volledige toegang die ze af kan geven, maar het zou zeker voldoende zijn totdat ze ons weer kan bereiken. En zelfs als dat haar niet lukt, dan zouden we ons toch nog aardig kunnen redden.' Hij kijkt vergenoegd. 'Ik weet niet waarom ik er zelf niet eerder aan heb gedacht.'

Jasper staart eerst mij en dan de kop aan.

'Geef het mij!' zegt Jasper en hij schudt me door elkaar. 'Zorg ervoor dat ik die computer net zo kan bedienen als jij.'

'Zij bedient mij niet,' zegt de kop en hij klinkt beledigd. 'Ik heb mijn eigen geest, hoor.'

Jasper luistert niet eens meer, hij staat in mijn arm te knijpen, steeds harder en harder.

'Schiet op. We hebben niet veel tijd.'

'Ik wijs...' Ik kijk naar de kop.

'Als secundaire gebruiker aan...' zegt hij voor.

'Als secundaire gebruiker aan...' en dan komt er iets in mijn hoofd op en dat zegt: 'Lexy – ik bedoel Alexandra Randall.'

'Wat?' piept Jasper.

'Neem haar maar mee op het zonneschip!' zeg ik. 'Dan is zij veilig voor de slag. Dan heb je mij ook niet meer nodig.'

'Jij stomme meid,' sist Jasper en hij knijpt zo stevig in mijn arm dat ik denk dat hij eraf zal vallen.

'Nee, nee,' zegt de kop en hij klinkt gelukkig. 'Het andere kind kan er uitstekend voor dienen.'

Jasper laat mijn arm los.

'Dan gaan we,' zegt hij en hij loopt weg zonder nog om te kijken.

'Tot ziens,' trilt de kop en hij deint boven het juweel in Jaspers hand. 'Het was heel interessant jou te ontmoeten. Je hebt me echt een hoop nieuwe ervaring bezorgd!'

En daar zit ik dan in mijn dooie eentje op het strand.

28

Foefjes en verraad

Het lijkt wel alsof Jasper iets van de rovers heeft geleerd, want nadat hij me heeft losgelaten voelt mijn arm alsof hij doormidden is geknapt. En terwijl ik gebukt mijn zere arm sta te wrijven, komt Kater eraan gedribbeld. Hij wrijft zich tegen mijn benen en spint en mauwt alsof hij nog nooit zo gelukkig is geweest.

'Waarom heb je dat gedaan?' roep ik, want voor het eerst sinds ik me kan herinneren ben ik boos op hem. Ik zak neer in het modderige grind en Kater klimt op mijn schoot. Ik overweeg hem eraf te duwen maar doe het toch maar niet. Wie anders heb ik? Dus hier zitten we dan samen te kijken hoe de rest wegzeilt. Lexy en de kop in Randalls boot, Zeph in die van Medwin. Ze varen terug naar de witte en de rode zeilen, Medwins boot steeds verder weg, klein op die ruige zee, onder die donkere hemel.

'Waarom ben je niet eerder uit die bosjes gekomen?' zeg ik tegen Kater. Maar hij slaat zijn zeegroene ogen slechts naar mij op en drukt zijn snoet in mijn gezicht.

'Mauw,' zegt hij lui, zoals wanneer hij net gevoerd is of bij het vuur zit.

Medwins drakenboot ligt te wachten op het bootje met Zeph, maar het Engelse schip wacht niet op Randall. Het haalt het anker op, hijst de zeilen en komt in beweging.

'Wat gebeurt er?' vraag ik Kater.

In dit schemerlicht lijken de geschutpoorten op Randalls schip net dunne zwarte monden. Die hongerige monden draaien eerst naar dit eiland en ik kijk er nu pal in. Maar het schip blijft doorgaan met een lange cirkel te trekken. Het blijft doorgaan totdat die zwarte gaten gericht zijn op dat bootje dat op weg is naar Medwins drakenboot. Ik ga staan, Kater springt soepel van mijn schoot. Op die roverssloep staat ook iets op Randalls schip te wijzen. Nu komt de drakenboot in beweging, de riemen gaan omhoog, proberen bij dat sloepje te komen. Maar zelfs met al die riemen is ze niet snel genoeg. Op het Engelse schip schiet een flits uit een geschutpoort, dan nog een en dan nog een.

Boem! Boem! Boem!

Rook kringelt omhoog. Kogels schieten uit de zwarte vuurmonden over het donkere wateroppervlak. De ene seconde is Zephs bootje er nog, klein op de golven. Dan is het weg, verloren tussen drie fonteinen schuimend wit water.

Zeph!

Waterhozen vervagen tot sproeinevel en als ze er niet meer zijn is er ook geen boot meer. Slechts wrakstukken die misschien hout, misschien lijken zijn.

'Zeph!' gil ik. Maar hij kan me niet horen.

'Je zei dat er een wapenstilstand was!' schreeuw ik tegen Randall, maar ook hij kan me niet horen.

Alle Engelse schepen zijn nu in beweging gekomen. Daar klinkt het dreunend geluid van kanonvuur alom, flitsen en rook overal. Rond de roversdrakenboten exploderen witte pluimen in het water van missende kanonskogels en pluimen vuur en rook barsten uit de dekken bij de voltreffers. Nu komen er kleinere bootjes los van Medwins drakenboot, die op weg gaan naar het wrakhout, maar terwijl dat gebeurt vuurt het Engelse schip weer een salvo uit de kanonnen en de bootjes exploderen in rook en rondvliegend wrakhout.

Ik ren langs het strand, plas door de golven naar mijn bootje toe, ik moet Zeph helpen. Ik probeer mijn bootje weg te krijgen van het strand, maar ik ben nu alleen en het is zwaar werk. Zeph heeft me geholpen om het aangemeerd te krijgen en nu is hij misschien al wel dood. Ik graaf mijn voeten in de modder, probeer me schrap te zetten op de kiezels. Ik hoef het bootje alleen maar een paar passen opzij te krijgen om het in dieper water te hebben. Kater springt vanaf het strand op mij, zodat hij geen natte poten krijgt, klautert dan aan boord. Hij kijkt met zwiepende staart op me neer.

'Mriauw!' zegt hij en hij slaat met zijn klauwen naar mijn gezicht.

'Waarom doe je dat?' roep ik, terwijl ik de schrammen voel. Kater hurkt neer, gromt naar me.

'Deze keer zul je me niet tegenhouden!' roep ik tegen hem. 'Ik blijf hier niet veilig zitten terwijl Zeph ligt te verdrinken.' Kater blaast en slaat met zijn staart.

'Ik moet daarnaartoe.' En ik buk mijn hoofd, zet mijn rug tegen het bootje aan. Kater jankt boven mijn hoofd, probeert hapjes uit mijn haar te nemen.

'Je zou me moeten helpen!' roep ik hem toe, bijna huilend nu.

Ik zet mijn schouder schrap, duw met mijn voeten. Met een laatste kraak over het grind komt de boot los. Ik spring aan boord en begin mijn gehavende grootzeil te ontvouwen. Ik kijk even op, naar zee, en dan zie ik het: een pijl die van het vlaggenschip van Medwin opstijgt. Een gladde, harde pijl boven op een brede staart van vuur. Hij trekt een streep door de lucht, vliegt recht op het Engelse vlaggenschip af... en mist, maar dan ook maar net een kabellengte. Net de afstand die Randalls sloep nog van het schip verwijderd is.

Lexy!

Er volgt een bal van vuur. Een oprijzende pilaar van wit water. Een krakende knal die over de golven rolt en mij en Kater in de oren slaat. En dan kan ik daar helemaal niks meer zien, alleen nog wit opspattend water en dampende zwarte rook.

Kater begint triest te janken.

Een vlaag wind strijkt langs ons, brengt een geur van eten. Zoals gebraden vlees. En dan volgt er gekletter, regendruppels. Maar die komen niet uit de wolken, dat is allemaal opgeworpen zee die naar beneden komt.

Ik haal diep adem en begin de baai op te varen. Kater probeert me nu niet meer tegen te houden, alsof hij vindt dat we nu wel kunnen gaan.

De rook begint op te trekken, draait en breekt naargelang de wind hem meester wordt. Nu kan ik Randalls schip zien. Het hangt scheef, de masten hellen naar de golven. En als er meer gaten in de rook komen, laten ze een rafelig gat in de boeg zien, en brekers die er wit omheen schuimen. Terwijl ik toekijk, zakt het schip verder opzij. Het zinkt, eerst langzaam, dan heel snel. Overal eromheen drijft hout en ik zie stukken helderblauw in de golven.

Aan de overkant van de baai, onder die laaghangende bewolking, heerst er chaos: gebrul, geroep om raketten, flitsende kanonnen, vuurmonden en fonteinen van vuur en hout en water. De Engelsen vuren hun kanonnen op de rovers af, de rovers vuren raketten op de Engelsen af.

In de verte explodeert een van de Engelse schepen tot een grote vuurbal, de zeilen branden als papier van het want af, vlammende stukken brandhout en schreeuwende stukken mens regenen op de golven. Vlakbij raakt een Engelse voltreffer een rood geschilderd drakenschip. De krijgers aan boord rennen rond, maar telkens als een kanonskogel inslaat, explodeert een ander stuk van hun dek en vliegt er een ander stel lichamen door de lucht. Zelfs vanhier kan ik ze gebroken, verdraaid en schreeuwend op de resten van hun schip zien terugvallen.

Overal waar ik kijk is het hetzelfde schouwspel. Rook. Vuur. Lichamen in het water. Witte zeilen in brand. Rode zeilen verscheurd. En als de rook ten slotte optrekt rond Randalls vlaggenschip is er niets – geen spoor – van de sloep die het bijna had bereikt. En ook niet van de mensen die erin zaten. Dus nu zit ik hier op deze brandende zee, maar waar ga ik heen?

Naar Lexy? Of naar Zeph?

Hoe moet ik kiezen, als ik van geen van beiden een spoor zie?

Water. Overal om me heen. Boven me. Het zit in al mijn leerwerk, maakt me zwaar. Het vult mijn oren met gebrul en geklots. Dringt mijn neus, mijn ogen binnen. Probeert bij mijn longen te komen. Waar is boven? Ik voel het, ik zie het. Daarboven. Licht. En lucht. Mijn longen barsten, water kruipt mijn mond binnen. Ik wil hoesten, maar dat doe ik niet. Als ik hoest, verzuip ik. Ik sla met mijn handen, schop met mijn voeten. Het wordt helderder, lichter.

Ik ben eruit! Ik heb mijn gezicht boven water. Nu hoest ik, ik stik zowat. Adem rook in, overal hangt rook. Waar komt die vandaan? Ik blijf met mijn voeten schoppen, roeien met mijn handen. Overal om me heen is lawaai, het brult in mijn oren. Boem! Boem! Het water beeft van de schokgolven, het is alsof je in de donder zit. En er klinkt geschreeuw, mannen schreeuwen. Klinkt een zeeslag zo?

Golven spoelen over mijn hoofd en in mijn gezicht. Ik krijg zout water binnen en dat brandt tot in mijn buik. Iets tikt achter tegen mijn hoofd, een stuk hout. Dan nog een. Overal stukken hout, het is alsof ik tussen splinters zwem. Dat moeten de resten van de boot zijn. Het was een voltreffer, ik heb de kanonskogel gezien. Als ik mijn hand had uitgestoken had ik hem kunnen aanraken. Maar dan zou mijn hand eraf gebrand zijn, hij was gloeiend rood van de hitte, hij sloeg zo door de boot heen. Sloeg ook door Jorin heen, door zijn benen. Hij schreeuwde en toen was hij weg. Door het gat. En toen ontplofte de zee vanuit dat gat en sleepte ons mee.

Ik wil er niet langer over nadenken.

De golven tillen me op, trekken me naar beneden. Als ik bovenkom kan ik een rood zeil zien, met een leeuw erop. Maar op het moment dat ik het zie, zit ik ook alweer in een golfdal. Al die golven tussen mij en het schip. Hoe kan ik er ooit bij komen? Naar boven ga ik weer, en daar is rook. Afkomstig van vaders drakenboot. Brand.

Vader! Ik draai me om, sla met mijn handen, schop met mijn voeten, probeer iets om me heen te zien.

'Vader!' roep ik. 'Waar zit je?' Maar alles wat ik kan horen zijn brekende golven en het knallen en het bulderen van dingen die overal de lucht in vliegen.

Iets drukt in mijn rug. Ik plas rond zodat ik het kan zien. Het is iets roods. Rood leer, dat is het. Iemands jas drijft voorbij. Maar er steekt blond haar uit de hals, haar dat uitwaaiert in het water. Het is een man die met zijn gezicht naar beneden zwemt, alsof hij naar iets zoekt. Maar hij zwemt niet, want zijn handen dobberen slechts aan het eind van zijn mouwen. Althans één hand. De andere arm heeft geen hand, alleen een stompje van iets verbrands, met wit bot dat eruit steekt. En dan zijn benen. Zijn benen bewegen niet, er zitten ook geen voeten meer aan. Het zijn twee sporen rood die in het water lekken.

Ik moet zwemmen. Ik moet weg van hem. Van 'het'. Ik schop met mijn benen, roei met mijn handen, zo snel als ik kan door de golven. Daar, daar moet ik heen. Het water ziet er schoon uit. Geen bloed. Ik wil niet in zijn bloed zwemmen.

'Vader! Waar zit je?' Maar hij antwoordt niet.

Zwemmen is moeilijk. Het water is zo koud en golven breken maar over me heen. Mijn leer wordt steeds zwaarder en zwaarder. Het is alsof het probeert me naar de bodem te trekken. Iets stompt in mijn rug. Ik draai om, plassend, roepend.

'Ga weg! Ga weg!'

Maar het is niet de dooie, het is een stuk van onze sloep. Een stukje romp, bollend op het water. Ik grijp het en trek me eraan op. Dat maakt de zaak een beetje beter, het is nog steeds koud, maar dit is gemakkelijker dan zwemmen. Ik rust uit, houd mijn hoofd tegen het hout. Ik luister naar het klotsende water, het knallen, het schreeuwen. Ik weet niet hoe lang, maar voor mijn gevoel duurt het jaren.

'Help! Help me!'

Vlakbij. Dat is een kreet die vlakbij klinkt. Ik til mijn hoofd op, kijk om me heen.

'Red me!' Ik heb hem nog nooit zo horen klinken. Zo bang. Ik begin te schoppen, probeer dit stukje romp in beweging te krijgen. Maar de golven duwen me terug en de wind trekt de romp de kant uit die hij wil. Ik kom niet ver. Dus ik ploeter naar de andere kant, hand over hand kruip ik langs wat de boeg was, toen deze boot nog dreef en heel was. En daar is zijn hoofd, dat in en uit het water komt. Hij is niet ver, misschien twintig passen.

'Roba! Hierheen!' roep ik.

'Zeph?'

'Hier is een stukje romp. Dat je kunt vasthouden.'

'Breng het hierheen. Breng het naar me toe.'

'Kan ik niet, ik heb het geprobeerd, maar de golven zijn te sterk.'

'Jij ettertje! Kom hierheen! Ik kan niet zwemmen, ik verzuip!'

'Schop met je benen, roei met je handen.'

Roba stort een vloed van scheldwoorden over me uit, maar ik zie dat hij probeert te zwemmen. En hij begint in de buurt te komen, zijn hoofd in en uit de golven, zijn vlekkerige rode gezicht kijkt boos bij de inspanning. Even schiet door me heen dat ik hem nu zou kunnen laten verzuipen, maar dat doe ik niet. Hij is Angel Isling, Familie. En plotseling is dat belangrijker dan wat ook. Die Engelse vuilbak heeft geprobeerd ons te vermoorden, maar we zijn nog in leven.

Als hij voldoende dichtbij is, steek ik een hand uit en houd me met de andere zo stevig als ik kan vast aan het stuk romp.

'Jij etterbak!' zegt Roba, terwijl hij mijn hand zo hard grijpt dat ik denk dat hij ons er allebei af trekt. Maar ik houd vast en na nog wat schoppen van zijn benen zit hij naast me. Hij leunt over het hout heen, houdt het zo stevig vast dat zijn knokkels wit worden. Hij hijgt, hij is buiten adem.

'Engelse rotzakken,' zegt hij na een poosje.

'Ja,' zeg ik. 'Leugenachtige Engelse rotzakken, dat zijn ze allemaal. Randall zei dat er een wapenstilstand was, maar die verbrak hij. Al die Engelsen stinken.'

Roba tilt zijn hoofd iets op, zodat hij mij kan zien. Er klotst een golf zijn mond in, hij hoest. Als hij klaar is zegt hij: 'Maar jij wist dat Randall loog, hè? Jij en jouw spionnetje.'

'Nee! Waar heb je het over?'

Roba hoest weer. 'Ik word niet goed van jou. Het blijkt dat die hooggeboren zoon gewoon een jankende verrader is. Ben je nou blij met vaders dood?'

'Hij is niet dood!' Ik draai me om en kijk uit over het water. 'Vader! Vader!'

'Hou je kop, etter!' snauwt Roba. 'Natuurlijk is hij dood. Zie jij hem ergens? Denk jij dat iemand als hij niet zou zijn gaan roepen of zwemmen als hij nog leefde? Jij hebt hem vermoord.'

'Dat is niet waar!'

Maar als ik in de hal thuis niet achter Lilly en Lexy aan was gegaan, of als ik me had verdedigd tegen Aileen, dan zou dit allemaal niet gebeurd zijn, of wel?

Roba draait zijn hoofd van me af, houdt zijn neus tegen het oude, natte, glibberige hout van de omgekeerde romp.

'Waarschijnlijk denk je dat je hier wel mee wegkomt. Maar dat zal niet gebeuren, want ik ben hier.'

'Wegkomt waarmee?!'

'En je hebt ook Ims niet hier om je te verdedigen. Heb je dit met de Engelsen geregeld om van vader af te komen? En wat dan? Dat jij Baas wordt en dan een Engelse marionet kunt worden?'

‘Nee!’

‘Jij hielp die Engelse spionne.’

‘Ze is geen spionne, ze is gewoon een visser.’

‘O ja. En daarom had jij vaders gijzelares bij je.’

‘Nee. Ik bedoel, ze is gewoon een kind.’

‘Moet je jezelf horen! Het eerste het beste onderkruipsel in de Familie heeft meer trouw in zich dan jij!’

‘Nee. Dat is niet waar. Niks ervan is waar!’ En ik draai me om en begin weer te schreeuwen. ‘Vader! Waar ben je?’

‘Hij is dood. Jij hebt hem vermoord.’

Een golf slaat over ons beiden heen, mijn oren stromen vol met ruisend water. Als ik ze schoon heb en weer helder kan zien, zit Roba me weer aan te staren.

‘Jij moet wel heel graag Baas willen worden. Jij en je Engelse vrienden.’

‘Ik heb helemaal geen Engelse vrienden...’ En dan houd ik mijn mond, want hoe zit dat dan met Lexy en Lilly? Maar die kan ik verklaren, dat weet ik zeker. Als ik het maar niet zo koud had, als ik maar goed kon nadenken.

‘Vader is dood en ik ga beslist die piepende kleine verrader niet de volgende Baas laten worden.’

‘Hou je kop! Ik wil niet eens Baas zijn. Zeker nu niet.’

‘Nooit niet,’ zegt Roba. Dan laat hij de romp los met één hand en geeft me een stomp. Mijn hoofd schiet opzij, pijn straalt uit van mijn kaak.

‘Wat? Wat doe je?’ Nog een slag. Zo hard dat er licht door mijn ogen flitst. Dat mijn oren ervan tuiten.

‘Blijf van me af!’

‘Laat los, vieze anglofiel! Laat dit stuk wrakhout los en verzuip in het water zoals je verdient.’

Nog een slag. Ik laat één hand los, in een poging hem van me af te houden, een vuist te ballen of iets. Maar mijn hoofd tuit, ik doe alles te traag. Roba grijpt mijn hand en begint eraan te rukken, trekt mijn arm weg, weg van de romp. Hij verplaatst zijn lichaam, dan steken mijn ribben van de pijn omdat hij tegen me aan begint te schoppen. Mijn hand glijdt weg over het hout, alleen mijn vingertoppen houden nog vast.

Nog een schop, nog een ruk aan mijn arm. Mijn vingers glijden ook weg, ik kan het niet langer houden. Roba begint te lachen. Hij laat mijn arm los, grijpt de romp met allebei zijn handen en trekt zijn voeten op. Hij schopt, zijn laarzen stompen me in het gezicht. Meer licht, meer pijn. Er klinkt een brullend geluid, als golven, als stemmen. Ik moet van hem wegzwemmen, hij schopt me nog dood. Maar ik kan niet zwemmen, want ik heb het zo koud en mijn leer is zo zwaar. Het trekt me naar beneden, trekt aan mijn arm, aan mijn benen. Roba schreeuwt tegen me. Maar ik kan niet horen wat hij zegt. Ik begin te zinken. In het water.

Waar het stil is.

30

In de rook

Ik weet dat het slecht is, maar ik moest op de een of andere manier kiezen, dus heb ik leeftijd genomen. Lexy is kleiner dan Zeph. Hij is een krijger, een rover. Hij redt het wel, dat weet ik zeker. Dus hier steven ik eerst op het wrak van Randalls vlaggenschip af, rechtstreeks het strijdgewoel in, naar het bulderen van kanonvuur, het gieren en denderen van raketten. Kater jankt nu niet meer, hij werkt nu. Zijn staart en zijn oren draaien, hij mauwt bij al dat wrakhout en al die rook. Dat vermindert een beetje het gevoel dat ik elk moment de lucht in kan worden geblazen.

De strijd gaat door. Elk Engels schip dat niet in brand staat is omgeven door roversschepen, en nu zie je zwaarden flitsen en hoor je geschreeuw en gebrul van de strijders. En nog een geluid: ratatata. Geweervuur.

BOEM! Iets ontploft vlakbij in het water, waardoor Kater en ik als vlooien opspringen, en besproeit ons met koud zeewater. Mijn hart klopt, wachtend op de volgende, die ons zal raken. Maar we varen door het schuimend witte water en niets komt in de buurt. Ik hoop dat het een afgedwaalde granaat was. Ik hoop dat wij niemands doelwit zijn.

Een roetachtige pluim drijft over het water, van een van de

brandende schepen, en verpakt ons in een benauwende grijze deken. Daarmee komt ook die lucht weer terug, die van geroosterd vlees. Ik probeer mijn koers te bepalen op waar ik voor het laatst Randalls vlaggenschip zag, maar dat is moeilijk, want de rook warrelt om ons heen, trekt soms op, en bedekt ons soms als een dichte mist. Verstopt mijn neus, dringt mijn ogen binnen zodat ik niks kan zien door de tranen heen. Maar misschien is dat niet alleen maar de rook.

Er drijven nu ook mensen in het water, die tegen de boot aan botsen. Die met het gezicht omhoog drijven of met het gezicht naar beneden. Kleren en haren die opbollen in het rood doordrenkte water. Die voorbijdrijven, zo dichtbij dat ik ze zou kunnen aanraken, een jonge rover met heel veel vlees en darmen waar zijn borst had moeten zitten. En als die voorbij is, deint er een soldaat in een blauwe jas op de golven, dode ogen staren me aan uit een zwartgeblakerd gezicht. Mijn maag keert zich om, probeert door mijn mond naar buiten te komen, en ik huiver vanbinnen telkens als er een nieuw lichaam voorbijdrijft.

Bonk, bonk, bonk, doen de lichamen tegen de boot. Boem! Roem! doen de kanonnen en de raketten boven de rook uit. Geen van die lichamen vertoont enig teken van leven, maar sommige mensen moeten het toch hebben overleefd. Dat moet wel, want ik hoor mannenstemmen verderop op het water, ze schreeuwen, roepen, vragen om hulp. Maar ik weet niet waar ze zitten. Ik weet niet eens waar ik zelf ben.

En even plotseling als de duisternis ons heeft verzwolgen, zo snel blaast een sterke bries ons er ook weer uit. Naar het wild klotsende water van de baai, grijze rook die opstijgt naar donkere wolken, witte zeilen die tot as smeulen, rokende drakenboten die aan het zinken of uit elkaar gereten zijn. En op dat wat er nog over is om te bevechten, lopen de rovers in te hakken op Engelse zeelui, of vuren Engelse soldaten op rovers. Tussen de schepen drijven wrakhout, lichamen en roeiboten die barstensvol zitten met overlevenden van de gezonken schepen. Sommigen roeien, alsof ze proberen ergens heen te komen, anderen liggen gewoon in hun boten te huilen en te kreunen. In het water zwemt hier en daar een man naar een sloep in een poging zich in veiligheid te brengen, roepend naar zijn maten. Geen van hen is echter bij mij in de buurt. En de meesten van degenen die in het water liggen huilen niet of zwemmen niet – doen helemaal niks.

Pal voor mij zie ik de restanten van Randalls vlaggenschip. De voorsteven steekt nog uit het water, maar de rest is weg. Zelfs de masten zijn omgevallen en liggen als dooie bomen in het water, bedekt met mannen, die zich er als mieren aan vastklampen. Op wat er nog over is van het dek, laten paniekerige, schreeuwende zeelui en soldaten boten in het water neer of klampen zich vast aan een plank, of springen gewoon in zee. De zee is één grote vlakte met wrakhout.

Ik stuur mijn boot erdoorheen en het gebonk van lichamen verandert in het klingklangklong van hout dat tegen de romp stoot. Maar er is nog steeds gebonk en als dat gebeurt, kijk ik met mijn hart in de keel. Op zoek naar dat bleke meisjesgezichtje tussen al die mannen.

Een flits trekt mijn blik. Flitsend zilver. Een zeil. Niet rood of wit, maar het zilveren zeil van een Schots zonneschip. Zo te zien doet het hetzelfde als ik, het scharrelt rond het wrak van Randalls vlaggenschip, duwt zich door wrakhout en lichamen. Maar er staat iemand op de boeg over het water te staren. Net als ik.

Ik heb nog nooit een zonneschip gezien, behalve dan heel in de verte. Het is prachtig. Het glimt, het ziet er nieuw uit, het zilver van het zonnezeil licht het water eromheen op, boven het vuil van het wrakhout. Kater begint plotseling te mauwen en te piepen en bij dat extra licht kan ik iets zien. Tussen al dat hout en al die lichamen liggen nog overlevenden. Beslist in leven! Ze hebben hun hoofd boven water en houden zich vast aan de resten van het schip. Ze drijven er niet alleen maar tussen. Er zijn er twee vlak bij elkaar en een groepje van vier of vijf verderop. De mannen van de grotere groep wuiven met hun armen naar het zonneschip. Maar het zijn die twee samen die mijn aandacht trekken. Een daarvan is beslist Jasper en de ander heeft een wit gezichtje. Ik adem in. Ik haal nu eindelijk voor de eerste keer sinds ik het vuur zag beginnen goed adem.

'Lexy! Ik kom je halen!' Ze draait zich om en ziet me.

'Lilly!' roept ze en ze begint met een arm te zwaaien. Ze begint te lachen, of misschien is het huilen. Het duurt niet lang of ik ben bij ze, hoewel het hout het water dik en stijf maakt. Lexy houdt zich vast aan een stuk wrakhout en Jasper houdt haar erop vast.

'Ik trek jullie erin,' roep ik.

Maar Jasper roept: 'Nee! We gaan niet met jou mee.'

'Wat?' Ik kan het niet geloven en Lexy kijkt ook alsof ze het niet kan geloven.

'Ik heb het koud,' roept ze. 'Ik wil hier weg, naar Lilly toe.'

'Nee. We wachten op het zonneschip. Dat kan hier elk ogenblik zijn.'

'Je bent gek!' roep ik. 'Als jij wilt doodvriezen moet je het zelf weten. Maar ik laat Lexy niet verzuipen!' En ik kom zo dicht als ik kan in de buurt en grijp Lexy's arm. Ik trek haar aan boord, ze is helemaal blauw en rilt. Maar ze leeft. Ik steek mijn hand uit naar Jasper, maar hij snauwt me af.

'Waar neem je haar mee naartoe?' vraagt hij met trillende lippen. 'Die boot van jou houdt het nog geen minuut uit. Je komt niet eens levend terug op het eiland.' Zijn tanden beginnen te klapperen, maar hij wil nog steeds niet in mijn boot.

'Ze heeft het hier beter dan in het water,' zeg ik. 'Je kunt op het zonneschip wachten als je dat wilt.'

Ik sla een oliejas om Lexy heen en wrijf over haar armen en benen. Als ze wat minder blauw is, ga ik bij de helmstok zitten, maak me op om door het wrakhout naar de andere overlevenden te zeilen. Maar het zilveren zonneschip is al bij ze. Het laat een bootje neer om de mannen uit het water te halen; de Schotse zeelui gaan gekleed in smetteloos wit, net zoals de volmaakt zwarte jas die Jasper altijd draagt.

'Ahoi daar, onbekend vaartuig. Bent u strijder?' schreeuwt een van hen ons toe.

'Wat is een strijder?' vraag ik.

'Doe je mee aan het gevecht? Dat bedoelen ze,' snauwt Jasper vanaf het water.

'Nee, natuurlijk niet!' roep ik.

Het bootje dat de Schotten te water hebben gelaten is grasgroen en van iets gemaakt wat ik nog nooit heb gezien. Het is geen hout of plastic. Er zitten ook geen riemen aan, maar toch vaart het snel door de golven, en de beide zeelui aan boord trekken de overlevenden snel naar binnen. Ze leggen ze neer, verpakken ze in zilverachtige dekens, de kleur van hun zeil. En dan roepen ze: 'En wat moeten we met hem?' en ze wijzen op Jasper.

'Hij wil niet bij mij aan boord,' roep ik, 'hij wacht op jullie.'

De Schotse zeelui knikken en hun bootje ploegt zich door het wrakhout naar Jasper toe. Als ze in de buurt komen, ziet een van hen Lexy bij mij. Hij gaat staan en heeft iets in zijn hand. 'Het ziet ernaar uit dat jullie dit nodig zullen hebben!' En hij gooit een paar glimmende pakjes naar ons toe.

Ik vang ze op en het blijken die lichte, zilveren dekens te zijn, met wat voedselpakketjes.

'Voor het meisje,' roept de zeeman. Dus ik wikkel haar in een deken en meteen begint ze er beter uit te zien. Ze wordt nu roze.

De Schotse zeelui trekken Jasper in hun boot.

'Hou op met dat gedoe!' snauwt hij, als ze een deken om hem heen proberen te slaan. Hij wil ook niet gaan zitten, staat naar ons te staren.

'Alexandra,' roept hij, 'je moet bij mij op het zonneschip komen. Bij ons ben je veilig. Niemand zal een neutraal schip aanvallen. En er zullen warme kleren voor je zijn, en eten.'

Het klinkt als een aanlokkelijk bod, maar Kater vindt van niet.

'Hiss,' zegt hij en hij kijkt Jasper woedend aan met zijn groene ogen.

Lexy kijkt naar Kater en naar mij.

'Nee,' zegt ze langzaam. 'Ik blijf bij Lilly. Als ik bij Lilly ben gaat alles beter. Als ik bij haar wegga gaat alles slechter.'

Jaspers gezicht versteent.

'Wil je je vader niet terugzien?'

'Mijn papa heeft mij in de steek gelaten! Hij werd opgehaald door die boot en hij voer gewoon weg. Ik riep en ik riep, maar hij is me niet komen halen.'

'Hij heeft je gewoon niet gehoord, dat is alles. Ik riep ook, weet je nog wel? Je vader houdt van je, natuurlijk is dat zo.'

Maar Lexy antwoordt niet, houdt haar mond stijf dicht.

Jasper wendt zich tot een van de zeelui. 'Vaar me dichterbij, ik moet de dochter van de Premier hebben.' Het groene bootje begint op ons af te glijden. Lexy grijpt mijn hand.

'Laat me niet in de steek, Lilly,' zegt ze. 'Ik wil niet met hem mee.'

'Maak je geen zorgen,' zeg ik. 'Ik bescherm je wel.' Ik vraag me alleen af hoe.

'Kom op, Alexandra,' roept Jasper, als hij een bootlengte van ons af is. 'Doe niet zo raar. Je vader wil je vast in veiligheid bij ons hebben.'

'Pappie heeft me in de steek gelaten,' is alles wat Lexy zegt en ze pakt mijn hand wat steviger vast.

'Ze wil bij mij blijven,' zeg ik. Jaspers gezicht vertrekt, alsof hij vanbinnen woedend is, maar hij houdt zich in.

'Alexandra, als je niet aan boord komt, geef me dan op zijn minst die computer. Die heb ik je alleen maar gegeven om even naar te kijken.'

Lexy kijkt hem met een versteend gezicht aan. 'Toen ik in zee viel, heb ik hem laten vallen.'

'WAT HEB JE?'

'Hem laten vallen,' zegt Lexy, zo rustig als wat. Maar verder naar beneden, waar Jasper niet kan kijken, laat Lexy iets zien in haar hand. Het is het juweel, in een soort doorzichtig omhulsel.

'Het was van mijn tante, dus is het van mij en niet van hem,' fluistert Lexy.

In de Schotse boot barst Jasper in woede uit.

'Weet je wel wat je gedaan hebt?' schreeuwt hij. 'Jij hebt een van de kostbaarste artefacten uit het tijdperk van vóór de Ineenstorting verloren. Je hebt toch gezien waartoe het in staat was!

We hadden er zoveel mee kunnen doen en nu is het weg! Nou, goed voor jou, nu kun je dus doorgaan met in de middeleeuwen te leven, rondscharrelend in walgelijke armoede, voortdurend betrokken bij onnozele oorlogen tussen een verloren eind van Engeland en een bende scharrelende vluchtelingen.' Hij wacht, alsof hij eventjes niet verder kan. 'Je had een prachtig leven kunnen krijgen in Schotland, een waarvan je alleen maar had kunnen dromen. Maar waarom zou ik je nou nog helpen, nu je alles hebt verpest?' Hij draait ons de rug toe, bromt tegen de bemanning.

'Laten we uit deze puinhoop vertrekken.'

31

Het water uit

Handen. Ze grijpen me bij mijn schouders. Bij mijn haar. Ze trekken aan me. Naar boven, het water uit. Uit het koude, stille water. Mijn hoofd komt in een bulderende, lawaaiige, van slaande golven gevulde lucht. Er klinkt een vreselijk zuigend geluid. Volgens mij maak ik dat.

'Zeph!' klinken stemmen boven mij.

Hoge stemmen, lichte stemmen. Ik ken ze, maar ik weet niet waarvan. Hun handen blijven aan me trekken, proberen me uit het water te tillen.

'Help ons, Zeph. Je bent zo zwaar.'

Een deel van me dat nog niet helemaal stom is van de kou begint aan een poging me uit mijn leer te krijgen. Schuift mijn bevroren armen uit mijn mouwen. Weg drijft de jas. Golven klotsen om me heen, stukken hout. Het is net als tevoren, behalve dan die boot vanwaaruit twee gezichten naar beneden staren, naar mij. Het lijkt alsof ze roepen en het lijkt alsof ze blij zijn.

'Zeph, pak het boord vast, dan trekken we je naar binnen.'

Ik grijp een stevig stuk hout, vier handen grijpen mijn schouders, geven een laatste ruk en ik ben boven. Het water uit. Tuimelend, kotsend onder in de boot.

'Ik heb altijd al gezegd dat dat leer geen nut had,' zegt Lilly, als ze iets om mij heen slaat. Het is licht en het is krakerig en zodra het om me heen zit begin ik me weer warm te voelen.

'Hoe is het met je broer?' vraagt ze. 'Hij lag naar ons te schreeuwen en vloeken. Hij zei dat we hem moesten redden en jou moesten laten verzuipen.'

'Jullie stinkende viskeutels!' dondert Roba's stem uit het water. 'Vooruit, red die kleine anglofiel dan maar! Ik zorg ervoor dat hij gespietst zal worden op Verraderseiland.'

'Laat hem maar,' zeg ik, vanuit een hard en koud plekje diep in me. Lilly kijkt uit over het water, naar Roba.

'Jij hebt mijn Grootje vermoord,' zegt ze, 'en toen moest je erom lachen. Voor mijn part verzuip je.' Ze gaat weer in de boot zitten. Haar gezicht is heel vreemd, ik kan er niet achter komen wat ze denkt.

En zo doe ik met Roba wat hij geprobeerd heeft met mij te doen. En het kan me niks schelen. Ik voel er niks bij. Vader is dood en Roba heeft geprobeerd me te vermoorden, maar ik heb het overleefd.

'En wat doen we nu?' vraagt Lexy, die naar Lilly kijkt.

'Terug naar het eiland,' zegt Lilly vastberaden. 'Dat is momenteel de veiligste plek. Daarna... weet ik het niet.'

'Nee,' kraai ik. 'Ik loop niet weg. Niet weer. Ik moet naar vaders drakenboot. Hij wacht daar op mij. Dat weet ik zeker.'

Lilly kijkt naar mij en fronst haar wenkbrauwen. Ik wil gaan zitten, wil het ze duidelijk maken, maar het lijkt alsof ik niet kan bewegen. Lilly schudt haar hoofd. 'Het spijt me Zeph, maar dat doe ik niet. Ik neem jou en Lexy niet mee terug die slag in. Ik ga je niet op die manier vermoorden.'

Er klinkt een bulderende knal en de boot schudt door elkaar. Lexy piept en Lilly springt op.

'Zie je wel?' zegt ze, dan pakt ze de helmstok en begint de boot te wenden, zo snel als ze kan.

'Nee!' roep ik. 'Ik moet terug! Iedereen zal denken dat ik een verrader ben.'

Maar Lilly luistert niet en ik kan niets doen om haar tegen te houden. Ik kan niet eens mijn armen optillen. Ik sluit mijn ogen en geef alle inspanning op.

Ik word wakker van het geluid van een romp die heen en weer schuift over grind, schommelend in de golven. Ik houd mijn ogen nog een beetje dicht, probeer te beseffen waar ik ben. Niet thuis in de Familiehal, dat is zeker. In een boot. Mijn vaders drakenboot? Daar zou ik wel moeten zijn. Maar een drakenboot is te groot om met de golven mee te deinen. En zou niet gestrand zijn tenzij ze beschadigd was. Dan weet ik opeens weer wat er aan de hand is. We zijn terug op Geen Genade. Ik wil opstaan, maar mijn armen en benen doen zeer en zijn moe, en mijn hoofd is een en al kwelling. Ik open mijn ogen. Een fel licht schijnt erin. Blauw, dat vervaagt naar goud en oranje en rood. Zonsondergang. De zon gaat onder! Dat betekent dat ik uren buiten westen moet zijn geweest.

Lilly's gezicht buigt zich over me heen, met een bezorgde frons.

'Zeph? Kun je mij horen?'

Ik open mijn mond en er komt iets als een kras uit. Ik krijg water in mijn mond gedruppeld. Ik hoest, slik, voel me iets beter.

'Ik moet terug!' zeg ik.

Haar gezicht dat me aankijkt fronst nog erger. Een boze frons.

'De strijd is volgens mij voorbij,' zegt ze na een minuut. 'Er is nu al een poosje niet meer gevuurd.' Ze slaat haar armen over elkaar. 'Maar ik houd je niet tegen. 'Als jij zo graag de held wilt uithangen, ga je gang. Neem mijn boot maar.'

Ik kijk haar aan en probeer overeind te komen. Alles is wankel en pijnlijk. Ik kreun drie keer alleen al bij het overeind komen.

'Precies,' zegt ze. 'Vandaag wordt dat geen vechten meer. Maar ik kan je meenemen naar een vuur. En je iets te eten geven als je wilt.'

Ik draai mijn hoofd om naar de baai, naar de slag. Maar die

ziet er niet zo erg meer uit als een slag. Er zijn geen knallen of gebulder van kanonnen en raketten meer. Alleen maar tot as smeulende boten, zinkende boten, rommel die overal ronddrijft. Een stuk of vijf Engelse witte zeilen die niet zijn weggeblazen lijken weg te varen naar zee en de drakenboten die nog masten en rode zeilen hebben varen terug naar de moerassen.

Wat is er gebeurd?

'Kom nou maar mee,' zegt Lilly. 'Ik help je wel.'

Ik duw mezelf overeind, gebruik mijn rubberen armen en mijn wankele benen om me over het boord van de boot te tillen, op het grind. Lilly probeert me vast te houden, maar toch beland ik als een baal vodden op de grond, spreid mijn handen als ik op het strand klap. Lilly helpt me weer overeind en op de een of andere manier willen mijn benen me naar het strand dragen, naar de plek waar Lexy bij een vuurtje zit, met de kat op haar schoot. Ze springt op en rent naar me toe, slaat haar armen om me heen. De kat kijkt chagrijnig omdat hij wordt weggeduwd.

'Je bent in orde! Ik dacht dat je dood was!' Lexy grijnst en grijnst naar me terwijl ik me bij het vuur laat zakken en de warmte door me heen voel trekken. De kat komt en kijkt naar mijn benen, alsof hij bij me wil gaan zitten.

'Wie heeft er gewonnen?' vraag ik en ik kijk naar de twee meisjes. 'Heeft mijn vader gewonnen?'

'Dat weet ik niet,' zegt Lexy. 'Waar kun je dat aan zien?'

'Als je het mij vraagt heeft iedereen verloren,' zegt Lilly onheilspellend, pakt dan haar kat en begint hem te aaien.

Wat moet ik nu doen? Vaders vloot trekt zich terug, zonder mij. Iedereen zal denken dat ik een verrader ben. Ik kan nooit meer naar huis!

De rode drakenboten varen nu langs het eiland. Ze zien er geblutst en verbrand uit. Ik overweeg te zwaaien, maar het is bijna donker en ik heb niet genoeg rood meer aan, behalve mijn broek. En trouwens, de krijgers aan boord kijken niet eens, koersen recht op de moerassen af. Op één schip na. Het is het meest toegetakelde – de drakenkop weggeblazen, zeil half verscheurd.

Maar het wendt en komt recht op ons af, naar het eiland. Ik dwing mijn benen wat wankele stappen naar het water te maken en begin met mijn armen te zwaaien.

'Hier!' roep ik. 'Ik ben het, Zeph!'

De anderen komen achter me aan over het strand rennen.

'Hou daarmee op!' roept Lilly en ze stort zich op mij, gooit me bijna om. Lexy komt pal achter haar aan.

'Ik wil geen slavin zijn!' roept zij.

Maar het maakt al niet meer uit, want er wordt een sloep neergelaten in het water en krijgers klimmen erin. Minuten, meer zal het niet duren, dan zijn ze hier. Mijn hart begint te kloppen in mijn borst. Komt vader me halen? Is het Roba? Ik kijk zo goed als ik kan naar die sloep, terwijl Lilly en Lexy in paniek naast me staan.

'De struiken in,' zegt Lilly. 'Daar kunnen we ons verbergen, dan vinden ze ons niet.'

Lexy ziet lijkwit, doodsbang en begint aan mijn hand te trekken. 'Kom mee, Zeph. We moeten ons verbergen voordat ze hier zijn.'

'Nee,' zeg ik en ik schud haar af. 'We hoeven ons niet te verbergen.' Want ik ken een van die krijgers in die boot beter dan wie ook. Groot, groter dan wie ook, zijn huid donker als een zeil en ogen die altijd lachen.

'Ims!' roep ik.

Hij zit op de voorplecht, leunt voorover en kijkt mij recht aan. Maar hij roept niets terug.

Misschien heeft Lilly gelijk? Ik ga er bijna vandoor, maar ik dwing mijn voeten te blijven staan.

De sloep wordt het strand op getrokken, Ims springt eruit en rent door de golven naar mij toe.

'Zeph!' roept hij. 'Je leeft nog!' Hij grijpt me vast, knijpt me zo hard dat ik denk dat hij me gaat verpletteren. En dan lacht hij en hij geeft me niet op mijn kop, hij knuffelt me. En ik begin ook te lachen, maar het klinkt als huilen als het naar buiten komt.

'Waar is mijn vader?' vraag ik en Ims laat me los uit zijn armen. Er staan tranen in zijn ogen, ik heb hem nog nooit zo gezien.

'We hebben hem nog niet gevonden,' zegt hij en hij kijkt mij dan heel ernstig aan.

'Wat ben jij aan het doen, Zeph? Dat Engelse meisje aan het helpen? De gijzelares van je vader aan het ontvoeren?'

'Ik ben geen verrader!' En nu sta ik te janken. 'Ik wilde gewoon niet dat ze dood zouden gaan, niet zoals Saera. En Aileen, die is een spionne, zij wilde Lilly en Lexy en het spook meenemen naar Schotland. Maar ik was niet aan het vluchten, ik probeerde bij vader te komen om hem te vertellen wat er aan de hand was.'

Ik schud mijn hoofd, want ik kan mijn gedachten niet op een rij krijgen.

'Zeph, jij bent voor mij altijd als een eigen zoon geweest. Maar ik moet zeggen dat zelfs ik aan je twijfelde, toen ik je daar vandaag zag. En dat verhaal van jou klinkt niet erg geloofwaardig.'

'Ik ben geen verrader! Echt niet!'

Ims legt een hand op mijn schouder. 'Dat weet ik, Zeph. Ik geloof dat jij Medwin niet verraden hebt. Maar er zullen een heleboel zijn die dat niet geloven en zij zullen proberen iemand de schuld te geven van waarom Medwin werd opgeblazen in plaats van als overwinnaar terug te komen.'

Ims kijkt uit over de baai, de wrakken en de vuren. Zijn gezicht wordt hard als staal. 'Als Aileen een spionne is, is dit haar schuld, en dan ziet het er niet best voor haar uit.'

'Vader is dood,' fluister ik, maar doordat ik het hardop zeg lijkt het nog moeilijker te geloven. Ik wil gillen, huilen en schreeuwen. Maar dat doe ik niet. Want vader is dood, dus ben ik nu de Baas.

En een Baas doet zoiets niet.

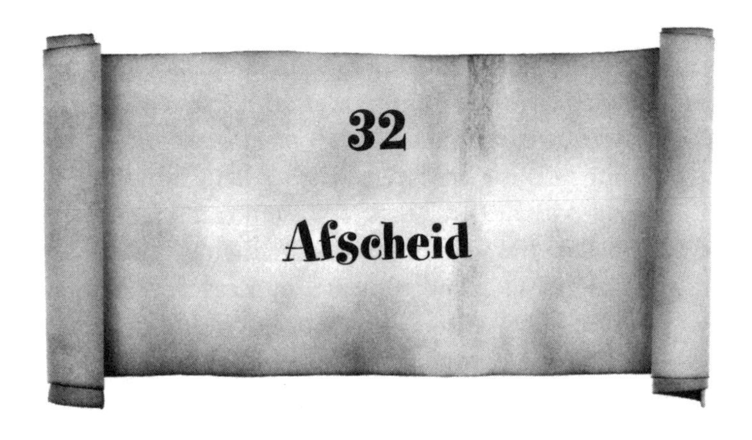

32

Afscheid

'Je zou kunnen blijven,' zegt Zeph. Hij ziet er niet meer zo erg als een lijk uit, er komen paarse en rode plekken over zijn hele gezicht opzetten.

'Mijn vader is dood.' Hij zwijgt even en slikt dan. 'Dat betekent dat ik Baas ben. Ik kan jullie vrijspreken. Ik kan jullie verstoten verwantschap bieden.' Hij lijkt Lexy aan. 'Jullie allebei. Jullie kunnen hier blijven, bij de Familie.'

Ims kijkt verrast, maar ook bezorgd. 'Zeph, je hebt nog maar de leeftijd van een schilddrager. Je bent nog niet eens een volleerde krijger. En iedereen weet dat jij met die twee Engelsen in een boot zat.'

'Maar ik ben vaders hooggeboren zoon. De eerste in de lijn. De gerechtigde opvolger. Of niet soms?'

Ims fronst.

'Zo gemakkelijk zal het misschien niet gaan. Niet nu. Er zullen er heel wat zijn die de voorkeur zullen geven aan een laaggeboren zoon die een beproefde en betrouwbare krijger is gebleken.'

'Niet als jij mij steunt.'

Ims kijkt Zeph eens goed aan, alsof hij hem ergens de maat voor neemt.

'Daar heb je gelijk in. Niet als ik je steun.' Hij schudt zijn hoofd.

'Dit wordt een lange strijd. En niet alleen met de Engelsen, nu je vader dood is. Er zullen anderen komen die Baas willen worden en een poging gaan doen ons uit de macht te zetten.'

Een harde trek verschijnt op Zephs bleke gezicht.

'Angel Isling gaat niet verloren. Niet als het aan mij ligt.'

Hij kijkt uit over de baai. Naar de resten van de slag. Naar de dode lichamen en het wrakhout. Naar Medwins drakenboot, die ligt te wachten bij dit eiland. Of is het nu Zephs drakenboot?'

'Wat vind jij, Lilly?' vraagt Zeph en hij wendt zich tot mij. 'Je weet, je bent nu meer Familie dan wie ook.'

Ik denk aan Zeph en het leven dat hij leidt. Ik denk aan Aileen en haar pluchen slaapkamer. Ik denk aan de messenproef en de slaven in hun hal.

'We moeten gaan,' zegt Ims, rustig maar vastberaden. Zeph knikt, Ims glimlacht hem toe. Dan laat hij zijn blik op mij rusten en de glimlach wordt iets minder, maar helemaal weg is hij niet.

'Dus Lilo. Of is het Lilly, de boze Engelse heks? Of Lilly Melkun, dat dwaze, goedhartige vissertje? Kom je bij de Familie? Wil je dat graag?'

'Ik weet niet meer wat ik wil,' zeg ik.

Ims snuift, maar volgens mij is dat geen lachen.

'Ga je mee?' zegt Zeph. 'Ik kom mijn beloften na, dat weet jij beter dan wie ook.'

Maar ik denk aan al die soldaten in hun blauwe uniformen die daar in het water liggen en aan Andy die optrekt naar het roversland, met een zwaard in de rug. En ik denk aan Andy's pa, die daar opgesloten zit, in afwachting van te worden opgehangen. Ik schud mijn hoofd.

'Ik kan niet, Zeph.'

'En ik wil naar huis,' zegt Lexy. 'Ik wil Dougal zien.'

Ims fronst. 'Zeph, je houdt die dochter van Randall toch wel hier, of niet? Bedenk wat ze waard is.'

'Nee,' zegt Zeph en plotseling is er iets van zijn eigen pa in hem. 'De zaken liggen nu anders. Dit is niet langer de oorlog van mijn vader, dit is mijn oorlog. En ik ga geen oorlog voeren tegen een meisje.'

Ims kijkt Zeph aan, alsof hij hem keurt.

'Dat is niet wat je vader zou hebben gedaan. En Roba ook niet.'

'Ik lijk in de verste verte niet op Roba!' roept Zeph.

'Nee,' zegt Ims, 'dat is zo. En ik weet ook wel wie van jullie twee ik zou kiezen.'

Volgens mij heeft hij ons nog veel meer te zeggen, maar in de baai klinkt een bulderende, rommelende ontploffing, een rookpluim en vuur schieten de lucht in.

'We moeten gaan,' zegt Ims en hij klinkt bezorgd. 'Ik heb je gezegd dat de oorlog nog niet voorbij is.'

'We gaan en we laten Lexy hier,' zegt Zeph vastberaden. 'En ik wil daar geen gezeur meer over.'

Ims kijkt naar hem en volgens mij is er een tikje respect op zijn gezicht. 'Dit is wel de manier waarop je vader het zou hebben aangepakt,' zegt hij.

Zeph knikt en loopt in de richting van de drakenboot. Maar hij doet maar een paar passen voordat hij zich weer omdraait.

'Heb jij alles wat je hebben moet?' vraagt hij. 'Je moet nog een eind varen.'

'Ik heb het zeil gerepareerd. We wachten hier en morgen zal het wel veilig genoeg zijn om te vertrekken.' Ik hoop werkelijk dat het zo gemakkelijk zal gaan.

Zeph kijkt alsof hij het ook niet zeker weet, maar hij zegt alleen: 'Pas goed op. En laat het me weten als je ooit hulp nodig hebt.'

En dan, om een of andere reden, ik weet niet precies waarom, ren ik naar hem toe en omhels hem.

'Veel geluk, Zeph,' zeg ik en hij grijnst mij aan.

'Veel geluk jij ook... Lilo bar Angel Isling.' Dan klautert hij met Ims in de sloep en wordt naar de drakenboot gevaren.

Ik en Lexy lopen terug over het strand en gaan bij het vuur zitten. De zon begint onder te gaan en in de baai zijn de brandende schepen vlekken roetig oranje tegen de verduisterende hemel.

Kater springt op mijn schoot en rolt zich op. We zitten net allemaal rustig als we een geluid horen.

'Systeem klaar, systeem klaar,' roept een stemmetje. En ik weet deze keer precies wat het is.

Ik pak het juweel en zodra ik het aanraak verschijnt de kop in de lucht. Hij kijkt mij eerst aan en begint dan te kreunen. 'Wat nu weer? Kom ik nooit van jou af?' Hij kijkt om zich heen naar het eiland en de rokende wrakstukken in de baai.

'Wat is er gebeurd? Waarom ben ik niet op weg naar Schotland?'

'Onze boot werd getroffen,' zegt Lexy, 'nadat Jasper jou had gekregen om je op te bergen.' De kop lijkt hevig geschrokken.

'Je bedoelt dat ik in het water ben gevallen? Ben ik in orde? Hoe zit het met mijn eenheid, is die beschadigd?'

'Je bent hier toch nog, of niet?' vraag ik.

'Jasper wilde je niet nat laten worden,' zegt Lexy, 'dus hij heeft je in een waterdichte doos gestopt. En toen heeft hij jou aan mij gegeven en me op het hart gedrukt jou goed te bewaren. Maar ik heb Jasper verteld dat ik je in zee heb laten vallen, dus toen vertrok hij.'

'Wat heb je nou gedaan?' roept de kop. 'Nou ga ik helemaal niet meer naar Schotland! Hoe krijg ik nou technische ondersteuning? Kunnen jullie dat dan doen?' En hij rust op zijn nek, terwijl hij er zwaar aangeslagen uitziet.

'Weet je,' zeg ik tegen Lexy, 'iedereen denkt dat deze oude kop een of ander superwapen is uit vroeger tijden. Maar ik vind niet dat hij zich erg als een soldaat gedraagt.'

De kop kijkt beschaamd.

'Ik moet dit misverstand wel even uit de weg ruimen. Jullie moeten begrijpen, ik ben geen militaire computer.' Hij kucht eens. 'Ik ben een spelcomputer. Je begrijpt wel, om spelletjes op te spelen. Dat blijkt ook eigenlijk wel uit mijn naam, maar al die mensen die wij de hele tijd tegenkwamen die bleken zo... zo gretig. Ze wilden per se dat ik een militaire computer was en ik wilde ze dus niet teleurstellen.'

'Maar toen je zo opzwol, zo groot als een huis, en al die andere koppen die verschenen?' vraag ik. 'En de schilden die je in de lucht kon laten verschijnen?'

'Projectie, meer niet. Het is een aspect van mijn functie Infinite Gamer, die is ontworpen om actie met meer spelers op grote schaal mogelijk te maken.'

Lexy en ik kijken elkaar eens aan.

'Weet jij waar hij het over heeft?' vraag ik haar.

'Volgens mij zit hij ons duidelijk te maken dat hij het allemaal verzonnen heeft,' zegt ze.

'Volgens mij mag je in dat geval van geluk spreken dat Lexy jou niet door die Schot heeft laten meenemen. Ik denk niet dat Jasper al te blij zou zijn geweest als hij erachter was gekomen dat jij tegen hem had gelogen. Niet nadat hij zoveel moeite had gedaan om jou te pakken te krijgen.'

De kop fronst eens. 'Misschien heb je wel gelijk,' zegt hij. 'Ik heb niet verder gedacht dan technische ondersteuning.' Hij springt een beetje omhoog, volgens mij is dat schokschouderen. 'Nou ja, nu ik zover ben gekomen, kan ik ook nog wel een poosje verder mee.' Hij kijkt mij aan, iets vrolijker.

'Dus, naar wat voor vochtige buitenpost in dit trieste land gaan we nu?' vraagt hij.

'We gaan naar Lilly's dorp,' zegt Lexy. 'En ik ga daar wonen bij mijn tante. En ik ga papa vertellen iedereen vrij te laten.'

Ik voel me verplicht wat te protesteren, want ik denk niet dat het ook maar in de verste verte zo gemakkelijk zal zijn alles te regelen.

'Ik moet Andy helpen,' zeg ik. 'Ik moet hem uit het leger zien te krijgen.'

'Maar dan gaan we toch naar huis?' vraagt Lexy.

'En gaan we daarna naar Schotland?' vraagt de kop.

Kater wordt wakker en miauwt een beetje. Ik weet inmiddels precies wat hij zegt.

'Kater vindt dat dat misschien zou kunnen. Hij wil nu weleens iets meer dan alleen maar vissen. En wie weet, misschien lukt het ons ook nog.'

'Goed dan,' zegt de kop. 'In de tussentijd moeten we iets hebben om de tijd door te brengen. Een spelletje misschien?'

Lexy, Kater en ik kijken toe terwijl er naast de kop iets in de lucht verschijnt. Het is een balletje, dat met heldere kleuren gloeit. Terwijl het groter wordt, komen uit die kleuren de zee, en de lucht en bootjes.

'Reizen met jullie was fascinerend, al was het nogal een inspanning,' zegt de kop. 'Ik heb inspiratie opgedaan om een volkomen nieuw systeem te ontwikkelen.'

De bal blijft groeien. Nu zie ik rovertjes, in een bootje met een wit zeil. Kater miauwt en steekt een poot uit om ernaar te slaan.

'Er zal hier en daar nog wel een foutje in steken,' zegt de kop, 'maar zou je het willen spelen? Ik noem het Lilo's losgeld...'

Einde